La guerra espiritual

Lo que todo creyente necesita saber acerca de Satanás, los demonios y la guerra espiritual

Chip Ingram

Traducido por
Alfredo Ballesta

EDITORIAL MUNDO HISPANO

Editorial Mundo Hispano
7000 Alabama Street, El Paso, Texas 79904, EE. UU. de A.
www.editorialmundohispano.org

Nuestra pasión: Comunicar el mensaje de Jesucristo y facilitar la formación de discípulos por medios impresos y electrónicos.

Editores: Juan Carlos Cevallos, Alejandro Bedrossian
María Luisa Cevallos
Diseño de páginas: María Luisa Cevallos
Diseño de la cubierta: Cristian Urzua

Primera edición: 2007
cuarta edición: 2012

Clasificación Decimal Dewey: 248.48
Tema: Vida cristiana

ISBN: 978-0-311-46331-2
EMH Núm. 46331

2 M 6 12

Impreso en Colombia
Printed in Colombia

A Fred y Bebe, con nuestra mayor gratitud por su amor y apoyo para Theresa, para nuestros hijos y para mí, en medio de nuestras más grandes batallas espirituales.

Chip

Contenido

Reconocimientos

Para poder hacer algo significativo en la vida hace falta un equipo, y este libro no es la excepción. Mi agradecimiento a Sealy y Curtis Yates por lanzar este proyecto; a Vicki Crumpton de *Baker Books*, con quien es un gozo trabajar; y a Chris Tiegreen de *Walk Thru the Bible* (Caminata bíblica), quien me ayudó a hacer grabaciones, notas y bosquejos, e hizo que me resultara más fácil leerlos y comprenderlos. La esperanza de nuestro equipo es que usted conozca la verdad, y que la verdad lo haga libre.

Introducción

Corría el año 1990. Dios me había mostrado claramente que mi tiempo en Texas como pastor de la iglesia *Country Bible Church* estaba llegando a su fin. Habíamos disfrutado sirviendo en esa comunidad rural durante ocho años. En ese pequeño pueblo había aprendido a ser pastor; había desarrollado fundamentos profundos y había crecido personalmente, pero Dios nos estaba conduciendo a un nuevo ministerio. Su dirección era muy clara para mi familia y para mí. Pero a cada paso surgía la misma advertencia: "Pon atención, Chip. Estás entrando en una área donde la lucha espiritual es cruel y necesitas prepararte".

Mientras hacíamos los arreglos para iniciar nuestro trabajo en California, muchas personas nos repitieron la misma advertencia de diversas maneras. Los líderes, los miembros principales del equipo pastoral y los líderes laicos nos dieron la bienvenida de todo corazón, pero también nos advirtieron acerca de lo que podríamos experimentar con respecto a la guerra espiritual. Para ser honesto, me parecieron un poco paranoicos. Era pastor y ya había tenido experiencias de guerra espiritual. Había viajado a varios países y había visto de primera mano la realidad de esta clase de batalla. Además, Dios me había provisto de una excelente preparación en el seminario: podía hacer una exégesis del capítulo 6 de Efesios al más alto nivel; o al menos, eso era lo que pensaba.

Pero comencé a percibir que Dios tenía algo entre manos cuando uno de mis amigos más cercanos, uno de mis mentores en Texas, me invitó a un almuerzo especial. Era una persona con gran discernimiento y tenía la costumbre de ayunar y orar regularmente por mí. No recuerdo haberlo visto nunca tan serio como en aquel almuerzo. "Chip, estás entrando en una nueva etapa de tu ministerio, y tengo una impresión muy fuerte de parte del Señor de que necesitas prepararte para un nuevo nivel de guerra espiritual. Creo que Dios va a usarte de una manera muy significativa, pero experimentarás la oposición espiritual como nunca la has conocido hasta ahora. Necesitas prepararte para la batalla". Y así fue. Nuestros 12 años en Santa Cruz, California, resultaron ser un curso avanzado en guerra espiritual. Llegaría a descubrir que esta ciudad tiene más librerías satánicas que otras ciudades como Boulder, Colorado, en los Estados Unidos de América, un renombrado centro de actividad ocultista. Sería confrontado con las experiencias más atemorizantes de mi vida espiritual. Viviría en un contexto donde lo oculto, las creencias de la Nueva Era y las sectas serían tan comunes que hasta en las carteleras de los negocios leería avisos tales como "Sepa cómo realizar encantamientos", "Cómo ponerse en contacto con su espíritu guía" y "La cofradía de brujos se reúne los lunes a las 7:00 de la noche".

Durante esos 12 años experimentamos tácticas muy particulares, así como también muy sutiles, de la guerra espiritual. Mi comprensión intelectual de los pasajes bíblicos clave resultó ser lamentablemente inadecuada para las situaciones que estábamos enfrentando. Al capacitarme, en medio de la batalla, tropecé constantemente con dos extremos en los materiales que estudié. Era fácil encontrar información bíblica de buena calidad acerca de guerra espiritual que tuviera en consideración el significado de las palabras, los tiempos verbales y la metáfora de la armadura que Pablo había elaborado usando como ejemplo al soldado romano. Pero las aplicaciones eran prácticamente inexistentes. No existía un sentido real acerca de cómo utilizar la verdad de Dios en medio de las atemorizantes, y muchas veces extrañas, experiencias que estábamos enfrentando.

En el otro extremo, había una gran cantidad de materiales que se referían al tema desde una perspectiva demasiado experiencial. Describían conversaciones con demonios, manifestaciones extremas del mundo espiritual y respuestas anecdóticas para las que pude encontrar muy poca, si acaso alguna, base bíblica. De hecho, algunos de estos materiales hacían que el resultado final sobre esta guerra espiritual pareciera incierto. Es decir, mientras un grupo de personas prácticamente ignoraba la guerra espiritual, el otro estaba luchando como si Satanás pudiera vencer.

Este libro es mi mejor intento por cubrir un vacío en la enseñanza acerca de la guerra espiritual. Aunque es una exposición de Efesios 6, el lector encontrará que la aplicación de este pasaje está muy lejos de ser teórica. Cuando uno está ministrando en una cultura en la que los hechiceros oran activamente en su contra y le clavan una cabeza de caballo frente al templo para lanzarle una maldición, no existe lugar para discusiones ni respuestas espirituales vagas ante preguntas apremiantes y difíciles.

Mucha de la oposición satánica, sin embargo, es extraordinariamente sutil y no consiste en manifestaciones dramáticas. Por esto, la mayor parte de este libro se referirá de una forma directa, bíblica y relevante a las maquinaciones cotidianas del maligno.

Este libro ha sido estructurado para ser consultado con facilidad. Mi experiencia con creyentes es que, en general, solo han recibido comentarios y enseñanzas parciales acerca de la guerra espiritual y les resulta difícil reunir los fragmentos de información y saber cómo aplicarlos. Debido a esto, el libro está dividido en cuatro secciones:

Sección 1: Lo que todo creyente necesita saber
Sección 2: Cómo prepararse para la batalla espiritual
Sección 3: Cómo combatir contra el enemigo y vencer
Sección 4: La liberación de la influencia demoníaca

Al principio de cada sección encontrará el texto bíblico a ser estudiado, un comentario general, un resumen de lo que cubrirá la sección, un bosquejo y una referencia de fácil acceso a los pasajes bíblicos. Esto le permitirá contar con un resumen del contenido de cada sección y le proveerá de una referencia rápida para enfrentarse con los aspectos de la guerra espiritual que surjan en el futuro. Este material resultará de mucha utilidad para predicadores, maestros y estudiantes de la Biblia. Puede ser que algunos de los lectores prefieran sumergirse directamente en los capítulos, pero espero que muchos hagan uso de este bosquejo y el contenido de este libro para aplicar sistemáticamente la verdad de la Palabra de Dios acerca de este tema en sus propias vidas. Como he tenido el privilegio de presentar este material en diferentes lugares, he visto con mis propios ojos lo que Dios puede hacer y lo que de hecho hace cuando comprendemos nuestra posición en Cristo, vestimos toda la armadura de Dios y conocemos qué se siente al estar firmes cuando "llevamos cautivo todo pensamiento a la obediencia a Cristo" (2 Cor. 10:5).

Los capítulos que componen cada sección, sin embargo, seguirán un patrón más tradicional de enseñanza, utilizando ilustraciones y señalando usos relevantes para la vida del lector. Mi esperanza es proveer para el cuerpo de Cristo un recurso que sea cálido, personal, bíblicamente acertado, interesante y, más que nada, espiritualmente útil; y al mismo tiempo que esté diseñado de manera que consiga tener valor como un recurso a largo plazo para aquellos que enseñan, aconsejan o se encuentran en ambientes donde se hace necesaria una referencia sistemática, clara y práctica.

Mi oración es que Dios utilice este material para ayudarlo a conocer la verdad que lo liberará, "porque el que está en vosotros es mayor que el que está en el mundo" (1 Jn. 4:4).

Sección 1

Lo que todo creyente necesita saber

En lo que se refiere a los diablos, la raza humana puede caer en dos errores iguales y de signo opuesto. Uno consiste en no creer en su existencia. El otro, en creer en los diablos y sentir por ellos un interés excesivo y malsano.

C. S. Lewis

Por último, fortalézcanse con el gran poder del Señor. Pónganse toda la armadura de Dios para que puedan hacer frente a las artimañas del diablo. Porque nuestra lucha no es contra seres humanos, sino contra poderes, contra autoridades, contra potestades que dominan este mundo de tinieblas, contra fuerzas espirituales malignas en las regiones celestiales.

Efesios 6:10-12

Introducción: Abriendo los ojos

En este pasaje central del Nuevo Testamento acerca de la guerra espiritual, Pablo les refiere a sus lectores la naturaleza de la batalla y explica cómo deben pelearla. La primera sección cubrirá el mandato general de Pablo dado en el versículo 10, su mandato específico en el versículo 11 y la razón que ofrece para ambos mandatos en el versículo 12. Al transitar por el pasaje descubriremos cinco verdades básicas que nos apoyarán en cuanto a la realidad de la guerra invisible y guiarán nuestro pensamiento.

El mandamiento general: "Fortalézcanse con el gran poder del Señor" (v. 10)

El significado completo de este mandato puede captarse plenamente en la siguiente traducción libre: "Permítanse a ustedes mismos ser continuamente fortalecidos por el poder que ya ha sido puesto a su disposición en su nueva posición y relación con Cristo". Ese es el poder que levantó a Jesús de los muertos y que ahora habita en ustedes.

El mandato específico: "Pónganse toda la armadura de Dios" (v. 11)

¿Cómo pueden ustedes permitirse a sí mismos fortalecerse en el Señor? Vistiéndose continua y repetidamente con la protección que Dios les ha provisto para cubrir puntos específicos de su persona según un orden, con el propósito específico de que permanezcan en su posición en Cristo cuando sean bombardeados por las estrategias satánicas diseñadas para destruirlos o volverlos inútiles para los propósitos del reino.

La razón para los mandatos: "Nuestra lucha no es contra seres humanos" (v. 12)

Nuestra verdadera lucha; nuestra batalla, nuestra pelea a muerte, no es contra adversarios físicos ni materiales como: Personas, circunstancias u organizaciones; es contra una jerarquía de fuerzas demoníacas que batallan en el ámbito espiritual.

Síntesis de la Sección 1

Capítulos 1—4

Cinco verdades básicas acerca de la guerra espiritual

1. *Existe un mundo espiritual/invisible.*
   El mundo espiritual/invisible es tan real como el mundo visible, y tanto el Antiguo como el Nuevo Testamento se refieren a él con frecuencia.
   a. 2 Reyes 6:15-19: Elías, rodeado por un ejército hostil, le dice a su siervo que las huestes celestiales los están protegiendo.
   b. Daniel 10: Un ángel le revela a Daniel la batalla que ha estado enfrentando.
   c. Efesios 6:12: Una de las varias referencias que hace Pablo a un conflicto que no es de la carne.
2. *Estamos involucrados en una guerra invisible.*
   Este conflicto cósmico tiene implicaciones eternas y esto significa que hay vidas en juego. Las estrategias del enemigo nos afectan todos los días. ¿Cuándo fue la última vez que consideró honestamente que alguna lucha o conflicto relacional tenía raíces en la oposición satánica?
   a. 2 Corintios 10:3-5: "Pues aunque vivimos en el mundo, no libramos batallas como lo hace el mundo. Las armas con que luchamos no son del mundo, sino que tienen el poder divino para derribar fortalezas. Destruimos argumentos y toda altivez que se levanta contra el conocimiento de Dios, y llevamos cautivo todo pensamiento para que se someta a Cristo".
   b. 2 Corintios 4:4: "El dios de este mundo ha cegado la mente de estos incrédulos, para que no vean la luz del glorioso evangelio de Cristo, el cual es la imagen de Dios".
3. *Tenemos un adversario poderoso.*
   La meta de Satanás es destruir al pueblo de Dios y desacreditar la causa de Cristo. No debe ser tomado a la ligera. Satanás es real.

Era un ángel, el más importante de los seres creados, pero se rebeló contra Dios a causa de su orgullo.

a. 1 Pedro 5:8: "Sed sobrios y velad. Vuestro adversario, el diablo, como león rugiente, anda alrededor buscando a quien devorar" (RVA).

b. Judas 9: "Ni siquiera el arcángel Miguel, cuando argumentaba con el diablo disputándole el cuerpo de Moisés, se atrevió a pronunciar contra él un juicio de maldición, sino que dijo: '¡Que el Señor te reprenda!'".

c. ¿Existe Satanás realmente?
   - La autoridad de la Biblia: Génesis 3:1; 1 Crónicas 21:1; Apocalipsis 12:9.
   - El testimonio de Cristo: Mateo 4:1-11; además de este pasaje, Cristo se refiere a Satanás en 25 ocasiones.
   - La realidad de los demonios: Satanás es su "príncipe" (Luc. 11:15).

d. ¿Quién es Satanás?
   - Un espíritu creado: Job 1:6; Colosenses 1:16.
   - Un ángel: Mateo 25:41; Apocalipsis 12:7.
   - Un querubín: Ezequiel 28:14.
   - El más elevado de todos los seres creados: Ezequiel 28:14.

e. ¿De dónde vino?
   - Fue creado perfecto: Ezequiel 28:12, 13.
   - Tuvo un estado celestial: Judas 6.
   - Fue un guardián de la gloria de Dios: Ezequiel 28:14.
   - La ocasión de su pecado: poder y belleza: Ezequiel 28.
   - La naturaleza de su pecado: orgullo: Isaías 14:13; 1 Timoteo 3:6.
   - La causa de su pecado: personal, libre elección: Habacuc 1:13; Santiago 1:13.

4. *Debemos respetar a nuestro adversario pero no temerle.*

Nuestra responsabilidad es llegar a estar conscientes de los métodos de Satanás, pero no preocupados por ellos. Podemos informarnos en cuanto a sus artimañas al examinar sus nombres en las Escrituras, ya que todos ellos revelan algo de sus tácticas. Las Escrituras son muy claras acerca de cuál es su accionar y cuáles son sus blancos. Pero está limitado y no tenemos necesidad de temerle si seguimos las instrucciones de Dios en fe.

a. 2 Corintios 2:11: Pablo se pone de acuerdo con la iglesia de Corinto para perdonar a un hermano, con el propósito de que "Satanás no se aproveche de nosotros, pues no ignoramos sus artimañas".

b. La pregunta vital: ¿Cómo podemos asegurarnos de que no ignoramos sus artimañas?

Los nombres de Satanás revelan sus tácticas:

- Satanás (adversario): Job 1:6, 7; 1 Tesalonicenses 2:18.
- Diablo (acusador, calumniador): 1 Pedro 5:8.
- Lucifer (hijo de la mañana): Isaías 14:12.
- Beelzebú (señor de las moscas): Mateo 12:24.
- Belial (un dios falso): 2 Corintios 6:15.
- El maligno: 1 Juan 5:19.
- Tentador: 1 Tesalonicenses 3:5.
- Príncipe de este mundo: Juan 12:31.
- Acusador de los hermanos: Apocalipsis 12:10.
- Representaciones que incluyen:
  Serpiente: Génesis 3.
  Dragón: Apocalipsis 12.
  Ángel de luz: 2 Corintios 11:14.

Satanás ataca el programa de Dios, la iglesia, de la siguiente manera:

- Falsas filosofías: Colosenses 2:8.
- Falsas religiones: 1 Corintios 10:20.
- Falsos ministros: 2 Corintios 11:14, 15.
- Falsa doctrina: 1 Juan 2:18.
- Falsos discípulos: Mateo 13:24-30.
- Falsa moral: 2 Tesalonicenses 2:7-12.

Satanás ataca al pueblo de Dios de estas maneras:

- Dirigiendo gobiernos: Daniel 10:13.
- Engañando a las personas: 2 Corintios 4:4.
- Destruyendo vidas: Hebreos 2:14.
- Persiguiendo a los santos: Apocalipsis 2:10.
- Impidiendo que se cumpla un servicio: 1 Tesalonicenses 2:18.
- Promoviendo divisiones: 2 Corintios 2:10, 11.
- Plantando dudas: Génesis 3:1-5.

- Produciendo sectas y religiones: 1 Timoteo 4:1.
- Instando al pecado:

  Ira: Efesios 4:26, 27
  Orgullo: 1 Timoteo 3:6
  Preocupación: Mateo 13:22
  Autoconfianza: 1 Crónicas 21:1
  Desánimo: 1 Pedro 5:6-8
  Mundanalidad: 1 Juan 2:16
  Mentira: Hechos 5:3
  Inmoralidad: 1 Corintios 5:1, 2

El poder de Satanás es limitado:

El equilibrio y la sabiduría son cruciales al evaluar la oposición espiritual. Asignarle demasiado o poco valor a la realidad de la actividad demoníaca son errores graves.

- Fue creado, por tanto no es omnisciente ni infinito.
- Puede ser resistido por el cristiano: Santiago 4:7.
- Dios le pone límites: Job 1:12.

5. *Nosotros no peleamos para obtener una victoria; peleamos* desde *la victoria.*

   Como creyentes en Cristo somos invencibles. La Biblia nos ha dado numerosas promesas de victoria sobre el poder del enemigo.

   a. 1 Juan 4:4: "Ustedes, queridos, son de Dios y han vencido a esos falsos profetas, porque el que está en ustedes es más poderoso que el que está en el mundo".
   b. 1 Juan 5:4, 5: "Porque todo el que ha nacido de Dios vence al mundo. Ésta es la victoria que vence al mundo, nuestra fe. ¿Quién es el que vence al mundo sino el que cree que Jesús es el Hijo de Dios?".
   c. Apocalipsis 12:11: "Ellos lo han vencido por medio de la sangre del Cordero y por el mensaje del cual dieron testimonio; no valoraron tanto su vida como para evitar la muerte".
   d. Santiago 4:7: "Así que sométanse a Dios. Resistan al diablo, y él huirá de ustedes".

Aplicación personal

Lo que usted necesita recordar

1. Satanás es un adversario derrotado.

"El juicio de este mundo ha llegado ya, y el príncipe de este mundo va a ser expulsado" (Juan 12:31).

2. Jesús destruyó las obras del diablo.

"[Jesús anuló] la deuda que teníamos pendiente por los requisitos de la ley. Él anuló esa deuda que nos era adversa, clavándola en la cruz. Desarmó a los poderes y a las potestades, y por medio de Cristo los humilló en público al exhibirlos en su desfile triunfal" (Col. 2:14, 15).

3. Somos victoriosos en Cristo.

"¿Dónde está, oh muerte, tu victoria? ¿Dónde está, oh muerte, tu aguijón? El aguijón de la muerte es el pecado, y el poder del pecado es la ley. ¡Pero gracias a Dios, que nos da la victoria por medio de nuestro Señor Jesucristo!" (1 Cor. 15:55-57).

4. **Contamos con el poder y los recursos para resistir a Satanás y los ataques demoníacos.**

"Ustedes, queridos hijos, son de Dios y han vencido a esos falsos profetas, porque el que está en ustedes es más poderoso que el que está en el mundo" (1 Jn. 4:4).

5. **Debemos aprender cómo vestir toda la armadura de Dios para experimentar en la vida diaria la victoria que ya poseemos.**

"Por lo tanto, pónganse toda la armadura de Dios, para que cuando llegue el día malo puedan resistir hasta el fin con firmeza. Manténganse firmes, ceñidos con el cinturón de la verdad, protegidos por la coraza de justicia, y calzados con la disposición de proclamar el evangelio de la paz. Además de todo esto, tomen el escudo de la fe, con el cual pueden apagar todas las flechas encendidas del maligno. Tomen el casco de la salvación y la espada del Espíritu, que es la palabra de Dios" (Efe. 6:13-17).

1

El porqué de nuestras luchas

La vida es una dura pelea, una lucha, un combate con la esencia del mal, mano a mano, centímetro a centímetro, en la que se disputa cada centímetro del camino.

Florence Nightingale

Las advertencias que Dios me hizo llegar por medio de amigos, mentores y líderes de la Iglesia Bíblica de Santa Cruz, California, no fueron en vano. En el correr de un año ocurrieron algunos incidentes que me confirmaron que verdaderamente estábamos en medio de una batalla espiritual.

Nunca olvidaré un domingo por la tarde cuando estaba predicando y escuché unos ruidos extraños que provenían del fondo del auditorio. Poco a poco se convirtieron en algo más que ruidos extraños. Un hombre caminaba por el pasillo gritando y dando alaridos. Al principio, continué hablando con la esperanza de que los ujieres pudieran manejar la situación. Pero mientras el hombre caminaba hacia mí, nuestras miradas se cruzaron. Vi una ferocidad que me resulta difícil describir. Interrumpió el culto y mi mensaje, y además protagonizó una escena que solo aquellos que la presenciaron podrían creerla. Lo que me impactó fue lo poco sorprendidas que se mostraron las personas de la iglesia.

Aparentemente, esto ya había ocurrido antes. Tres o cuatro de los ujieres alcanzaron a este hombre antes de que él me alcanzara a mí, y se me informó luego, en una reunión de evaluación, que este individuo, hasta donde ellos sabían, estaba endemoniado. Aquella noche brotaron de su boca blasfemias contra Dios, la iglesia y mi mensaje, e hicieron falta otros tres o cuatro hombres para controlarlo y retirarlo del auditorio. Si yo no hubiera creído en la guerra espiritual, ahora sí tenía motivos para hacerlo. Fui iniciado en el tema de un modo que nunca lo olvidaré.

Este es solo un caso entre muchos otros que muestran la realidad de la guerra invisible. Usted leerá numerosos ejemplos en este libro que provienen de mi tiempo en Santa Cruz, debido al hecho de que la guerra invisible en ese lugar es mucho más visible que en otros. Pero también está en plena acción en cada rincón de este planeta. Puede ser que ocurra detrás de escena, de hecho, probablemente así sea, pero en su casa, su iglesia y su comunidad hay un violento conflicto entre reinos. Estamos del lado vencedor, pero tenemos que ser conscientes de la existencia de la lucha. Tenemos que comprender el arte de la guerra.

Efesios 6:10-20 es la enseñanza central de todo el Nuevo Testamento con respecto a la guerra espiritual y comienza con dos mandatos: "Fortalézcanse con el gran poder del Señor" y "Pónganse toda la armadura de Dios".

El mandato general: "Fortalézcanse con el gran poder del Señor" (v. 10)

Las personas que de repente descubren que están en medio de un conflicto cósmico frecuentemente tienen una de estas reacciones extremas: pelean o huyen. Aquellos que huyen lo hacen porque no se sienten preparados para la situación. Los que enfrentan la lucha lo hacen porque se sienten lo suficientemente fuertes como para manejar el asunto. Efesios 6 tiene la respuesta para ambos: fortalézcanse en el poder del Señor.

Puede ser que cuando tomamos conciencia de que la guerra espiritual existe no sepamos mucho acerca de ella, pero sí sabemos que no es cuestión de hacer valer nuestro propio poder. Si usted es de los que quieren evitar la batalla por causa de su propia debilidad, está en lo correcto; en realidad, su fortaleza (o la falta de ella) no es lo que cuenta. También está en lo correcto si siente deseos de correr hacia el campo de batalla contando con sus propias capacidades; no hay motivo para huir en sentido contrario cuando descubre cuán superior es el poder del adversario. Hay un poder disponible, y es el mayor poder del universo. La única manera de vencer en esta guerra consiste en ser fuertes en el Señor, es decir, en el poder al que Pablo se refiere en la mayor parte de su carta a los Efesios, asegurándonos que ya es nuestro.

Este mandato general de fortalecernos en el poder del Señor se aplica a cada creyente en todo tiempo. Observe esta palabra: *mandato*. No se trata de una cuestión opcional para el cristiano. No hay nada en este pasaje, ni tampoco en el resto del Nuevo Testamento, que nos indique que tengamos la opción de permanecer eximidos de la batalla, al menos sin sufrir un gran daño o perder ricas bendiciones. Gramaticalmente, esta instrucción está enunciada en presente del modo imperativo, en voz pasiva. Esto quiere decir que es una orden y una cuestión de obediencia, aunque se trate, en realidad, de una obediencia pasiva, es decir, algo que debemos permitir que alguien haga por nosotros.

Parafraseando este versículo, diría algo así como: "Permítanse a ustedes mismos ser continuamente fortalecidos por el poder ya disponible para ustedes en la nueva posición y relación que tienen con Cristo". Y si examinaramos más detenidamente el significado de la palabra *poder*, descubriríamos que es la palabra griega de la que derivamos la palabra *dinamita*. Es el mismo poder que levantó a Jesús de entre los muertos y ahora habita en nosotros. Puede ser que haga falta tiempo para que lo podamos asumir, pero es necesario que lo hagamos. Esa es la base para que salgamos victoriosos en esta batalla. Nuestras iglesias, nuestras familias, nuestras relaciones y nuestro trabajo carecen de algo esencial si no tomamos en cuenta esto. Necesitamos permitirle a Dios desarrollar nuestras vidas de tal manera que el poder que fue puesto a nuestra disposición en nuestra nueva relación con él nos dé la fortaleza para vencer.

El mandato específico: "Pónganse toda la armadura de Dios" (v. 11)

El segundo mandato nos dice cómo cumplir con el primero. Es un mandato específico. Tenemos que ponernos toda la armadura de Dios con el propósito de permanecer firmes o, literalmente, mantener nuestra posición. ¿Cómo? Poniéndonos continua y repetidamente la protección espiritual que Dios nos ha dado.

El verbo de este mandamiento es un poco diferente al verbo del mandamiento anterior. Aquí, el tiempo verbal se refiere a un momento específico en el tiempo y contiene un sentido de urgencia. No tenemos tiempo para considerar detenidamente si queremos estar o no en esta guerra, estamos en ella, sea que lo reconozcamos o no. Este verbo también implica algo que hacemos por nosotros mismos; no hay nada pasivo al respecto. No esperamos que Dios haga esto por nosotros ni lo hacemos una sola vez, pensando que nunca más tendremos que hacerlo. Este estilo de vida que consiste en colocarnos la armadura de Dios implica esfuerzos consistentes y repetidos. Vivimos de esta manera por causa de lo que puede pasar si no lo hacemos: Perder el beneficio de nuestra posición en Cristo mientras somos bombardeados por las artimañas diseñadas para destruirnos y volvernos inútiles para los propósitos del reino.

Este no es solamente un accesorio añadido a un modelo lujoso de cristiano. Las artimañas diabólicas nos afectan a todos. Están orquestadas de manera que nos tientan, nos engañan, nos apartan de Dios y llenan nuestros corazones de medias verdades y mentiras, y nos atraen para que procuremos lograr cosas buenas por vías incorrectas, en el momento que no corresponda o con la persona equivocada. La palabra española "estrategias" deriva del vocablo griego que Pablo utiliza y que es traducido como "artimañas". Eso significa que nuestras tentaciones no son casuales. Las falsas perspectivas que encontramos no nos llegan por el azar. Las mentiras que escuchamos, los conflictos que tenemos con otros, las pasiones que nos consumen en momentos de mayor debilidad, todo es parte de un plan para transformarnos en bajas en esta guerra invisible. Son golpes organizados, bajos, designados para neutralizar a las mismas personas que Dios ha llenado con su poder incomparable.

La razón para los mandatos: "Nuestra lucha no es contra seres humanos" (v. 12)

Los efesios no vivían en el vacío; existe una razón por la que Pablo les dio estas instrucciones. Puede ser que estuvieran enfrentando algunos problemas relacionales o circunstancias negativas; tal vez hayan estado sufriendo una intensa persecución por parte de las autoridades gubernamentales o los adoradores de los dioses y diosas paganos, pero esa no es la razón por la que Pablo les urge a que se fortalezcan y se pongan la armadura. El problema real, dice el Apóstol, está detrás de escena. Existe un intenso combate a muerte con seres sobrenaturales y malignos.

Eso es lo que realmente significa la palabra *lucha*. Es un combate cuerpo a cuerpo que se practicaba en la antigua Grecia, en el que dos personas peleaban hasta que uno pudiera dejar tendido al otro. Requería mucho esfuerzo y concentración constantes. Cuando Pablo usa esta palabra en su carta a los Efesios, deja claro que no está escribiendo acerca de sus circunstancias visibles o con respecto a personas determinadas. La batalla puede haberse manifestado en el contexto cotidiano, la política ciudadana, la opresión o el comportamiento maligno, pero su origen no es de carne y hueso. La batalla es "contra poderes, contra autoridades, contra potestades que dominan este mundo de tinieblas, [y] contra fuerzas espirituales malignas en las regiones celestiales" (v. 12). Es una guerra *invisible*.

La lista de poderes espirituales tiene connotaciones de jerarquía y organización. Así como existen generales, soldados rasos y muchos rangos intermedios en las estructuras militares, los poderes demoníacos también parecen estar ordenados de acuerdo con su rol y poder. He escuchado a algunas personas entrar mucho más en detalle que lo que la Biblia lo hace, con respecto a la actividad demoníaca, delineando jerarquías específicas y describiendo dominios determinados, pero esas son solo especulaciones. Las Escrituras no nos informan acerca de esos detalles. Pero aunque la Biblia no nos dice cómo funcionan esas vastas estructuras, reconoce la existencia de estos adversarios malignos que combaten en el ámbito espiritual y es muy clara a este respecto: Allí es donde transcurre nuestra lucha.

En nuestro siglo, muchas personas pueden detenerse al llegar a este punto y cuestionar la validez de esta cosmovisión. Después de todo, hablar de algo así suena un tanto extraño en una época moderna y científica. Si usted hablara del diablo y los demonios en una reunión pública, seguramente recibiría burlas y miradas incrédulas. No sería tomado muy en serio. Pero los efesios no tenían esas reservas. Habían visto el poder demoníaco. Para ellos era una observación muy común. La pregunta para los efesios, y para nosotros si vamos a asumir una cosmovisión bíblica, no es si las entidades malignas son reales sino qué hacer con respecto a ellas. Pablo les estaba enseñando a los efesios la estrategia dada por Dios para tratar con algo que ellos ya sabían que era cierto.

Nuestra sofisticada cosmovisión, en realidad, puede limitar nuestra comprensión de las situaciones que enfrentamos. Comenzamos pensando que el problema es nuestro esposo o esposa, una enfermedad o una circunstancia. Estas son cuestiones fáciles de ver y ciertamente yo no las señalaría como relevantes. Pero muchas veces son síntomas de un problema invisible. Detrás de las muchas cosas que vemos superficialmente existe un archienemigo que quiere destruir nuestras vidas.

Por favor, no malinterprete esta cosmovisión como una negación de la responsabilidad personal. Todos tomamos decisiones. Algunas veces las consecuencias de estas decisiones son negativas. No podemos culpar de todas nuestras dificultades a los actos hostiles del enemigo. Vivimos en un mundo caído y las cosas malas suceden. No todo ocurre como consecuencia de las artimañas demoníacas. Pero todo *puede* ser explotado por las fuerzas demoníacas. Como dijo C. S. Lewis, el peligro es poner demasiado énfasis en Satanás y los demonios o prestarles muy poca atención.

El hecho es el siguiente: usted va a ser atacado. Va a tener que soportar las violentas embestidas del enemigo de Dios. Pablo nos advierte que será una travesía accidentada, así que abróchese el cinturón y concéntrese en su obligación. Su primera responsabilidad es tomar conciencia de la batalla, la segunda es depender del poder de Dios y la tercera es utilizar la protección que Dios le ha provisto.

Aplicación personal: ¿cómo se relaciona todo esto con su vida?

Algunas personas se sienten cómodas con los asuntos que hemos discutido hasta este punto. Para otros, la idea de personas endemoniadas atravesando con ferocidad el pasillo central de una iglesia, o la de voces demoníacas surgiendo de la boca de personas aparentemente normales les hace arquear las cejas. Muchos de nosotros no encontramos tales manifestaciones en nuestras iglesias y comunidades, y muchas personas están bastante seguras de que existe una mejor explicación que la de los demonios para dichas experiencias. Pero puedo asegurarle que hay algunas cosas que la psicología, la sociología y la biología no pueden explicar. Existen realidades espirituales que todo creyente o las enfrentará o será engañado por ellas, y solo una sólida comprensión de nuestra armadura espiritual puede prepararnos para estas realidades.

Sin embargo, antes de considerar el valor de la armadura espiritual, hay cinco verdades básicas de las que necesitamos estar seguros de creer firmemente. Comprender el papel de la protección de Dios no nos ayudará mucho si primero no comprendemos exactamente la razón por la que la necesitamos. Si sus ojos aún no están abiertos al contexto que existe detrás de escena de nuestra vida en Cristo, si usted todavía es escéptico con respecto a todo este asunto, prepárese para ser sacudido por la realidad del conflicto que explota a su alrededor.

En su vida:

- ¿Alguna vez sintió que estaba en medio de una batalla espiritual? Si fue así, ¿cuándo sucedió?
- Cuando alguien dice la frase "guerra espiritual", ¿qué es lo primero que viene a su mente?
- ¿Cuál es su tendencia natural ante un conflicto? ¿Pelear o huir?
- ¿Esta tendencia limita la fortaleza de Dios en su vida? Si es así, ¿de qué manera la limita?
- ¿Consideró alguna vez que un pecado reiterado o un conflicto sin resolver puede relacionarse de alguna manera con la guerra espiritual?

- ¿De qué manera le ayuda saber que el poder que reside en usted es el mismo poder de Dios que levantó a Jesús de entre los muertos?

2

Nuestra vida detrás de escena

Millones de criaturas espirituales caminan sobre la tierra de modo invisible, tanto cuando dormimos como cuando despertamos.

John Milton

Normalmente, nosotros, la familia Ingram, dormimos toda la noche como el resto de la gente. Pero cuando vivíamos en Santa Cruz, California, en los Estados Unidos de América, a veces no lo lográbamos. Y cuando eso sucedía, solía ser por motivos verdaderamente aterradores.

Produce mucho temor experimentar manifestaciones físicas del mal en la propia casa. Las manifestaciones audibles no eran infrecuentes. Una noche escuchamos ruidos fuertes que no podían ser artificiales, y entonces oímos a nuestros hijos gritando, uno tras otro, a causa de pesadillas horribles, satánicas. No puedo describir lo espeluznante que era. Como familia, teníamos que comprender que estábamos siendo atacados, y la meta era hacernos sentir débiles y atemorizados. Me sentí tentado a empacar y dejar la iglesia en Santa Cruz, y tal vez también el ministerio, hasta que me di cuenta de que los proyectiles de Satanás no se comparaban con la protección de Dios. Tuvimos que enseñarle a cada uno de nuestros hijos los conceptos básicos de la guerra espiritual para que supieran qué hacer en medio de la noche. Aprendimos que la precisión y el poder de la Palabra hablada de Dios, por causa de su autoridad y el poder de su nombre, dispersarán cualquiera de las tácticas atemorizantes del enemigo. Esto generalmente sucede de inmediato, pero aunque a veces demore un poco, llegado el momento, lo harán.

Puede ser que para la mayoría de nosotros este sea un ejemplo extremo de confrontación con el mundo invisible, pero recientemente presenté este material ante un millar de pastores en Nigeria, quienes ni siquiera pestañearon cuando les compartí algunas de mis experiencias más atemorizantes. De hecho, ellos dijeron que en aquella cultura animista prácticamente todas las personas tienen experiencias con demonios. Existe un aspecto de la realidad que no puede ser visto en mi casa ni en la suya, donde tienen lugar las batallas de la vida. Hay muchas cosas ocurriendo detrás de escena.

Verdad básica #1: Existe un mundo invisible

El espectáculo parecía muy inocente en los años 60 cuando mirábamos series como "Mi mujer es hechicera" (*Bewitched*). El contexto de ese programa era el de una familia tradicional y no había nada sorprendente ni ofensivo en el desarrollo de la historia. Inclusive, los episodios muchas veces contenían lecciones morales positivas. El hecho de que sus personajes principales eran brujas, magos y todo un mundo de seres invisibles y sobrenaturales podía ser atribuido a la fantasía. Después de todo, se trataba de un simple entretenimiento.

Pero, ¿ha percibido cómo creció desde allí? En los últimos años hemos podido presenciar el programa de una estudiante de la escuela secundaria dotada sobrenaturalmente para derrotar entidades tenebrosas, demoníacas e infernales en *Buffy, la caza-vampiros*. La audiencia se ha entretenido con un atractivo trío de brujas que dependen de encantamientos ocultistas para derrotar a los demonios y desafiar la fuente del mal en "Embrujada". Todos los programas como "Ángel" y "Los archivos X" tienen implicaciones cósmicas. Y estas son solo muestras de la televisión. Las películas, desde las humorísticas hasta las de terror, pasando por todos los géneros intermedios, han presentado temas referentes a lo sobrenatural mucho más prominentemente: "El exorcista", "Profecía", "Poltergeist", "Ghoulies", "Entrevista con un vampiro", "El abogado del diablo", "La momia" y "Sexto sentido" son unos pocos ejemplos entre cientos. La literatura está aún más llena de ocultismo. Nuestra cultura ha llegado a estar fascinada con el máximo conflicto entre el bien y el mal, no solo en sus manifestaciones externas sino también en la dinámica del ámbito espiritual y los seres que lo habitan. Muchos espectadores ven estas dinámicas como pura fantasía; muchos no.

Sería el primero en decirle que la manera en que el mundo invisible está representado en estas diversas formas de entretenimiento es, en la mayoría de los casos, pura fantasía. Pero también sería el primero en decirle que la realidad de la que surgen estas fantasías es una verdad absolutamente sólida, bíblica. Si talentosos estudiantes de la escuela secundaria pueden combatir vampiros no es una cuestión bíblica. Pero la pregunta acerca de si las entidades malignas existen e interactúan con la historia humana es enfáticamente respondida en la Biblia, y la respuesta es *sí*. Existe un mundo invisible y es muy, muy real.

Esa es la verdad básica número uno de la que tenemos la imperiosa necesidad de estar convencidos antes de estudiar las enseñanzas de las Escrituras acerca de la guerra espiritual: *existe un mundo invisible que es tan real como el visible* (Efe. 6:12). La Biblia no nos informa de este mundo invisible entregándonos algunas referencias o versículos aislados aquí y allá. El testimonio es resonante y extendido. Si el mundo espiritual de ángeles y demonios no es una realidad, tampoco lo es la Biblia. El contexto del mundo invisible en las Escrituras es así de enfático. No puede ser racionalizado basándose en la Palabra.

El Antiguo Testamento da testimonio del mundo invisible

El maligno rey de Siria había ordenado encontrar a Eliseo y matarlo (2 Rey. 6:8-14). Dios muchas veces le revelaba a Eliseo los planes del enemigo, y entonces él advertía al rey de Israel. Para el rey de Siria era peor que tener un espía en el campamento. "Es él quien le comunica todo al rey de Israel, aun lo que Su Majestad dice en su alcoba", le dijo uno de los consejeros al rey (v. 12). Los avances contra Israel nunca podrían ser exitosos mientras Eliseo profetizara. Eliseo debía ser quitado de en medio.

Pero Eliseo había demostrado ser elusivo. El rey sirio nunca había podido atraparlo y se sentía cada vez más frustrado. Parecía que la única manera de tomar ventaja sobre Israel consistía en tratar a Eliseo como la amenaza que era. Así que reunió a su ejército.

Una mañana, el siervo de Eliseo se despertó al amanecer y salió de la casa. La ciudad de Dotán estaba rodeada por cientos o tal vez miles de caballos, carros y guerreros. Habían llegado a aquella ciudad con un propósito y Eliseo, dormido profundamente en el interior de la casa, era el blanco. Su siervo se llenó de temor y lo despertó. Cuando Eliseo se enteró de esta difícil situación, pronunció una de las declaraciones más extrañas de toda la Biblia: "No tengas miedo —respondió Eliseo—. Los que están con nosotros son más que ellos" (2 Rey. 6:16).

El siervo de Eliseo debe haber pensado que el anciano había perdido el sentido común. Quizás sus profecías habían sido excelentes, pero era terrible en matemáticas. Estos dos hombres estaban completamente rodeados por un numeroso ejército de asesinos profesionales, todos celosos de satisfacer el mandato de un rey maligno. El profeta y su asistente estaban preparados para el desayuno, no para la guerra. Era realmente una situación desesperada, y Eliseo le aseguró al joven con toda calma que ellos tenían la ventaja.

La historia continúa desarrollandose, y vemos a qué se refería Eliseo. Él oró pidiendo que los ojos de su siervo fueran abiertos para ver la realidad del ejército de Dios. Cuando los ojos del asistente vieron el mundo usualmente invisible, quedó maravillado. Detrás del ejército sirio sediento de sangre, sobre las colinas que rodeaban Dotán, había caballos y carros de fuego, que eran las fuerzas celestiales de Dios listas para pelear sobrenaturalmente a favor de los siervos de Dios. Por un momento, lo invisible se hizo visible, y era increíble.

Para el enemigo se aplicó lo contrario; de repente, lo visible se hizo invisible. Eliseo oró para que la ceguera cayera sobre ellos y, cuando Dios respondió, el profeta condujo al ejército hostil directamente hacia el rey de Israel y sus fuerzas, donde los invasores fueron inmediatamente capturados. El mundo invisible resultó ser tan real como el visible y aún más poderoso.

Una fascinante historia en Daniel 10 demuestra la conexión entre lo visible y lo invisible. Daniel había estado orando intensamente durante tres semanas, cuando tuvo la visión de un ángel poderoso. Este ángel le dijo a Daniel que su oración había sido oída desde el primer día, pero que el "príncipe de Persia" había estado resistiendo al ángel en el mundo espiritual. El conflicto se había resuelto cuando Miguel, el arcángel, vino a unirse a la batalla (Dan. 10:12, 13).

¿Habrá usado Daniel un lenguaje figurado en este pasaje? No tenemos indicación de ello. La visión es demasiado específica y demasiado real para ser considerada como una metáfora. Daniel apenas podía respirar cuando contempló la visión. Las personas que estaban alrededor de él se sintieron atemorizadas y huyeron. Las profecías que fueron entregadas tenían que ver con detalles históricos que eran más que simbólicos. No hay nada figurado en esta muestra del mundo invisible. Para Daniel, y para los creyentes desde entonces, este pasaje es innegablemente auténtico.

Estas son únicamente dos antiguas historias, entre otras del Antiguo Testamento (2 Rey. 6:8-23 y Dan. 10), que ilustran una realidad presentada repetidamente en las Escrituras: hay muchas cosas que suceden pero que nosotros no las vemos.

El Nuevo Testamento da testimonio del mundo invisible

La creencia en el mundo invisible no quedó confinada a los tiempos del Antiguo Testamento. Cuando el mundo ya se había vuelto intelectualmente sofisticado por medio de las complejas filosofías griegas y durante la época de la modernización política y social de los romanos, el Nuevo Testamento se refiere a las realidades espirituales una y otra vez. Hoy en día, tendemos a considerar las eras antiguas como ingenuas y desinformadas, pero existieron culturas bastante avanzadas que, a pesar de ser precientíficas, fueron intelectualmente poderosas y rigurosas en la búsqueda del conocimiento. Los tiempos del Nuevo Testamento no fueron una era de superstición e ignorancia. Por ejemplo, muchos griegos y romanos dudaban de la resurrección tanto como los escépticos de hoy en día. ¿Por qué? Porque no creían en la evidencia al respecto. Claro que estaban equivocados en ese punto, pero no podemos acusarlos de ser crédulos. Consideraban la vida por medio de la razón. El contexto detrás del ministerio de Jesús y la iglesia primitiva era el de una de las sociedades culturalmente más avanzadas de la historia.

El racionalismo de la cultura grecorromana no excluyó la realidad de los espíritus invisibles. Había demasiada evidencia. En aquel contexto intelectual, Pablo escribió acerca de las diferencias entre la carne y las fortalezas espirituales que operan detrás de escena en 2 Corintios 10:3-5. Las armas que utilizamos no son de la carne, la batalla que enfrentamos no es de la carne, y los pensamientos y especulaciones que se infiltran en la sociedad y la iglesia no son de la carne. Las situaciones que enfrentan los creyentes no son simplemente una cuestión de psicología o socialización, no son casualidades ocurridas al azar y no es posible explicarlas por medio de dinámicas organizacionales o teorías relacionales. Son situaciones espirituales y las fuerzas que hay detrás de ellas son personales.

Pablo se refirió muchas veces a estas fuerzas escribiendo acerca del dios de este mundo que ha cegado las mentes de los que no creen, de las artimañas del enemigo para propiciar la amargura y las divisiones en la iglesia, de la capacidad de Satanás para impedirle visitar una determinada ciudad y de las influencias demoníacas detrás de la persecución que tanto él como otros estaban enfrentando. Juan escribió acerca de Satanás y los demonios con frecuencia en su Evangelio y en sus cartas, aun concluyendo su primera carta con la observación de que "Sabemos que somos hijos de Dios, y que el mundo entero está bajo el control del maligno" (1 Jn. 5:19). La revelación que Juan recibió acerca del conflicto cósmico y el final de los tiempos estaba llena de referencias al dragón y los espíritus malignos. Tal vez estos seres se habían incorporado a gobiernos y sistemas religiosos falsos, pero la realidad espiritual detrás de esos gobiernos y sistemas religiosos era personal y activa. Pedro escribió a un grupo de creyentes perseguidos y les dijo que el diablo andaba rondando alrededor de ellos para devorarlos. Lucas registró los numerosos encuentros que los apóstoles tuvieron con su oposición y las palabras que salían de sus bocas eran puntuales y precisas: Satanás y sus demonios están detrás de la incredulidad, el engaño, el temor, las religiones falsas y la persecución. En las obras de estos escritores inspirados llamados por Dios, no existen indicios de que el mal sea impersonal y que esos fenómenos puedan ser explicados naturalmente. Sus descripciones de encuentros con el mundo invisible son muy concretas.

Es importante que recordemos que las palabras de los apóstoles y los escritores inspirados del Nuevo Testamento provienen del contexto de sus encuentros con Jesús. Ellos no inventaron aquellas cosas. El propio Hijo de Dios interactuó con Satanás y los demonios, y se refirió con frecuencia a sus obras. Muchos de sus milagros ocurrieron como reacción a sus mentiras y destrucción. Él no tuvo reservas en acusar a los falsos maestros de influencia satánica. El Hijo de Dios, que vino a nosotros desde su eterna morada habló específica y repetidamente acerca de personalidades espirituales de las tinieblas. El mundo invisible era muy visible para él.

Las implicaciones de los testimonios bíblicos son más vitales de lo que podemos imaginar. Estas numerosas referencias de Jesús significan que si no creemos en el mundo invisible estamos rechazando las palabras del Hijo de Dios y considerando que este mundo es un ingenuo producto de su época, estamos diciendo que los escritos inspirados de los líderes de la iglesia primitiva no están del todo inspirados. Al tratar de reconciliar una cosmovisión naturalista con la Biblia, estamos sacrificando una gran parte de la verdad de Dios. Si negamos la realidad de Satanás, los demonios y los ángeles, estamos pronunciando un juicio acerca de la revelación que hemos recibido del Espíritu Santo.

Tres siglos después del Iluminismo, puede resultarnos difícil aceptar la realidad de los seres invisibles. Tomamos las enseñanzas de la Biblia respecto de este tema como la mejor explicación que encontraron aquellas personas, antes de la modernidad, para describir algunos de los fenómenos que observaban. No confiamos en los testigos antiguos y descartamos a los testigos actuales como carentes de contacto con la realidad. Somos personas modernas que se apoyan en el empirismo y el método científico. Nos gusta ser capaces de explicarlo todo por medio de experimentos y mediciones.

Como creyentes en Jesús, es decir, personas que realmente creemos que él es el Hijo de Dios, tenemos que admitir que existe un mundo que no podemos observar directamente. Ese es el testimonio que él nos dio. No se refirió a los demonios en abstracto. Ellos le hablaron y él les respondió. Eso nos dice que ese reino invisible es tan real como el tocar nuestra piel, tan real como el besar a nuestros hijos en la mejilla cuando los acostamos, tan real como el dolor que sentimos cuando nos golpeamos y tan real como ver un hermoso atardecer.

Si esto todavía le resulta difícil de asumir, considere la multitud de ejemplos de realidades invisibles que encontramos en la historia que los escépticos descartaron como ciertas porque sus ojos no podían verlas. Por siglos, los seres humanos no pudieron ver las bacterias, pero ¿acaso eso las hizo menos reales? ¿Y los virus? Muchos de nosotros no terminamos de comprender la electricidad y de hecho no podemos contemplar la corriente eléctrica, pero ¿es real la electricidad? Vemos la evidencia de su existencia en los aparatos que utilizamos en nuestra vida a diario. Hace mucho tiempo que dejamos atrás nuestra incertidumbre acerca de su existencia. No podemos ver el gas natural, pero si abro la válvula y enciendo un fósforo en mi casa, obtengo calor. El monóxido de carbono está completamente oculto de nuestros sentidos y no podemos ni verlo ni olerlo, pero si permanecemos en una habitación que lo contiene en demasía, puede matarnos. No podemos ver el viento, las ondas sonoras ni el átomo, pero existen. Podemos ver los resultados que producen. Sabemos que estas cosas son reales porque hemos aprendido a observar sus efectos. Históricamente, y aun hoy en día, están ocurriendo toda clase de cosas que no podemos ver. No debería ser tan difícil aceptar que también existe un mundo espiritual que no podemos ver.

Francis Schaeffer escribió hace mucho tiempo un libro que tuvo un gran impacto en mi vida. Se llama *True Spirituality* (Verdadera espiritualidad). Allí señala que existe un cierto contenido que llena el mundo material; seres de carne y hueso, árboles y flores, el cielo y los planetas, y otro contenido paralelo que compone el mundo espiritual; almas, ángeles, demonios y todo tipo de actividad entre ellos. Schaeffer sugiere que existe un puente, una conexión, entre estas dos realidades[1]. Vivimos en esa conexión.

No sé exactamente cómo es que funciona ese lado de la realidad. He escuchado a algunas personas enseñar con mucho detalle acerca de los espíritus territoriales y cómo operan estas cosas en el mundo espiritual y nos afectan. Pero en las Escrituras, Dios escogió revelarnos solo una información limitada acerca de las jerarquías específicas y parámetros de autoridad y, como veremos, eso es todo lo que necesitamos saber. La Biblia es muy clara con respecto a la existencia de los ángeles, de

Satanás y los demonios, y nos enseña que están organizados de acuerdo con su rol, poder y rango. Puede ser que no conozcamos todos los detalles, pero sabemos lo que la Biblia afirma y, en realidad, los creyentes no podemos rechazar las verdades declaradas en la Escritura sin rechazarla toda.

Necesitamos comprender la dinámica bíblica de las realidades espirituales. Si no lo hacemos, nos haremos más vulnerables a los poderes malignos. Y también tendremos menos confianza en la capacidad de Dios para librarnos. En esencia, eso es lo que Eliseo le dijo a su siervo en aquella historia de 2 Reyes: Él no estaba considerando la realidad. Como suele pasar con nosotros, aquel siervo estaba mirando las circunstancias externas y dependiendo de lo que sus ojos pudieran ver, inconsciente de la realidad latente detrás de la realidad visible. Eliseo dijo: "Te daré un vistazo de lo que no puedes ver: el poder ilimitado y completamente disponible para nosotros en este momento. Tu perspectiva es equivocada y va a cambiar".

Aplicación personal: ¿cómo se relaciona todo esto con su vida?

Me pregunto con cuánta frecuencia nosotros, los creyentes, vemos nuestras circunstancias como lo hizo el siervo de Eliseo, completamente ignorantes de que hay muchas cosas más ocurriendo de las que podemos ver a nuestro alrededor. Para nosotros es fácil olvidar que existen más cosas sucediendo detrás de escena. Es por eso que esta verdad es tan importante. Si ese es el caso, de acuerdo con el testimonio de la Palabra de Dios, no tenemos la perspectiva correcta. En realidad, nuestros ojos no están abiertos.

Verdad básica #2: Estamos involucrados en una guerra invisible

El mundo invisible no solo existe: Ese mundo está en medio de un conflicto invisible. Es esencial que comprendamos la segunda verdad básica: *estamos involucrados en una guerra invisible, un conflicto cósmico que tiene implicaciones eternas* (Efe. 6:12). Es real, es serio y es definitivo en sus consecuencias. Somos soldados en la batalla más importante.

El hecho de que hayamos nacido en medio de una activa guerra en el mundo invisible no es exactamente una buena noticia, pero es una información vital. Afecta prácticamente a cada área de nuestra vida y, de hecho, es el auténtico campo de batalla en el que vivimos. La enseñanza específica de Pablo en 2 Corintios 10:3-5 es esta: "Pues aunque vivimos en el mundo, no libramos batallas como lo hace el mundo. Las armas con que luchamos no son del mundo, sino que tienen el poder divino para derribar fortalezas. Destruimos argumentos y toda altivez que se levanta contra el conocimiento de Dios, y llevamos cautivo todo pensamiento para que se someta a Cristo". ¿Puedes escuchar la sensación de conflicto que surge de este pasaje? Pablo informa claramente a sus lectores que están en una batalla contra entidades invisibles y que dicha batalla es intensa. Les recuerda a los corintios que tienen que ver más allá de las apariencias y usar las armas espirituales que Dios les ha dado. Estas armas son capaces de destruir todo lo que se levanta contra el conocimiento de Dios.

Esta observación de Pablo constituye una importante aclaración en cuanto al ámbito en el que ocurre la mayor parte de esta batalla. Una buena parte de ella tiene lugar en el espacio que existe entre nuestras orejas. Nuestras mentes, nuestro sistema de creencias, nuestra cosmovisión: Allí es hacia donde el enemigo apunta. Si nos queda alguna duda acerca de que esto es lo que Pablo está pensando, podemos encontrar otra penetrante reflexión en la misma carta a los corintios, un poco antes: "El dios de este mundo ha cegado la mente de estos incrédulos, para que no vean la luz del glorioso evangelio de Cristo, el cual es la imagen de Dios" (2 Cor. 4:4). En este versículo y en muchos otros, se nos muestra que la batalla es por la comprensión espiritual que tiene lugar en la mente.

Dado que la salvación involucra nuestra mente y la manera en que concebimos las cosas, tendemos a pensar que el conocimiento de Dios es un asunto intelectual. Pero es más que eso: es un asunto espiritual y moral. El dios de este siglo tiene una refinada estrategia para cegar la mente de las personas de modo que no sean capaces de comprender la verdad. Esto es lo que hace que la oración intercesora sea crucial: Existe una relación vital entre la aceptación del evangelio y la guerra invisible. Una vez más, no sé exactamente cómo funciona y ni siquiera voy a fingir que puedo explicarlo satisfactoriamente, pero la verdad de este conflicto proviene directamente del texto del Nuevo Testamento. Existe una conexión entre las personas que oran y la facultad de ver de aquellos por los que oran. Cuando las personas vienen a Cristo, puedo garantizarle que, en alguna parte, de alguna manera, alguien cree en la oración y, de hecho, la está poniendo en práctica.

Jesús sabía que la batalla era real. Cuando vivía su agonía en el huerto de Getsemaní, la noche anterior a su crucifixión, fue tentado a renunciar. Cuando la vida se le hizo difícil, en ningún momento se colocó la máscara de superhéroe y se olvidó de ser un ser humano. Él era completamente Dios, pero también completamente humano, y la Biblia nos dice que fue tentado en todas las maneras que nosotros somos tentados. Esto significa que fue tentado con la lujuria, la ira, la depresión, la envidia y con la falsa convicción de que probablemente las personas no aceptarían su sacrificio, así que, ¿para qué preocuparse? Agonizó hasta el punto de sudar gotas de sangre.

¿Qué hizo Jesús para poder salir victorioso de esta batalla? Oró. Sus tres amigos más íntimos estaban allí con él, y él solo les pidió que oraran. Tenía una necesidad en su vida, estaba en el fragor de un conflicto espiritual y su máximo recurso era la oración. Aquella misma noche, más temprano, le había dicho a Pedro que Satanás lo había pedido para sacudirlo como a trigo. "Pero yo he orado por ti", le dijo Jesús (Luc. 22:31, 32). Podemos preguntarnos por qué Jesús, siendo el Dios encarnado, no pronunció simplemente una palabra e hizo que el enemigo se retirara. Pero debemos recordar que una de las razones por las que vino fue para servirnos de modelo de lo que significa andar en completa dependencia del Padre en el poder del Espíritu Santo. Así que en la noche en que peleó su batalla más grande, Pedro, uno de sus amigos, era el blanco del ataque del enemigo, Jesús nos reveló la solución: Oró, y oró mucho.

Más adelante discutiremos los detalles de este tipo de oración pero, ¿entiende usted las implicaciones? Existen dos mundos: Uno visible y otro invisible; ambos hacen una intersección, y nosotros vivimos en ella. Está teniendo lugar un conflicto cósmico que tiene implicaciones eternas. Las almas de hombres, mujeres, niños, niñas, personas de toda nacionalidad, color y lenguaje de todo el planeta están en peligro. El enemigo procura enceguecernos para que no veamos la verdad; él desea embotar nuestra alma y arruinar nuestra vida. De eso es lo que se trata la guerra espiritual.

Hace un par de años, cuando comenzaba a preparar una serie de mensajes acerca de este tema, una señora hizo una mala maniobra y chocó contra mi auto. Al principio no le di demasiada importancia. Nadie salió herido, así que no era para preocuparse. Dos días más tarde estaban arrancando unos arbustos de nuestro jardín y se rompió una pequeña pieza del sistema de riego. Tampoco era algo muy importante, hasta que el hombre que vino a arreglar la pieza cortó la línea telefónica. Dijo que era la primera vez que le ocurría esto en 26 años de trabajo, y encima nos quedamos sin agua en toda la casa. Mi esposa, mi hija y yo contamos 15 ó 16 crisis en el correr de cinco días, hasta el punto que se volvió algo cómico. De repente estaba hasta la coronilla de cosas que debía atender y que me distraerían de la preparación de aquellos mensajes.

¿Coincidencia? No lo creo. Este tipo de cosas ocurre con demasiada frecuencia, y no solo a mí, este es un testimonio compartido por muchos cristianos.

Cuando era pastor en Santa Cruz, teníamos recitales de música en los que frecuentemente cientos de personas recibían a Cristo. En ocasiones llegamos a tener hasta tres o cuatro instrumentos descompuestos dentro de las 24 horas previas a los eventos. Claro que comprendo que las cosas se pueden descomponer, pero hay más que eso. Los molestos inconvenientes parecen coincidir alrededor de los momentos de cosecha espiritual. Eso no es exactamente una coincidencia.

Estaba preparándome para enseñar acerca de la guerra espiritual a nuestro equipo de *Walk Thru the Bible* (Caminata bíblica), cuando percibí algo inusual. Aquel día comenzó normalmente, de hecho, parecía un día excepcionalmente bueno. Me desperté temprano y tuve un excelente tiempo devocional. Mi esposa estaba especialmente generosa aquella mañana y me llevó el café a la cama. No se puede pedir más, ¿no es cierto? Entonces, después de un rato, ella regresó y me ofreció una segunda taza. ¡Qué día tan maravilloso! Tuve un excelente tiempo con el Señor y luego me fui a trabajar como siempre lo hago. Pero más o menos una hora antes del momento de iniciar la enseñanza, fue como si me echaran encima una cortina negra. Hasta donde yo sabía, no pasaba nada malo. Mi relación con Dios era excelente, mi esposa estaba siendo amorosa y tierna, y mi familia estaba bien. Pero de repente empecé a tener pensamientos tales como: “No quiero vivir más”,

"No quiero enseñar esto", "No quiero ser el presidente de *Walk Thru the Bible* (Caminata biblica)", "Soy una persona muy mala". Fue un instante, como si en un momento caminara a pleno sol y al siguiente estuviera en medio de la noche. Quedé sumido en estupor por media hora. Y a pesar de ser una persona inteligente, no tenía la más mínima idea de por qué me sentía así. No podía establecer la conexión. Entonces, una pequeña voz en mi mente dijo: "Oye, Chip, ¿no vas a enseñar acerca de la guerra espiritual? ¡Hola! ¿No se te ha ocurrido pensar que esto puede ser parte de ella?". Así que oré y confronté al enemigo, y momentos después estaba saliendo de la oscuridad y regresando a la luz.

Sé que no soy la única persona que se deprime repentinamente de esa manera. Casi todos enfrentamos experiencias de desánimo y muchas veces las razones no son muy claras. Existen muchos, muchos motivos para la depresión y el desánimo —motivos médicos, químicos, psicológicos, sociales y otros por el estilo— pero cuando estos momentos oscuros surgen de la nada, sin razón aparente, debería encenderse una luz de advertencia. En un instante uno está pensando en lo bien que van las cosas y al siguiente se desbarranca cuesta abajo en una espiral de pensamientos negativos. ¿Por qué? Porque existen realidades invisibles que tienen mucho que ver con experimentar la vida abundante que Jesús prometió, servir productivamente en el reino de Dios y conocer el gozo de su salvación.

Aplicación personal: ¿cómo se relaciona todo esto con su vida?

¿Cuándo fue la última vez que consideró honestamente que alguna lucha o conflicto relacional tiene sus raíces en la oposición satánica? Conozco algunas personas que llevan demasiado lejos este concepto, llegando a pensar que cada rueda pinchada del coche proviene del "demonio de las pinchaduras", y que cada carne quemada proviene del "espíritu de parrilla recalentada". O como la mujer que llegaba tarde a trabajar y tenía un mal desempeño, pero culpó a los malos espíritus cuando fue despedida. Muchas personas utilizan la guerra espiritual como una excusa para eludir la responsabilidad personal. Pero aquí no me estoy refiriendo a estos extremos. Estoy hablando acerca de las personas comunes, sencillas, que no ven un demonio detrás de cada arbusto, que aman a Dios y tienen luchas y conflictos normales. Utilizando el sentido común, bueno y bíblico, ¿cuándo fue la última vez que le ocurrieron cosas que en realidad no podría explicar de otra manera? Por ejemplo, ¿su relación con alguna persona a la que ama y en la que confía repentinamente ha empezado a decaer sin razón aparente? ¿O una iglesia que realmente ha sido usada por Dios y de un momento para otro se ha llenado de controversias y nadie puede explicar cómo comenzó el problema? ¿Lo ha invadido un sentido de opresión o depresión a pesar del hecho de que sus circunstancias no han empeorado? Cuando las cosas andan mal, ¿simplemente lo atribuye al destino o a la naturaleza humana? ¿O realmente considera que puede haber un conflicto espiritual ocurriendo detrás de escena?

Eliseo vio la batalla celestial. Un ángel le reveló un vistazo de ella a Daniel. Pablo escribió acerca de esta guerra con frecuencia. Jesús, el Dios encarnado que sabía todo acerca del mundo invisible, enfrentó repetidamente a Satanás y sus demonios. Los primeros lectores de los textos bíblicos no consideraron que esto fuera extraño. No consideraron que los profetas y apóstoles estuvieran rematadamente locos. Comprendieron muy bien las verdades a las que hoy en día necesitamos aferrarnos con firmeza. Los problemas que enfrentamos no se refieren a nuestra pareja, nuestros hijos, nuestro trabajo o nuestras circunstancias. Detrás de todas estas cosas está el sujeto de nuestras verdades básicas tres y cuatro: Un archienemigo malicioso y personal que quiere utilizar todo lo que haya a su alcance para destruir nuestras vidas.

En su vida:

- ¿Cuál es su reacción frente a las personas que periódicamente le atribuyen sus problemas a la actividad demoníaca?
- ¿Hay ocasiones en las que considera que sus argumentos son válidos? ¿Hay momentos en los que directamente los rechaza? ¿Qué hace la diferencia?
- ¿Puede identificar alguna dificultad actual en su vida que pueda ser el producto de la oposición espiritual?
- ¿Ha visto algún rastro de oposición en su vida, por ejemplo, áreas en las que Dios quiere que crezca o sirva y en las que surgen muchos obstáculos?
- ¿Ha sido capaz de superar esos obstáculos? ¿Por qué sí o por qué no?

3

Usted tiene un enemigo personal

La existencia del diablo es tan claramente enseñada en la Biblia que dudar de ello es dudar de la Biblia misma.

Archibald Brown

Es el domingo de la final del campeonato y los dos equipos están preparados. Han soñado toda la temporada con la llegada de este día, pero a lo largo de las dos últimas semanas han hecho mucho más que soñar. Han visto videos. Una hora tras otra estuvieron sentados frente a la pantalla, manejando el control remoto para adelantar la película, para retrocederla algunos segundos y observar las jugadas del equipo contrario una y otra vez. Han visto al jugador estrella del otro equipo haciendo grandes jugadas durante toda la temporada, dejando derrotados y confundidos a los jugadores del equipo contrario. Pero tienen razones para tener esperanza de que las cosas serán mejores para su propio equipo.

¿Qué les hace tener más esperanza que los equipos que fueron eliminados semanas atrás? Conocen al adversario. Han aprendido sus estrategias. Conocen sus jugadas y sus formas de esquivar al rival. Los observaron recibir sus indicaciones desde el banco y repetirlas a sus compañeros de equipo. Pasaron algo de tiempo entrenando duro, pero han pasado más tiempo haciendo su tarea de investigación. No habrá sorpresas porque ya han hecho los cálculos. ¿Por qué? *Porque quieren ganar*. Tienen tantos deseos de ganar que han dedicado cantidades extraordinarias de tiempo durante medio año, aun descuidando a sus familias, para poder lucir la medalla de campeón sobre sus pechos y decirles a los telespectadores que se van de paseo a Disneylandia. Se toman este asunto en serio porque, si no lo hacen, perderán.

Verdad básica #3: Tenemos un formidable adversario

Pablo urge a los efesios a tomar su batalla más seriamente que los finalistas del campeonato y aún más seriamente que las tropas armadas en tiempo de guerra. En el último capítulo vimos cuánto está en juego en este conflicto. Tiene consecuencias eternas, y no solamente la guerra es intensa; también lo es el enemigo. La verdad número tres es un tema desagradable, pero que se hace necesario estudiar: nuestro *adversario es formidable, y su meta es destruirnos y desacreditar la causa de Cristo* (Efe. 6:12).

Mi amigo Rick Dunham y yo estábamos estudiando Efesios 6 cuando él resumió la meta del enemigo de esta manera: "Satanás y sus fuerzas tienen un plan para aterrorizar tu alma, volverte impotente como creyente, inutilizarte para la causa de Cristo, hacer de tu vida una miseria y una derrota espiritual". ¿Se da cuenta de esto? Hay espíritus demoníacos que quieren aterrorizarlo y convertirlo en un miserable. Sé que esa es una declaración fuerte, pero mire lo que dice Pedro al respecto: "Practiquen el dominio propio y manténganse alerta. Su enemigo el diablo ronda como león rugiente, buscando a quién devorar" (1 Ped. 5:8). La Biblia nos dice que estemos alerta, que nos concentremos en nuestro juego, porque nuestro adversario no está para juegos infantiles. Busca a quién devorar.

La imagen del león es poderosa. Los leones andan merodeando por una razón: Buscan algo fácil de atacar. Generalmente no caemos como víctimas de nuestro enemigo cuando somos fuertes. Nos busca en el momento adecuado y de la manera correcta; cuando estamos solos, cansados, viajando o cuando ya es tarde en la noche, después de que todos se han acostado. Sea cual sea nuestro momento de vulnerabilidad, es entonces cuando algo aparece de golpe en la pantalla de nuestra computadora y nos toma desprevenidos, o se presenta algo en la televisión que nunca miraríamos si hubiera otra persona en la habitación. Nuestra primera reacción puede ser de sorpresa y espanto, solo que no cambiamos de canal inmediatamente y al momento siguiente aquello nos atrapó. O tal vez llevamos algún dolor en nuestro interior y algún falso sistema de creencias se cruza en nuestro camino prometiéndonos una experiencia más profunda y satisfactoria aparte de Cristo. Hay muchas oportunidades de que el león nos encuentre vulnerables y conoce cómo encontrarlas en nuestras relaciones, nuestro trabajo, nuestra fe, nuestras disciplinas espirituales, en todo.

No solamente trata de devorarnos en el frente de batalla, nos persigue para sumergirnos en la culpa y la condenación: "¿Te llamas a ti mismo cristiano? Los verdaderos cristianos no hacen lo que acabas de hacer. Eres una mala persona, un hipócrita, ni siquiera eres una pobre imitación de lo que es un cristiano". La tentación inicial es poderosa, pero algunas veces la vergüenza de ceder ante ella es aún peor. Él nos desplaza de nuestro lugar para meternos en un ciclo descendente de fracaso y culpa.

Los cristianos que toman a Satanás livianamente están ignorando las instrucciones bíblicas. Es un adversario formidable. Necesitamos adquirir un sano respeto por él. Judas 9 dice que el arcángel Miguel, en una disputa con el diablo, no pronunció un juicio directo en su contra sino que simplemente dijo: "¡Que el Señor te reprenda!". Nosotros no somos más fuertes que Satanás, pero Dios sí lo es. La actitud adecuada de nuestra parte es comprender las capacidades de este ser angélico y depender de la fortaleza de Dios para la victoria.

¿Satanás es real?

La Biblia no es ambigua acerca de la realidad de Satanás. Él está allí desde el comienzo, en Génesis 3:1, tentando a Eva. Él está allí en la mitad, en 1 Crónicas 21:1, incitando a David a conducir un censo carente de fe. Está allí al final, en Apocalipsis 12:9, expulsado de los cielos junto a sus compañeros rebeldes y arrojado a la tierra. Ya hemos explorado varios pasajes más que indican su existencia y actividad. Te animaría simplemente a leer varios de estos pasajes, uno tras otro. Existe una gran cantidad de material bíblico acerca de Satanás y los demonios que no deja lugar a dudas de que es un enemigo real.

Por cierto, Jesús pensaba que él era real. Se refirió a Satanás en 25 ocasiones y tuvo un encuentro personal con él en Mateo 4:1-11. Alguien ha calculado que el 25% de las acciones, parábolas y milagros de Jesús tuvieron que ver con demonios. No sé si esa cifra es exacta, pero probablemente sea una buena aproximación. Está claro que Jesús pensaba que los demonios eran reales. Las cartas y registros de la iglesia primitiva en el Nuevo Testamento siempre fueron escritos teniendo en cuenta ese contexto. Aun los oponentes de Jesús sabían que Satanás era "el príncipe de los demonios" (Luc. 11:15). En las próximas páginas examinaremos sus diferentes nombres, pero el propio hecho de que tenga varios nombres es un poderoso testimonio de que la Biblia asume su existencia. Este no es un tema lateral desplazado a los lejanos rincones del cristianismo.

En muchas culturas, la existencia de Satanás es bien conocida (y perceptible a simple vista). La resistencia de las culturas occidentales a reconocer su presencia puede ser atribuida al hecho de que se ha disfrazado muy bien. De alguna manera nos ha convencido de que es un personaje de caricatura (un hombre vestido con un traje rojo que lleva un tridente) o una mascota deportiva (los diablos rojos, los diablos azules, los diablos dorados) o simplemente una metáfora filosófica para referirse al mal (el lado oscuro de "la fuerza" o los deseos secretos de la naturaleza humana). Es difícil confrontar metáforas en oración, así que muchas veces es en su propio provecho que engaña a las culturas a creer que es solamente un fragmento de nuestra imaginación. Así lo ilustra C. S. Lewis en su libro *Cartas del diablo a su sobrino*, cuando el diablo mayor instruye al más joven en su tarea de engañar a un cristiano: "...Insinúale una imagen de algo con mallas rojas, y persuádele de que, puesto que no puede creer en eso (es un viejo método del libro de texto de confundirles), no puede, en consecuencia creer en ti"[2]. Satanás siempre está listo para esconderse a la sombra de una cosmovisión, si es que la puede explotar para su propio beneficio.

¿Quién es Satanás?

¿Quién es, entonces, este formidable adversario? De acuerdo con Job 1:6 y Colosenses 1:16, es un espíritu creado. Mateo 25:41 y Apocalipsis 12:7 se refieren a él y sus ángeles. Es del tipo o categoría de ángel llamado "querubín" (Eze. 28:14). La palabra "querubín" nos recuerda a las imágenes de tarjetas para el día de San Valentín, pero los querubines que aparecen en las Escrituras hebreas no son angelitos pequeños, bonitos y gorditos. Son la clase más alta de seres angélicos, y Ezequiel 28 dice que Satanás era el mayor de ellos. Así que era el ángel más importante de la clase más alta de ángeles: El mayor ser creado.

¿Empieza a hacerse una idea de lo formidable que es nuestro adversario? Esto no es un juego: La batalla es a muerte. Nosotros, en la carne, no somos adversarios dignos de él. Si fuéramos a enfrentarlo por nuestra propia cuenta quedaríamos aplastados por su poder y sabiduría en menos de un segundo. La verdad, que pasaremos discutiendo el resto del libro, es que *no* hemos sido abandonados a nuestra suerte para tener que enfrentarlo por nuestra propia cuenta. Esa es la buena noticia. Pero antes de que aprendamos a apoyarnos en la fortaleza y sabiduría de Dios, necesitamos tomar conciencia de la insuficiencia de las nuestras.

¿De dónde vino Satanás?

Dos pasajes del Antiguo Testamento muy importantes acerca de Satanás son Ezequiel 28 e Isaías 14. Ambos apuntan a realidades paralelas, como lo hacen buena parte de las Escrituras. Cada uno de ellos se refiere a un personaje histórico —el rey de Tiro, en Ezequiel, y el rey de Babilonia, en Isaías— pero ellos son ventanas hacia la verdadera fuerza espiritual que hay detrás de ellos. Por medio de estos pasajes y otros versículos que los apoyan podemos ver que Satanás (que entonces se llamaba Lucifer) fue creado perfecto (Eze. 28:12, 13). Tuvo un estado celestial (Jud. 6). Su trabajo consistía en ser el guardián de la gloria de Dios (Eze. 28:14). De acuerdo con Ezequiel, tenía más poder que nadie en el universo, excepto Dios, y era más hermoso que nada ni nadie, sin contar a Dios. Esos atributos lo condujeron a su error fatal. La ocasión para su pecado, su rebelión contra Dios, fue el orgullo (Isa. 14:13; 1 Tim. 3:16).

Esto no es exactamente consistente con la distorsionada percepción que tenemos de él como un tipo vestido de rojo que sostiene un tridente. Satanás, ese ser descrito en las Escrituras, era el ser más inteligente y hermoso del universo creado por Dios. Su belleza y poder dieron lugar a su soberbia y ambición. Se llenó de sí mismo y quiso ser Dios. Tomó una decisión consciente y voluntaria; el tipo de decisión que nosotros también hacemos (Hab. 1:13; Stg. 1:13-15). La orgullosa rebelión de Satanás se caracteriza por cinco declaraciones del tipo "yo lo haré" en Isaías 14:13, 14:

- "Subiré hasta los cielos". Quería ocupar el lugar en el que Dios habita y tener un reconocimiento semejante al de su Creador.
- "Levantaré mi trono por encima de las estrellas de Dios". Las estrellas, en este contexto, son los otros ángeles. Satanás quería recibir la obediencia y el respeto de toda la creación.
- "Me sentaré en el monte de la asamblea" (RVA). El "monte de la asamblea" es el lugar donde Dios gobierna. Satanás quería tener la posición de autoridad más elevada.
- "Subiré sobre las alturas de las nubes" (RVA). En las Escrituras, las nubes generalmente indican la gloria de Dios. Satanás quería la gloria que solo le corresponde a Dios. La respuesta de Dios ante esto, por supuesto, es que él no comparte su gloria con nadie.
- "Seré semejante al Altísimo". Esta siempre ha sido la meta final de Satanás: Reemplazar a Dios y recibir toda la belleza, la gloria, la sabiduría y el poder de Dios.

Cuando las Escrituras mencionan a Satanás no lo hacen en breves y fugaces comentarios o figuras idiomáticas. Satanás no es una metáfora para hacer referencia al mal. Es un ángel poderoso que cometió traición contra su creador y convenció a una tercera parte de los ángeles para que se rebelaran con él. Ahora procura destruir todo lo bueno y ordenado por Dios y, desde su caída, su estrategia ha sido tentarnos con los mismos planes que tuvo él, es decir, ser como Dios.

Podemos ver el plan de Satanás muy tempranamente en las Escrituras. El primer pecado en el jardín del Edén fue un producto de esa estrategia. Le dijo a Eva que si comía del árbol prohibido sería "como Dios" (Gén. 3:5) y de esa misma manera continúa tentándonos hasta hoy. Es tan eficaz para tentarnos con ese deseo porque es el mismo que llenó su propio corazón. Está íntimamente saturado por una soberbia ambición.

La verdad es que no podemos compararnos con Dios. Existe un solo creador, y todas las demás son criaturas. Lo sabemos intelectualmente y no aspiramos conscientemente a ser como Dios. Pero *sí* aspiramos a ser el dios de nuestra propia vida. Así como todos los seres creados por Dios fueron diseñados para conocerlo, ser amados por él, adorarlo y tener una vida llena de fruto y gozo, el corazón del pecado consiste en cruzar esa línea entre la criatura y el creador y decir: "Quiero ser como Dios. Quiero ser el centro de la atención. Quiero que el centro de mi vida sean mis sueños, mis planes y mi satisfacción". Los pensamientos de cada ser humano han sido corrompidos en cierta medida por ese espíritu. Es el espíritu de Satanás y la esencia de sus tentaciones.

Aplicación personal: ¿cómo se relaciona todo esto con su vida?

Algunas veces, cuando enseño este material, ocurre algo en la expresión de las personas presentes. Llega un momento en que la gente percibe que esto es real. Es serio. La vida no es un juego. Muchos cristianos creen intelectualmente en Satanás y los demonios, pero esa creencia no siempre es completamente asumida. Cuando comenzamos a procesar esta información y vemos algunas de las áreas potenciales en las que estamos experimentando el conflicto espiritual en nuestras vidas, creemos con un sentido de precaución y un mayor sentido de urgencia. Comprendemos el motivo de las instrucciones de Pedro y comenzamos a tomar decisiones basadas en nuestra nueva comprensión. La precaución nos hace estar sobrios y alertas, siempre conscientes de que existe un adversario que anda alrededor porque quiere destruir a aquellos que creen en Dios y desea enceguecer a aquellos que no lo hacen.

Verdad básica #4: Debemos respetar a nuestro adversario pero no temerle

La verdad número cuatro es esencial para ayudar a prepararnos para el campo de batalla: *Debemos respetar a nuestro adversario pero no temerle; debemos llegar a ser extremadamente conscientes de sus métodos pero no estar preocupados por ellos*. Aunque Satanás es más poderoso de lo que podemos imaginar y más engañoso de lo que podemos comprender, le damos demasiado crédito, o muy poco, si le tememos. Tenemos que respetar a nuestro enemigo y nunca menospreciar su amenaza, pero en la Biblia no se nos dice que nos preocupemos por él. Nuestra preocupación debe estar enteramente dedicada a Dios y no a nuestro adversario ni a nosotros mismos.

Sin embargo, debemos conocer las estrategias del enemigo. Como el equipo que se prepara para la final del campeonato, podemos prepararnos para los ataques demoníacos con el conocimiento de lo que puede venir en nuestra contra.

Pablo animó a los corintios a vivir con ese conocimiento. Había una situación de inmoralidad con un miembro de la congregación, pero la iglesia ya había ejercitado la disciplina, el hombre se había arrepentido y Pablo ya lo había perdonado. La iglesia, sin embargo, parecía no estar respondiendo positivamente, tal vez por guardar rencor hacia el ofensor. Pablo les urgió a reafirmar su amor en lugar de albergar amargura. Enfatizó que él perdonó "para que Satanás no se aproveche de nosotros, pues no ignoramos sus artimañas" (2 Cor. 2:11). Las artimañas satánicas tienen el propósito de ser un punto de apoyo en nuestras vidas, a base de la falta de perdón o alguna otra actitud que no se fundamenta en el carácter o plan de Dios. Pablo les dijo a los efesios que aferrarse a la ira puede darle una oportunidad al diablo (Efe. 4:26, 27). La meta de las artimañas del enemigo es producir amargura y corazones endurecidos dentro de la iglesia, y siempre necesitamos estar atentos a lo que está sucediendo.

¿Ha notado usted la naturaleza de esas artimañas? Tendemos a pensar que la actividad demoníaca tiene que ver con fenómenos extraños, paranormales, algo así como "El exorcista" pero en la vida real. Semejante concepto es peligroso porque nos conduce a ignorar la guerra invisible, ignorar el que las manifestaciones demoníacas espeluznantes son escasas y extrañas, y muchos de nosotros nunca las veremos. Sin embargo, cuando leemos estos pasajes acerca de la actividad de Satanás, queda claro que generalmente se refieren a situaciones tales como la falta de perdón, la amargura, el enojo, las mentes engañadas y cualquier otra actitud que pueda separar a un matrimonio, dividir una iglesia, causar depresión, hacer que uno se encierre en sí mismo y destruir nuestros cuerpos con úlceras y ansiedades. Estas no son manifestaciones escasas. Son el tipo de cosas que nos pasan todos los días. Esto hace del conocimiento de la guerra invisible una información necesaria y práctica para atravesar las situaciones normales de la vida. Pablo dejó claro que los espíritus malignos tienen artimañas específicas de las que tenemos que ser conscientes y estar informados.

¿Cómo podemos asegurarnos de que no estamos ignorando las artimañas de Satanás? Esa es una pregunta vital. Muchos de nosotros no tenemos la más mínima idea de lo que Satanás está haciendo o cómo opera. Pero si los riesgos de esta guerra invisible son tan altos como la Biblia nos dice que son, *tenemos* que conocerlos. No podemos darnos el lujo de ser indiferentes. En este caso, la ignorancia no es felicidad, es el desastre.

Los nombres de Satanás revelan sus tácticas

Un amigo mío de Santa Cruz es un japonés-estadounidense de primera generación y profesor en la universidad. Una vez me contó acerca de la participación de su abuelo en la Segunda Guerra Mundial. A su abuelo le habían enseñado desde pequeño, como sucedía con la mayoría de los niños japoneses, que el emperador era dios. Durante la guerra era mejor morir por su dios que regresar a casa como un cobarde. Mi amigo se lamentó: "Mi abuelo era un hombre sincero y bueno que dio su vida por lo que pensaba que era una causa digna, y sinceramente creía que el emperador era dios". Una de las primeras cosas que el emperador admitió luego de la rendición de Japón fue que no era divino. Esa creencia profundamente arraigada en la cultura era un engaño que destruyó la vida del abuelo de mi amigo y la de muchos otros. Con esta historia no quiero decir que todas las causas de todas las guerras sean un engaño demoníaco, aunque probablemente podríamos descubrir algunos egos, codicias y escaladas de poder satánicos detrás de muchas de ellas. Pero en el caso del abuelo de mi amigo, un sistema de creencias evidentemente equivocado condujo a muchos a sacrificarse a sí mismos por una causa basada en una mentira. En retrospectiva, no es difícil ver quién estaba detrás de ella.

Sin embargo, *es difícil* ver esas estrategias cuando uno está en medio del conflicto. Es útil saber con anticipación de qué manera trata de arruinarnos el adversario. Un buen punto de partida para comprender las artimañas de Satanás es examinar sus nombres:

- *Satanás* significa "adversario" (Job 1:6, 7; 1 Tes. 2:18). Se opone a los planes de Dios, obra contra ellos, atenta contra el carácter de Dios y ataca al pueblo de Dios. Se propone interponerse en el camino.
- *Diablo* significa "acusador" (1 Ped. 5:8). Una de sus artimañas consistirá en decir falsedades acerca de las personas y arruinar su reputación. Le encanta agitar a los testigos falsos y los chismes para desacreditar a un siervo de Dios.
- *Lucifer* significa "hijo de la mañana" o "el que brilla" (Isa. 14:12). Esto quiere decir que no se va a presentar ante usted abiertamente feo y aterrorizante, sino hermoso y encantador. Usted se sentirá atraído por sus planes porque él se vestirá de manera que lo seducirá con ellos.
- *Beelzebú* quiere decir "señor de las moscas" (Mat. 12:24). Era un ídolo pagano que tenía el supuesto propósito de proteger al pueblo de los enjambres de insectos o moscas. Los judíos tenían el concepto de que era "el dios de la mugre", lo cual es una descripción adecuada para Satanás.
- *Belial* era el nombre de un dios falso (2 Cor. 6:15). Todo lo que Satanás pueda hacer para desviar la adoración de Dios hacia sí mismo le interesa.
- *El maligno* (1 Jn. 5:19) en griego es la palabra que se usa para la absoluta corrupción. Influirá en todo lo que pueda para corromperlo y transformarlo en todo lo malo que pueda ser. Por eso un niño puede matar a otro de un martillazo en el cráneo, como señalaba un reporte noticioso que leí hace poco tiempo. O una compañía que premeditadamente derramó veneno en el agua porque le resultaba más caro desecharlo de una manera más segura. El mal existe en el mundo y proviene de una influencia dañina y corruptora.
- *El tentador* (1 Tes. 3:5) sacará provecho de nuestros deseos perfectamente buenos y nos impulsará a saciarlos por medios artificiales. Por eso todos los dones de arriba —alimento, descanso,

sexo, ambición y trabajo, por ejemplo— tienen versiones distorsionadas y torcidas que están muy lejos de la voluntad de Dios.

- *El príncipe de este mundo* (Juan 12:31) es un experto en sistemas falsos. Concibe escuelas de pensamiento completas que pueden absorbernos y destruirnos. Está trabajando para crear una imagen de lo que es atractivo, convenciendo a las mujeres jóvenes de que si no se ven como las modelos de las portadas de revistas de moda tienen muy poco valor. Tiene un sistema que ha convencido a los muchachos de que necesitan abdominales marcados y un físico esculpido para estar en onda, todo para que se vuelvan obsesivos consigo mismos o consuman esteroides y arruinen su salud. Ha convencido a millones de que si no logran usar cierto tipo de reloj y manejar un automóvil lujoso rumbo a su casa en la playa, en realidad no han alcanzado el éxito. Está detrás de las religiones falsas, las falsas filosofías, falsas doctrinas, falsa moralidad y todos los sistemas de pensamiento que no pueden conducir a nadie hacia Dios. Se ha infiltrado en los gobiernos, las economías, las instituciones educativas y todo lo que tiene influencia en este mundo. La conclusión a la que Juan llegó es instructiva: "El mundo entero está bajo el control del maligno" (1 Jn. 5:19).
- *El acusador de los hermanos* (Apoc. 12:10) nos condenará. Destaca nuestros pecados, los pecados por los que Dios ha pagado con su sangre y nos ha perdonado, y nos los recuerda constantemente. "Eres un cristiano que da lástima, un mal padre, una mala esposa, un ser humano inútil", susurrará a nuestro oído. Si alguna vez escucha esa voz, no viene de Dios.

No encontrará este nombre en la Biblia, pero Satanás es el distribuidor original de los caramelos ácidos. ¿Recuerda haberlos comido cuando era niño? Son dulces en el exterior y ácidos cuando se los muerde. El enemigo llegará con algo exteriormente bueno —como un legítimo y fuerte deseo por la comida, el sexo o el éxito— y se lo ofrecerá de la manera incorrecta en el momento inadecuado. Lo llevará a creer que su falso placer es la única manera de satisfacer sus necesidades emocionales. Le ofrecerá sexo desde una pantalla de una computadora o de una manera pervertida, alejándolo de lo bueno, verdadero, amoroso y maravilloso, y torcerá todo lo bueno para transformarlo al final en algo malo y destructivo. Sus tentaciones parecerán tener un sabor muy atractivo... hasta que usted muerda. Pero el problema es que la parte ácida no llegará hasta después de semanas, meses, incluso años. Una persona puede pasar décadas disfrutando la cobertura azucarada del pecado, solo para descubrir demasiado tarde que cuando se termina la dulzura no queda nada más que un sabor ácido.

Satanás viene a nosotros de muchas maneras. La serpiente de Génesis 3 es astuta, el dragón de Apocalipsis 12 le dará el susto de su vida, el ángel de luz de 2 Corintios 11:14 le encantará; recuerde que el padre de mentiras mencionado en Juan 8:44 está detrás de todos ellos. Todo esto resulta muy pesado y más peligroso de lo que pensamos.

Satanás ataca el programa de Dios: la iglesia

Satanás es un experto falsificador. Sus ataques contra la obra que Dios hace en este mundo muchas veces son indirectos. Concibe alternativas para el evangelio y la iglesia, muchas de ellos con un alto contenido de verdad, pero con la adecuada dosis de error como para envenenar todo su sistema. Si puede conseguir que los no cristianos crean en una causa aparentemente noble, un falso sistema de creencias o una obra de caridad, puede convencerlos de que no necesitan el evangelio en lo absoluto. Si puede lograr que los cristianos mezclemos algunas de sus mentiras con la fe, puede engañarnos para que vivamos conforme al mundo aun estando convencidos de que seguimos viviendo de acuerdo con el evangelio. La sutileza de sus artimañas produce una amplia selección de falsificaciones de lo verdadero.

El Nuevo Testamento nos advierte de algunos de estos ataques. Colosenses 2:8 nos informa que Satanás cautiva a las personas por medio de falsas filosofías. En 1 Corintios 10:20 es expuesto como el autor intelectual de las falsas religiones. Inspira a muchas de las personas que están bajo su dominio para que pretendan ser ministros. Estos falsos siervos conducen a las personas a la perdición, mientras se confunden y se mezclan con los verdaderos siervos de Dios (2 Cor. 11:14, 15). Satanás es también la fuente de falsas doctrinas por medio de las enseñanzas de muchos anticristos (1 Jn. 2:18). Jesús contó una parábola en Mateo 13:24-30 en la que Satanás produce discípulos falsos y los dispersa entre los reales. La falsa moralidad nos puede parecer simplemente el producto de la ignorancia humana, pero en 2 Tesalonicenses 2:7-12 se la atribuye a la obra del engañador. De acuerdo con la Biblia, el origen de toda falsedad, todas las cosmovisiones confusas, todas las religiones y filosofías falsas y todos los maestros de otra creencia diferente de la fe en el evangelio de Jesucristo tienen su fuente de instigación, inspiración e influencia en el padre de la mentira.

Satanás ataca al pueblo de Dios

Los ejemplos del último párrafo tratan más que nada de vastos y complejos sistemas de pensamiento, pero Satanás puede volverse mucho más específico que eso. Él y sus legiones poseen un íntimo conocimiento del funcionamiento de nuestras mentes y de las debilidades que tenemos los seres humanos. Partiendo de este conocimiento, ha desarrollado una variedad de artimañas para determinadas personas y circunstancias. Sus ataques pueden corromper grandes instituciones y vidas individuales. Cuenta con un impresionante planteo de intrusiones en nuestra vida.

En Daniel 10, vimos, por ejemplo, que Satanás puede dirigir gobiernos: un "príncipe" invisible estaba operando encubiertamente en el reino de Persia. En 2 Corintios 4:4 vimos que impide que las personas vengan a la fe en Cristo por medio de engaños: enceguece sus mentes. Ejerce el poder de la muerte (Heb. 2:14); persigue a los creyentes (Apoc. 2:10); hace difícil, o aun impide, nuestro servicio a Dios (1 Tes. 2:18); pone enemistad entre las personas y produce divisiones (2 Cor. 2:10, 11); planta dudas en nuestras mentes (Gén. 3:1-5); y concibe sectas y falsas religiones (1 Tim. 4:1). Si consideramos la amplia variedad de pecados que nos dicen las Escrituras que son provocados por nuestro adversario, es fácil sentirse superado: Ira, orgullo, preocupación, excesiva confianza en uno mismo, desánimo, mundanalidad, mentira e inmoralidad, son todas inspiradas por él.

Vuelva a leer la lista de la última oración. ¿Considera estas cosas solo como defectos de carácter? ¿Como debilidades? ¿Como giros psicológicos que únicamente pueden ser superados con terapia? ¿Como el lado oscuro de la naturaleza humana? Si es así, usted comprende estos pecados solo parcialmente. Los vivimos como defectos de carácter o atajos emocionales, pero detrás de ellos existe una personalidad maliciosa que se deleita en estas afrentas contra Dios. El primer rebelde obtiene una gran satisfacción en conducir a los seres humanos, hechos a la imagen de Dios, por sobre todo, a rebelarse contra él y atentar contra el carácter y propósito de nuestro Creador. La inmensa cantidad de maneras en que la imagen de Dios ha sido torcida y distorsionada hasta quedar irreconocible encaja perfectamente en la agenda de nuestro adversario, y él hace todo lo que puede para asegurarse de que la imagen de Dios no nos sea restaurada en Cristo.

Armado con toda la información acerca de Satanás que hemos cubierto en este capítulo, fíjese si puede encontrar la marca registrada de sus falsos valores, planes distorsionados, propósitos egoístas y medias verdades sutiles en la siguiente descripción. Una de las mayores mentiras en la que caemos hoy en día es endémica aun en nuestras iglesias. Nos ha convencido de que la vida es un patio de recreo, que nuestra meta primordial es ser felices y que Dios es la máquina expendedora que puede hacer que eso ocurra.

Dado que deseamos con tantas ansias que la vida sea un patio de recreo, hacemos todo lo que podemos para transformarla en uno de ellos. Atravesamos la vida como consumidores, mirando escaparates en busca de los mejores juguetes que podamos encontrar para hacernos felices, en busca de los mejores centros vacacionales que nos puedan conservar descansados y frescos, y llenando nuestro tiempo libre con una diversión detrás de la otra. Después de todo, si la vida es un patio de recreo, nuestra meta número uno es disfrutarla.

En algún punto del camino, nuestra cultura cristiana se dejó convencer de que el propósito primordial de Dios para nosotros es que nos divirtamos y nos sintamos personalmente realizados. Tanto Hollywood como otros centros de creación de fantasías han hecho un excelente trabajo para cultivar nuestros deseos. Nos dicen qué hace falta para ser feliz, dándonos un ejemplo tras otro de lo que es la buena vida: Una existencia libre de preocupaciones, satisfecha, que todos podemos tener si simplemente compramos los productos adecuados y nos cuidamos. El placer está a nuestra disposición si tan solo nos dejamos convencer de la fórmula. Y el placer, se nos dice, es de lo que se trata la realización.

Hay mucho de verdad en esto, por supuesto. Dios *nos ofrece* realización. Pero esta es un subproducto de nuestra relación con Dios, no nuestra meta número uno (ver Mat. 6:33). La realización en sí misma es un objetivo egoísta. En las Escrituras nunca se nos dice que hagamos de la felicidad el objetivo de nuestra búsqueda; eso es idolatría. Podemos procurar gozo y plenitud en todas las cosas que Dios ha planeado para nosotros, pero debemos procurarlos buscando a Dios mismo. Dios no es enemigo de la felicidad; simplemente no nos la da de la manera que esperamos. Él la provee en su tiempo y como parte de su plan.

Esta es la manera en que Satanás ha tomado una buena dosis de la verdad y la ha mezclado con mentiras. Nos ha convencido de negociar con Dios. Es un acuerdo tácito al que pensamos que Dios ha accedido, pero que en realidad no lo ha hecho. Creemos que si leemos nuestra Biblia, oramos mucho, concurrimos fielmente a la iglesia, tenemos vidas razonablemente correctas y servimos en todo lo que podemos, en otras palabras, si oprimimos los botones correctos, Dios responderá con prosperidad, paz y muchos buenos momentos. Esa es la manera de ser felices. Si hacemos feliz a Dios haciendo las cosas correctas, Dios nos hará felices bendiciéndonos en todas las áreas de nuestra vida. Nuestro matrimonio será excelente, nuestros hijos se volverán prácticamente perfectos y nuestro trabajo será fructífero. Tal vez no lo hagamos conscientemente, pero nuestras expectativas transforman a Dios en una máquina expendedora.

Estaba en un programa radial con participación del público para responder preguntas acerca de mi libro *Amor, sexo y relaciones duraderas* (publicado por Editorial Mundo Hispano, 2005). Hablé acerca del designio de Dios para las relaciones y de cómo nuestra pureza constituye una parte importante de su plan. A ese tipo de programas radiales llaman muchas personas tratando de averiguar cómo pueden escapar de sus matrimonios sin violar los parámetros de Dios. Llamó una mujer que me dijo: "Hay una cosa de la que estoy segura. Dios quiere que yo sea feliz, y no soy feliz con mi esposo. Sé que la Biblia dice que a Dios le disgusta el divorcio, pero sé que él me perdonará, porque quiere que yo sea feliz. Así que me voy a divorciar de mi esposo". Al menos era honesta, pero se había dejado convencer por esta mentira del culto a la felicidad, y no es la única. Es posible que un 50% de los evangélicos hubiera estado de acuerdo con ella.

Si esa es nuestra forma de pensar, ¿qué ocurre cuando buscamos la felicidad de acuerdo con lo que creemos que Dios seguramente quiere para nosotros y entonces luchamos con los conflictos y el dolor? Sentimos que Dios no está cumpliendo con su parte del trato. Cuando las circunstancias no tienen sentido, una relación no funciona bien, enfrentamos una dificultad económica o tenemos una herida física o emocional, apoyamos nuestras manos en las caderas y decimos: "Dios, ¿por qué me pasa esto? No puedo entender lo que estás haciendo. Hice todo lo correcto. ¿Por qué no está funcionando?".

Este es un excelente ejemplo de lo que hacen las mentiras de Satanás. Sus engaños tienen como blanco principal que lleguemos a cuestionar a Dios, dudar de su bondad y concluir que él no está realmente interesado en nuestro bienestar. Eso es lo que hizo con Eva en ocasión del primer pecado y desde entonces ha estado siguiendo el mismo patrón.

Esta es la verdad que nos dice Dios. La vida no resulta ser un patio de recreo por una muy buena razón: ¡Nunca lo fue! Este mundo caído es un campo de batalla, no un patio de recreo. Los disparos son reales y las bayonetas están peligrosamente afiladas. Existen poderes demoníacos que procuran secretamente destruir su vida, su matrimonio, sus amistades, su autoimagen y su confianza. La principal estrategia es socavar su capacidad de dar fruto y desacreditar el nombre de Jesús.

Imagine que usted es un soldado que carga una mochila muy pesada en medio de una batalla. Sostiene una ametralladora mientras recorre la ciudad entre los disparos. Usted y otros seis muchachos tienen que examinar un edificio que puede estar habitado por terroristas. No es un juego; de hecho, uno de sus compañeros fue víctima de un disparo en una misión semejante el día anterior. Hoy, sin embargo, luego de examinar nerviosamente cada rincón, no encuentran a nadie. El edificio está vacío, así que el grupo se detiene para descansar brevemente y usted abre un paquete en el que lleva algo para comer. ¿Cuál es su reacción luego de ponerse el primer bocado en la boca?: "Ay, no puede ser, la comida es realmente mala en este lugar. No le ponen suficiente aderezo, las porciones son pequeñas y ni siquiera hacen algo para que se mantenga caliente. La verdad es que deberíamos protestar por esto". Está bien, quizá eso no sea lo que más le importe en ese momento. Quizá usted considere otros asuntos: "Esta ametralladora es demasiado pesada; creo que mañana no la voy a traer. ¿Y por qué habrá que andar cargando con esta mochila? Las máscaras antigás y los trajes químicos son una exageración, eso es lo que opino. ¿A quién se le ocurrió semejante idea? Y este aparato electrónico solo está ocupando espacio. Realmente no creo que lo vayamos a necesitar. Quizás mañana podamos alivianar un poco la carga y podamos traer algunos videojuegos y reproductores de música en lugar de esto".

Semejante comentario solamente podría provenir de alguien que está bajo el engaño de estar en un patio de recreo y no en una guerra. Un soldado en zona de guerra no tiene tiempo para quejarse de las cosas pequeñas. Tiene asuntos más importantes que considerar que el sabor de su comida o el peso de su equipo, y comprende cuán vitales son sus suministros. Hay vidas en peligro, incluyendo la propia. Existe la posibilidad de que tenga que pelear y que tenga que prepararse no solo para sobrevivir sino también para vencer; y, por la gracia de Dios, llegará un día en que regresará a casa, porque las batallas no son eternas. Pero entretanto hay una misión que cumplir y es la hora de hacerlo. La falta de preparación no es una alternativa válida.

Nosotros tampoco tenemos alternativa. Dios quiere nuestra realización personal, pero en este momento estamos en medio de una batalla. Ahora, si usted realmente cree esto, ¿cómo le afectaría al ir a trabajar al día siguiente? ¿Cómo cambiaría su actitud hacia sus relaciones? ¿Reaccionaría de alguna manera diferente ante el estrés y el conflicto? Si sus expectativas de vida reflejaran el hecho de que está en un campo de batalla y no en un patio de recreo, ¿no cambiarían muchas cosas, como su perspectiva, sus metas y sus estrategias para salir adelante cada día? Creo que toda su vida adquiriría un significado diferente. Respetar lo formidable que es nuestro adversario —muy engañoso, tremendamente sutil y siempre mezclando mucha verdad con la mínima dosis necesaria de mentira para confundirnos realmente— nos ayudará a ver la vida desde un ángulo mucho más acertado.

El poder de Satanás es limitado

Si todas estas referencias acerca del impresionante poder de Satanás son perturbadoras, recuerde el principio de la verdad básica número cuatro: No tenemos que temerle a nuestro adversario. Sí, tiene alarmantes capacidades, pero Dios las tiene mayores, y él está de nuestro lado. Aunque la Biblia nos dice frecuente y enfáticamente que esta guerra es real y que nuestro oponente es respetable, nunca nos dice que lo temamos. En realidad, nos da unas cuantas razones para estar confiados.

En primer lugar, es útil recordar que Satanás es un ser creado. No es la contrapartida de Dios. Algunas religiones tienen un punto de vista dualista del poder sobrenatural. Creen que existe una batalla entre el bien y el mal, y que tenemos la esperanza de que finalmente vencerá el bien. Pero eso no es bíblico en lo absoluto. Las Escrituras son muy claras al afirmar que Dios es omnisciente, omnipotente e infinito. Satanás no es ninguna de las tres cosas. Sabe mucho, pero no todo. Tiene poder; pero no es ni cercanamente comparable al de Dios. Sus capacidades no son ilimitadas. Hay cosas que no puede hacer y lugares a los que no puede ir.

Segundo, es alentador recordarnos a nosotros mismos que Satanás puede ser resistido por el creyente que confía en Dios. En Santiago 4:7 se nos dice que nos sometamos a Dios y resistamos al diablo. Si lo hacemos, Satanás huirá de nosotros. Tiene que hacerlo. No puede competir con Dios en la vida de un cristiano sometido (ni en ninguna otra parte, dicho sea de paso). El enemigo no puede permanecer donde Dios ejercita su poder, y Dios ejercita su poder en nosotros cuando lo seguimos. Por eso la Biblia nunca nos dice que huyamos de Satanás. Si confiamos en la verdad de Dios, es él quien tiene que huir de nosotros.

En tercer lugar, necesitamos recordar que Dios le pone límites a Satanás. Quería conducir al desastre la vida de Job (ver Job 1:12) y Dios se lo permitió, pero solo hasta cierto punto. Dios determinó áreas específicas en las que al enemigo se le permitió atacar y áreas en las que no. En otras palabras, está atado por una correa que es sostenida firmemente por la mano de nuestro Padre. No puede hacernos nada que Dios no se lo permita.

Aplicación personal: ¿cómo se relaciona todo esto con su vida?

Es crucial que seamos equilibrados en nuestra comprensión de la oposición espiritual. Asignarle demasiado o muy poco crédito a la actividad demoníaca es caer en un craso error. Necesitamos comprender el poder que Satanás tiene y el que no tiene. Una vida cristiana que no puede andar rectamente entre el respetar al enemigo y el preocuparse por Dios es una vida desequilibrada. Nuestra responsabilidad es aprender acerca de las artimañas de Satanás y protegernos de acuerdo con la provisión de Dios, pero el temor es una reacción antibíblica e inapropiada. Las Escrituras no nos hablan acerca del enemigo para que tengamos una vida dominada por la ansiedad; se nos dice que podemos prepararnos para obtener grandes victorias. Para lograrlo, lo siguiente que tenemos que hacer es establecer como cimiento la maravillosa verdad de que "el que está en ustedes es más poderoso que el que está en el mundo" (1 Jn. 4:4). La verdad básica número cinco será la clave de nuestra confianza en la guerra invisible.

En su vida:

- ¿En qué áreas sospecha usted que es posible que se haya dejado convencer por los engaños de Satanás? Su trabajo, su matrimonio, sus planes para el futuro o cualquier otro aspecto de su vida, ¿reflejan alguna parte de los planes del enemigo?
- ¿Dónde ve la influencia de Satanás en la cultura en la que vive?
- ¿De qué maneras puede, individualmente, resistir firmemente las influencias ampliamente difundidas que forman parte del sistema?
- ¿Tiende a asignarle demasiado crédito al adversario? ¿O muy poco? ¿Qué pasos necesita dar para adquirir equilibrio en su manera de pensar?

4

Nuestra posición estratégica

El diablo le teme a un alma unida a Dios tanto como a Dios mismo.

San Juan de la Cruz

Llegamos a India seis días después del tsunami. Habíamos viajado más de 30 horas sin parar y apenas si había dormido en los últimos tres días. Iba a estar enseñando en una ciudad en la que 160 personas habían sido arrastradas por el mar y una villa de pescadores había sido destruida.

El conductor del taxi que nos llevó desde el aeropuerto a la ciudad comenzó a compartirnos el sentir de la gente. "Aquí las personas están muy enojadas con Dios", nos dijo, "no saben por qué los está castigando". Entonces describió el clima espiritual entre los hindúes, musulmanes y cristianos. Nos pintó una situación de duda, desesperación y confusión. La iglesia estaba en terrible necesidad y al mismo tiempo contaba con una oportunidad sin precedentes para alcanzar a muchos que se habían sentido abandonados y traicionados por los dioses a los que adoraban.

Aquella noche me dormí rápidamente pero me desperté un par de horas después. Mi habitación estaba oscura y mi cuerpo agotado, estaba inquieto por lo que iba a enseñar al día siguiente y me sentía muy vulnerable al ataque espiritual. Las seis horas siguientes fueron de las peores de mi vida. Era como si me encontrara ante una agresión violenta del propio infierno. Durante horas, mi mente fue bombardeada con pensamientos de condenación y muerte. El enemigo susurró una mentira tras otra en los resquicios de mi mente mientras yo citaba las Escrituras e intentaba orar. Las dudas que nunca habían tenido acceso a mi mente desde recién convertido me invadieron con toda su fuerza a lo largo de la noche. Me sentía solo, débil y absolutamente inadecuado para la tarea.

En plena desesperación, encendí mi reproductor de música, me coloqué los auriculares y comencé a alabar al Señor. No podía orar, no podía pensar y no me podía concentrar. Luego de horas de batalla, y sintiéndome muy derrotado, ya no podía dirigirme al enemigo. Lo único en lo que podía pensar era en que Dios habita en las alabanzas de su pueblo (Sal. 22:3). Al principio no sentí nada. Pero poco a poco, mientras cantaba adorando, la opresión de las tinieblas en mi habitación fue quebrada.

Me encontré para el desayuno con Phil, mi amigo y colaborador, y compartí con él mi agotadora experiencia. Inmediatamente me preguntó a qué hora había comenzado, porque él había enfrentado una experiencia similar. Solo había obtenido alivio leyendo 1 y 2 Pedro íntegramente varias veces durante la noche.

Al comenzar nuestro servicio en India juntos, las necesidades parecían tan inalcanzables, y nos sentíamos tan débiles e inadecuados, que nos cuestionamos qué verdadero bien podíamos aportar en aquella situación. Éramos dos líderes importantes de un ministerio cristiano internacional con una maravillosa oportunidad de darle a la gente esperanza tanto para el presente como para la eternidad y, sin embargo, estábamos luchando. Éramos vulnerables a los dardos de duda, condenación y engaño que el enemigo arrojaba a nuestro paso.

Ambos experimentamos una victoria muy importante cuando vimos a Dios hacer cosas impresionantes durante la campaña. Recibimos una rebosante multitud de miles de personas en nuestro seminario de día completo acerca de "El milagro del cambio de vida" basado en Efesios 4. Vimos a los cristianos levantarse en fe y dar generosamente para atender las necesidades de la gente de la ciudad, tanto de los creyentes como de los que no lo eran. Dios salió triunfante y nosotros fuimos liberados.

¿Cómo? La clave provino de una conversación telefónica que Phil recordó haber tenido con su hijo seis meses antes, cuando estábamos en Asia oriental. Teníamos mucha diferencia de horas con los Estados Unidos de América y en casa estaban siendo grabados y retransmitidos los juegos olímpicos. El hijo de Phil le prestaba muy poca atención a la llamada de su padre, porque estaba viendo por televisión al equipo de básquet de los Estados Unidos de América que iba perdiendo por 10 puntos. Phil lo animó asegurándole que el equipo de los Estados Unidos de América ganaría. Lo que su hijo no sabía era que aquel partido ya había terminado y que Phil sabía el resultado final.

"No, papá, tú no entiendes", le dijo el muchacho a su padre, "vamos perdiendo y la situación no se ve nada buena". De todas maneras, Phil le garantizó que a pesar de cómo se veía la situación, nuestro equipo ganaría: "Tranquilízate, todo va a salir bien".

Puede ser que esto suene extraño, pero Dios usó aquella conversación casual para restaurar mi perspectiva. Phil y yo habíamos enfrentado tal vez la oposición más severa de nuestras vidas, y en medio de ella yo había olvidado uno de los aspectos más importantes de la guerra espiritual: No peleamos *para* obtener la victoria sino *desde* la victoria. Así como Phil conocía el resultado final del partido mientras su hijo agonizaba por él, nosotros conocemos el resultado final de nuestras batallas, a pesar de su dureza. De alguna manera, a aquellas altas horas de la madrugada en que estaba luchando contra las dudas y la condenación, perdí de vista la verdad inconmovible de que la victoria ya había sido obtenida por Jesús. La guerra espiritual no consiste en un intento por obtener la victoria. Consiste en pararnos firmes en lo que ya poseemos.

Verdad básica #5: No peleamos *por* la victoria; peleamos *desde* la victoria

Existe un hecho extremadamente importante que todo creyente debe comprender claramente antes de involucrarse en la batalla. Si usted aún no está convencido de él en su mente, no podrá experimentar muchas victorias en su vida. Esto no significa que no obtendrá victorias: la victoria final ya ha sido obtenida para cada uno de nosotros por Jesús. Significa, sin embargo, que si no logra asumir esta verdad se sentirá confundido y derrotado al tratar de vivir la vida cristiana, y perderá oportunidades para servir a Dios y disfrutar de sus bendiciones. El concepto crucial que necesita conocer es la verdad básica número cinco: *Como creyentes en Cristo, no peleamos* por *la victoria; peleamos* desde *la victoria. En el poder de Cristo somos invencibles.*

Aquí no estoy tratando de hacerme el inteligente en cuestiones de semántica. Existe una inmensa diferencia entre pelear *por* la victoria y pelear *desde* la victoria. He enfatizado que hay un mundo invisible, una guerra invisible y un adversario formidable, y que necesitamos respetarlo. La razón por la que no necesitamos temerle es por causa del maravilloso hecho de que Jesús ya ganó esta batalla. En el próximo capítulo analizaremos la razón por la que la batalla sigue siendo peleada, pero antes que lleguemos allí necesitamos comprender que el resultado es seguro. En el reino de Dios no existe expectativa en cuanto al resultado.

Eso significa que cuando luchamos, no estamos intentando ganar sino que estamos reforzando la victoria que Jesús ya tiene asegurada. En su poder somos invencibles.

Sabemos que la victoria ya fue ganada aun antes de que hayamos vestido por primera vez la armadura, no solamente por lo que nos dice el resto del Nuevo Testamento, sino partiendo específicamente de donde provienen las instrucciones de Pablo, en la carta a los Efesios. Pablo, al inicio de su carta, escribió acerca de lo que Cristo había logrado. Los tres primeros capítulos hablan de la maravillosa transformación que tiene lugar por medio de la gracia de Dios. Hemos sido transferidos del reino de las tinieblas al reino de la luz, el reino del amado Hijo de Dios. Hemos sido rescatados de la muerte a la vida, redimidos, completamente renovada, recibimos una herencia eterna y fuimos sellados con el Espíritu. Ahora fuimos integrados a esta nueva entidad que es la iglesia: Un misterio escondido en el corazón de Dios desde la eternidad. Este misterio unifica a judíos y gentiles, esclavos y libres, hombres y mujeres en una nueva relación y un nuevo cuerpo.

Al principio del capítulo 4 de Efesios, Pablo nos habla acerca de la vida sobrenatural que ahora tenemos con Dios el Padre por medio de nuestra relación con Cristo. El Espíritu Santo habita en nuestro interior y tenemos que andar como es digno de nuestro llamamiento: En pureza y luz. El capítulo 5 explica lo que significa ser hijos de luz para esposos y esposas, y el capítulo 6 lo aplica a padres e hijos, amos y siervos. Recién entonces, luego de todos los gloriosos comentarios acerca de la nueva vida, Pablo advierte a sus lectores que esta vida será vivida en medio de un ambiente hostil (Efe. 6:10-20). Vivimos en un mundo caído, y aunque hemos sido completamente renovados, aún enfrentamos una guerra en dos frentes. Nuestra carne hace la guerra contra el Espíritu, ese es uno de los frentes; y combatimos contra un ser sobrenatural, angélico, que cayó del cielo, arrastró a una tercera parte de los ángeles con él y cuya meta es destruirnos espiritual, emocional, relacional y físicamente, ese es el segundo frente. Luchar en ambos frentes requerirá de todos nuestros recursos. La buena noticia es que Jesús *es* nuestro recurso.

Es alentador que Pablo haya descrito esta batalla luego de haber hablado enfáticamente acerca de la victoria de Jesús y nuestra nueva vida. No nos dio instrucciones acerca de nuestra guerra y entonces continuó con una discusión acerca de la victoria. Comenzó con la victoria y después habló de la guerra. El orden es alentador, especialmente para aquellos que están esperando vencer en sus batallas para luego poder disfrutar de la vida cristiana. Toda la carta a los Efesios nos promete que el triunfo ya ha sido obtenido.

No sé cuál será su experiencia respecto de la memorización de las Escrituras, pero aunque nunca haya memorizado ni siquiera un versículo, los siguientes cuatro deberían ser los próximos que aprenda. Estas promesas le recordarán quién es usted y con qué cuenta. Cuando se esté sintiendo derrotado o desanimado en sus batallas, repita una y otra vez estas promesas. Tienen el potencial de cambiar la dirección de su vida de oración y alinearlo con la verdad que Dios ha revelado. Sus sentimientos no siempre reflejarán acertadamente la verdad de Dios; los hechos presentados en estos versículos lo harán. Déjelos llegar a lo más profundo y transformar sus pensamientos para que pueda conocer la posición desde la que lucha.

1 Juan 4:4: "Ustedes, queridos hijos, son de Dios y han vencido a esos falsos profetas, porque el que está en ustedes es más poderoso que el que está en el mundo". Esto es un hecho. El Espíritu de Dios habita en su interior, y Satanás es el príncipe de este mundo. Eso significa que cuando usted y este mundo chocan, o cuando usted y los espíritus malignos que influencian este mundo chocan, usted es quien obtiene la victoria. El Espíritu que está en usted ya los ha vencido.

1 Juan 5:4, 5: "Porque todo el que ha nacido de Dios vence al mundo. Ésta es la victoria que vence al mundo: nuestra fe. ¿Quién es el que vence al mundo sino el que cree que Jesús es el Hijo de Dios?". Si ha nacido de Dios, no hay razón para que no salga victorioso. Si usted es un hijo de Dios, tiene la victoria.

Apocalipsis 12:11: "Ellos lo han vencido por medio de la sangre del Cordero y por el mensaje del cual dieron testimonio; no valoraron tanto su vida como para evitar la muerte". Los santos se apoyaron en la victoria de Jesús, la sangre del Cordero, y los testimonios de su triunfo. Se pararon firmes frente al enemigo, aunque les costara la vida.

Santiago 4:7: "Así que sométanse a Dios. Resistan al diablo, y él huirá de ustedes". La promesa de Dios es verdadera. Aquellos que, en obediencia a Dios, están viviendo para él y resistiendo al enemigo, obtendrán la victoria.

Aplicación personal: ¿cómo se relaciona todo esto con su vida?

Antes de seguir adelante, deje que esto llegue a su corazón. Satanás es un adversario derrotado. Jesús dijo que vino para destruir las obras del diablo, y en Juan 12:31 señaló que había llegado el tiempo para que el príncipe de este mundo fuera expulsado. Cuando estamos en el fragor de la batalla, no nos quedaremos sujetos a la derrota si nos apoyamos en la victoria de Jesús y las promesas de Dios. Si sabemos cómo vestir nuestra armadura y permanecer firmes, y si sabemos cómo orar de acuerdo con las instrucciones de Pablo en Efesios 6, el triunfo de Jesús es también nuestro. En la próxima sección exploraremos más profundamente cómo prepararnos para la lucha y descubriremos el equipamiento invencible que hemos recibido. Pero mientras nos preparamos, debemos armarnos siempre con la mentalidad correcta. Jesús ya venció. Peleamos desde la victoria.

En su vida:

- ¿Está luchando contra una sensación de derrota? ¿De qué manera le puede ayudar la verdad básica número cinco?
- ¿Cómo afecta la manera en que usted ora la comprensión de su posición en Cristo?
- ¿Cuál es el valor de memorizar los cuatro versículos de este capítulo?
- ¿Qué verdad de la Sección 1 le ha resultado más útil? ¿Por qué?

Lo que usted necesita recordar

1. *Satanás es un adversario derrotado.* Jesús le aseguró eso a sus discípulos y nos dio muchos ejemplos de su autoridad para proclamar juicio contra el maligno. "El juicio de este mundo ha llegado ya, y el príncipe de este mundo va a ser expulsado" (Juan 12:31).
2. *Jesús destruyó las obras del diablo.* Satanás viene para hurtar, matar y destruir. Jesús vino para que podamos tener vida abundante (Juan 10:10). "Desarmó a los poderes y a las potestades, y por medio de Cristo los humilló en público al exhibirlos en su desfile triunfal" (Col. 2:15).
3. *En Cristo somos vencedores.* La crucifixión, la resurrección y la ascensión de Jesús han ganado todo lo que necesitamos en esta batalla, incluso la victoria sobre la muerte. "'¿Dónde está, oh muerte, tu victoria? ¿Dónde está, oh muerte, tu aguijón?'. El aguijón de la muerte es el pecado, y el poder del pecado es la ley. ¡Pero gracias a Dios, que nos da la victoria por medio de nuestro Señor Jesucristo!" (1 Cor. 15:55-57).
4. *Contamos con el poder y los recursos para resistir a Satanás y los ataques demoníacos.* Ese poder y esos recursos habitan en nuestro interior en el Espíritu de Dios. "El que está en ustedes es más poderoso que el que está en el mundo" (1 Jn. 4:4).
5. *Debemos aprender cómo vestir toda la armadura de Dios para experimentar en nuestras vidas diarias la victoria que ya poseemos.* "Por lo tanto, pónganse toda la armadura de Dios, para que cuando llegue el día malo puedan resistir hasta el fin con firmeza. Manténganse firmes, ceñidos con el cinturón de la verdad, protegidos por la coraza de justicia, y calzados con la disposición de proclamar el evangelio de la paz. Además de todo esto, tomen el escudo de la fe, con el cual pueden apagar todas las flechas encendidas del maligno" (Efe. 6:13-16).

Sección 2

Cómo prepararse para la batalla espiritual

Fuiste frotado con aceite como un atleta, un atleta de Cristo, que se prepara para un combate terrenal, y decidiste enfrentar a tu oponente.

Ambrosio de Milán

Por lo tanto, pónganse toda la armadura de Dios, para que cuando llegue el día malo puedan resistir hasta el fin con firmeza. Manténganse firmes, ceñidos con el cinturón de la verdad, protegidos por la coraza de justicia, y calzados con la disposición de proclamar el evangelio de la paz.

Efesios 6:13-15

Introducción: Entrenamiento básico

Luego de haberse firmado el tratado que dio por terminada la Segunda Guerra Mundial, pequeños grupos guerrilleros continuaron combatiendo en los cientos de islas del Océano Pacífico. Las balas siguieron siendo tan auténticas y las bajas tan definitivas como lo habían sido antes del tratado. De la misma manera, Satanás continúa combatiendo, aun cuando Jesús ya ha obtenido la victoria.

1. Satanás fue *derrotado* en la cruz.
2. La *condena* por el pecado ya fue pagada en favor de todas las personas de todos los tiempos.
3. El *poder* del pecado fue destruido.
4. Sin embargo, Satanás y sus huestes de ángeles caídos continúan con el enfrentamiento bélico de guerrillas para desanimar, engañar, dividir y destruir al pueblo y el programa de Dios.
5. Se les ordena a los creyentes que estén *equipados* y *preparados* en la fortaleza del Señor y su inmenso poder para mantenerse firmes contra las artimañas del enemigo, repeler sus ataques multifacéticos, abordarlo y derrotarlo en batallas específicas.

Síntesis de la Sección 2

Capítulos 5—8

Repaso

La pregunta es: ¿Cómo funciona esto?
La respuesta es: Cuatro claves para la victoria espiritual:

a. Debemos tomar conocimiento de la guerra invisible (Sección 1)
b. Debemos aprender a apropiarnos de la protección de Dios para la vida diaria (Sección 2).
c. Debemos aprender a enfrentar al enemigo con las armas sobrenaturales (Sección 3).
d. Debemos utilizar los medios divinos para la liberación cuando somos atacados espiritualmente (Sección 4).

1. ¿De qué manera puede usted prepararse para el ataque espiritual?
   a. Efesios 6:13: Nuestro comandante (Jesucristo) nos ordena que tomemos urgentemente nuestra armadura nos y la coloquemos. ¿Por qué? Porque es necesario estar *enteramente preparados* y *habilitados* para soportar los momentos de oscuridad en los que ataca el enemigo.
   b. Efesios 6:14a: Luego de tomar nuestra armadura para prepararnos para la batalla, entonces se nos ordena que, *consciente* y *vigorosamente,* realicemos el acto decisivo (o la sucesión de actos) de defender con firmeza y valentía nuestro terreno contra los ataques del enemigo, quien procura engañarnos, acusarnos y desanimarnos.
   c. Efesios 6:14b, 15: Usando la metáfora de la armadura del soldado romano (que lo protege durante la batalla) se nos dan tres piezas específicas de la armadura espiritual que los creyentes debemos vestir como un *prerrequisito* para la firme y valiente defensa contra los ataques demoníacos.

2. "Ceñidos con el cinturón de la verdad".
   a. Explicación de la metáfora: El cinturón era crítico para el resto del equipo. Toda la armadura se conectaba con él.
   b. "Verdad": Candor, sinceridad, honestidad, arraigados en la realidad objetiva de la verdad de la Palabra de Dios, pero aquí se refiere a la aplicación subjetiva y práctica de la apertura y honestidad en todas las cosas, con Dios y los hombres.
   c. El primer ataque de Satanás contra la humanidad consistió en el engaño, el cual fue seguido por el ocultamiento, la negación y el intercambio de acusaciones.
   d. El cinturón de la verdad es evidente en el hombre o la mujer "que no practica el engaño ni intenta disfrazar su andar con Dios"[3].
   e. Aplicación: Salmos 139:23, 24. "Examíname, oh Dios, y sondea mi corazón; ponme a prueba y sondea mis pensamientos. Fíjate si voy por mal camino, y guíame por el camino eterno"
3. "Protegidos por la coraza de justicia".
   a. Explicación de la metáfora: La coraza cubría algo más que la sección central del cuerpo, desde el cuello hasta los muslos. Es llamada también "protector del corazón".
   b. "Justicia": Rectitud, vida correcta, integridad en el estilo de vida y el carácter; conformar nuestra voluntad a la de Dios. Aunque está arraigada en la justicia objetiva que ya poseemos en nuestra posición delante de Dios por medio de la obra de Cristo, la coraza de justicia (que guarda y protege el corazón) es la *aplicación práctica* de la verdad en nuestras vidas. En otras palabras, es el señorío de Cristo.
   c. Los ataques de Satanás no son meros engaños, sino también acusaciones contra el creyente, que resultan en culpa y condenación. Cuando le volvemos la espalda voluntaria y conscientemente a aquello que sabemos que es la voluntad de Dios, abrimos la puerta de nuestras vidas a la influencia demoníaca (un ejemplo del Antiguo Testamento: Saúl; en el Nuevo Testamento: Pedro).

d. Aplicación: Santiago 4:17. "Así que comete pecado todo el que sabe hacer el bien y no lo hace".

Área personal de aplicación: ______________________________

4. "Calzados con la disposición de proclamar el evangelio de la paz".
   a. Explicación de la metáfora: Las sandalias romanas estaban atadas firmemente a la mitad inferior de la pierna y tenían clavos que sobresalían de ellas. Afirmaban los pies del soldado.
   b. "Disposición": Establecimiento; lo que significa un fundamento firme; también contiene la idea de estar preparados para compartir el evangelio que establece la paz entre las personas y Dios.
   c. Satanás no solamente utiliza el engaño y la condenación para neutralizar a los creyentes sino que también se especializa en arrojar dudas sobre la propia base de la bondad de Dios y los medios por los que la hemos recibido, es decir, sobre el evangelio mismo. Satanás ataca la gracia. ¿Cómo? Ver 2 Corintios 11:3, 4.
   d. Aplicación:
      - *Conozca* y *comprenda* el contenido del evangelio (1 Cor. 15:1-6; Efe. 2:1-9).
      - Conozca las bases de su *seguridad eterna* y la *garantía de nuestra salvación* (seguridad: Rom. 8:38, 39; Efe. 1:13, 14; garantía: 1 Jn. 5:11-13).
      - Fe basada en *hechos*, no en sentimientos.
      - Compartir la fe es una de las herramientas más poderosas para cultivar la propia fe. Muchas veces, "la mejor defensa es un buen ataque".

Aplicación personal

Lo que usted necesita recordar

Dios ha derrotado objetivamente a Satanás y sus propósitos. Nos ha librado del castigo y el poder del pecado, y finalmente nos liberará de la propia presencia del pecado. Entretanto, estamos involucrados en una guerra de guerrillas contra las fuerzas demoníacas.

Como creyentes, hemos sido transferidos del reino de las tinieblas al reino de la luz, con todos los derechos y la responsabilidad que implica ser hijos de Dios. La batalla espiritual que enfrentamos implica de nuestra parte la responsabilidad de vestir la protección espiritual que Dios nos ha provisto. Podemos resistir y resistiremos los intentos del enemigo para engañar, acusar y despertar dudas al resistirlo de las siguientes maneras:

1. Siendo honestos con Dios, con nosotros mismos y con los demás, como un prerrequisito para toda la batalla espiritual.
2. Respondiendo a la verdad que Dios nos muestra acerca de su voluntad para nuestras vidas: Vidas rectas.
3. Comprendiendo claramente el evangelio y compartiendo habitualmente este mensaje de gracia.

La mayor parte de la guerra espiritual nunca tendría que ir más allá del hecho de poner en práctica nuestra posición en Cristo por la fe. La práctica de la metáfora de la armadura espiritual nos protege de los intentos corrientes de Satanás para quebrantar nuestra comunión con Jesús y, como resultado, minimiza grandemente cualquier impacto del enemigo.

Hay ocasiones, sin embargo, en que debemos ir más allá del "mantenernos firmes" y enfrentar al enemigo en el combate directo. Ese será el tema de la Sección 3 (Efe. 6:16, 17).

5

Su "alerta roja" personal

Théoden: —No me arriesgaré a una guerra directa.
Aragorn: —La guerra directa está sobre ti, la enfrentes o no.

J. R. R. Tolkien, *El Señor de los Anillos*

Mi padre estaba en el Pacífico Sur cuando terminó la Segunda Guerra Mundial y solía contarme acerca de un período muy inusual al fin de la guerra. Las bombas habían sido arrojadas, los japoneses se habían rendido, se había firmado un tratado y el Océano Pacífico estaba en paz. Bueno, estaba en paz en los papeles. Mi padre decía que en las islas desparramadas por aquella región se seguían desencadenando batallas. Aunque el resultado final ya había sido determinado, existían unidades japonesas aisladas que no habían escuchado la noticia de la rendición, y continuaron haciendo guerra de guerrillas de la misma manera que lo habían estado haciendo durante la guerra. Las balas seguían siendo reales, las personas escondidas en túneles seguían conservando la intención de matar a sus adversarios, los morteros seguían siendo devastadores y la muerte seguía siendo igualmente brutal. Hombres jóvenes perdieron sus vidas frente a un enemigo que ya se había rendido. Ya no había nada en litigio entre los dos países; el resultado era definitivo. Pero la lucha no había terminado, y era tan mortal como siempre lo había sido.

Esta es una figura que capta exactamente la posición en la que estamos en la guerra invisible. La victoria ya ha sido obtenida; no queda nada en juego en términos del resultado final de la rebelión de Satanás contra Dios. Lo que sigue en juego, sin embargo, son las vidas de aquellos que siguen luchando. El enemigo sabe que oficialmente la guerra ya ha terminado, pero quiere causar tanto estrago como le sea posible, mientras aún pueda. Los espíritus demoníacos aún siguen procurando destruir al pueblo de Dios y sus armas siguen siendo tan reales como siempre lo han sido. Igual de reales son las bajas. Aunque la victoria ya se obtuvo, aún no ha sido puesta completamente en rigor.

Satanás fue derrotado en la cruz. A eso nada puede restarle importancia. Su derrota fue sellada irrevocablemente cuando Jesús conquistó el pecado y la muerte por medio de su propia muerte y resurrección. La condena a la que nos hicimos acreedores por medio de nuestros pecados ya fue pagada y su poder fue quebrado. Por medio de la cruz, Jesús desarmó al enemigo y triunfó sobre él. Hemos sido tomados del reino de las tinieblas y renacidos en el reino de la luz. Se nos ha dado un nuevo comienzo; las cosas viejas pasaron y todas son hechas nuevas. Se nos ha concedido una posición muy alta, sentados con Jesús en los lugares celestiales. Pero todavía estamos en guerra.

¿Por qué? Así como la paz debía ser puesta en rigor en el Pacífico, la victoria debe ser puesta en rigor en nuestro mundo. Un día el Señor volverá y lo hará final y completamente, y se deshará completamente del diablo. Entretanto, sigue existiendo la guerra de guerrillas por todas partes a nuestro alrededor, y la estrategia de la guerrilla es engañar, desanimar, dividir y destruir al pueblo y los propósitos de Dios. Aplican tácticas terroristas, y nuestros códigos de alerta deben estar siempre en "alerta roja".

Dios dice que quiere equiparnos y prepararnos para andar en su fuerza, para que podamos resistir las artimañas del enemigo y repeler sus ataques multifacéticos. Cuando seguimos las instrucciones de Dios dadas por medio de Pablo en su carta a los Efesios y a través del resto de las Escrituras, podemos derrotar a Satanás en las batallas específicas de nuestra vida: En el trabajo, en nuestras familias, en la iglesia y en todo el resto de lugares donde el enemigo está en actividad.

¿Cómo se desarrolla esto en nuestra vida? Avanzamos bastante hacia una respuesta a esta pregunta en los cuatro primeros capítulos. Ser conscientes de la guerra invisible es el primer paso para ganarla. Si la "Sección 1" lo ayudó a ver las influencias espirituales que pueden estar detrás de las circunstancias externas de su vida, usted ha sido enlistado adecuadamente y está listo para ser entrenado. Ese es un paso muy importante en su preparación para el conflicto. Nadie puede ganar una batalla si no sabe que está en ella.

Existen cuatro claves para la victoria espiritual (razón por la cual este libro ha sido dividido en cuatro secciones), y el ser consciente de la batalla es la primera de ellas. La segunda es el entrenamiento básico: Apropiarse de la protección disponible de parte de Dios para la vida diaria. En este capítulo y en los tres siguientes, que constituyen la "Sección 2", veremos las maneras en que podemos defendernos y obedecer el mandamiento de permanecer firmes. Dios nos ha dado la armadura; depende de nosotros si aprendemos cómo ponérnosla y cómo usarla. Enfrentar al enemigo y descubrir los medios de Dios para la liberación vendrán más adelante en la "Sección 3" y "Sección 4", pero no querremos meternos en la batalla sin las armas defensivas necesarias. Si no sabemos cómo protegernos, terminaremos heridos rápidamente.

¿Cómo hay que prepararse para el ataque satánico?

Pablo les dice a los efesios que se coloquen toda la armadura de Dios para ser capaces de resistir en el día malo (Efe. 6:13-15). Tienen que hacerlo para permanecer firmes. ¿Cómo? En primer lugar, hay que ponerse algunas piezas básicas del equipo: Los pasos críticos que cada creyente necesita dar para soportar los ataques. Para comunicar los principios de la preparación, Pablo utiliza la poderosa figura idiomática del soldado romano y su armadura.

Antes de seguir adelante en este pasaje, recuerde que esta armadura es solamente una metáfora. Algunos comentaristas discutirán que Pablo estaba pensando en un pasaje de Isaías en el que Dios se pone una coraza de justicia y un yelmo de salvación (Isa. 59:17). Otros comentaristas sugerirán que a este soldado romano, curiosamente, le falta parte de su equipo, como la lanza y otros accesorios. Si lo que usted busca es precisión, simplemente relájese y contemple la metáfora. Es una figura, una figura familiar para los lectores de Pablo, que tiene el propósito de ayudarnos a entender los conceptos generales acerca de cómo podemos proteger nuestras vidas y prepararnos para la batalla.

También es importante recordar que la armadura es una descripción acerca de cómo tenemos que experimentar una relación dinámica con Jesús. Es un estilo de vida, no una simple lista de elementos aislados. No son elementos personales por los que debemos orar mecánicamente todas las mañanas en una rutina paso a paso. La imagen de la armadura es una ayuda visual que nos ayuda a comprender cómo llevar a la práctica una relación con Dios el Padre en el poder del Espíritu Santo. Por supuesto, es importante comprender lo que significa cada una de estas piezas, pero no hay nada ritual en ellas. Colocarse la armadura no consiste en un breve tiempo de oración matutino. Se trata de un estilo de vida que es producto de semanas, meses y años de práctica y cultivo. Es algo que hacemos, no una fórmula que recitamos.

Piense entonces en las instrucciones de Pablo no como una lista de verificación del equipo sino como un manual de entrenamiento acerca del uso adecuado de los medios divinos de seguridad. Este pasaje tiene todos los elementos de una escena en la que un sargento de entrenamiento reúne a sus tropas en una asamblea. Si fuera una escena actual, el sargento pondría a sus tropas alineadas y señalaría el equipo delante de cada uno de ellos. Querría que sus soldados conocieran el interior y exterior de sus armas, los contenidos de su mochila, el uso apropiado de las máscaras antigás y de la ampolla especial que cada uno de ellos lleva para usar en caso de ataque químico, y cada una de las demás instrucciones que necesitan recibir antes de marchar al frente de la batalla. Querría que aquello fuera su segunda naturaleza, de manera que aplicaran instintivamente las tácticas apropiadas cuando se presentara el conflicto. Pero Pablo vivía en una época diferente y la figura que utiliza proviene de la fuerza bélica más poderosa de su tiempo. La armadura romana transmite una sensación de poder, dominación, prestigio y eficiencia militar. Este tipo de soldado representa la autoridad del imperio.

No hay forma de interpretar superficialmente este pasaje clave acerca de la guerra espiritual. Jesús es nuestro comandante en jefe, la mayor autoridad que tendremos en toda la eternidad, y por medio de Pablo les transmite a sus tropas un sentido de urgencia. El tiempo del verbo griego usado en el mandato "pónganse toda la armadura de Dios" indica algo que debe ser hecho ahora mismo, inmediatamente, lo antes posible. Es máxima prioridad.

¿Por qué tiene máxima prioridad este mandato? Porque viene un día malo. Esto no es una profecía, es un hecho. Cuando Pablo les dice a sus lectores que se pongan toda la armadura para ser capaces de resistir en el día malo, los está preparando para los tiempos difíciles que sabe llegarán. Sabe que necesitarán estar bien preparados y capacitados para resistir tiempos tenebrosos, oscuros.

Este término, *el día malo*, es una frase interesante; significa "un día particular de un tiempo particular". ¿Por qué? Porque las batallas no son todas iguales. Este conflicto no se trata de una fuente invisible que llega en contra nuestro siempre de la misma manera. Existen oportunidades específicas en las que el enemigo intentará engañarnos, desanimarnos o ponernos en contra de nuestro comandante en jefe, el Señor Jesús. Ya hemos discutido cómo el león anda alrededor en busca de presas vulnerables. En ocasiones, le llevamos ventaja, por lo que el enemigo espera. Él considera su temporada y ciclo, buscando aquellos momentos en los que usted se encuentra débil. Cuando usted está cansado, cuando ha tenido una discusión con su esposo o esposa, cuando los asuntos económicos experimentan conflictos y toma conciencia de cuánta seguridad le ha atribuido a su plan de retiro, cuando tiene a uno de sus hijos en terapia intensiva y se pregunta si él o ella conservará la vida, o en cualquier momento específico de debilidad, usted puede ser tentado a pensar que Dios no es bueno.

Piense, por ejemplo, en sus experiencias de oración. Es probable que en algún momento de su vida haya orado y orado por algo que deseaba profundamente, de todo corazón. Al pasar el tiempo se debe haber preguntado por qué Dios parecía no estar respondiéndole. Pero usted esperó, porque eso es lo que hace la fe. Entonces, repentinamente, las circunstancias cambian en el sentido exactamente contrario al que usted quería. Dios no solo parece no estar respondiéndole positivamente, sino que parece que su voluntad es contraria a la suya. Es posible que justo en ese momento usted haya escuchado lo que todo creyente escucha de vez en cuando: un susurro que arroja dudas en cuanto a la bondad de Dios.

Conoce esa pequeña voz, ¿no? Cuando las circunstancias no se dan como usted las imagina, el susurro dice: "¿Ves? Dios no está escuchando tus oraciones. ¿Por qué le dedicas tu vida a un Dios que no te está escuchando?". Si usted es soltero o soltera y no está saliendo a vivir "la buena vida" como la mayoría de sus amigos, y la provisión de Dios para su compañía sigue sin llegar tan rápido como le gustaría, puede ser que repentinamente comience a preguntarse si vale o no la pena vivir una vida pura. Esa voz le dirá "¡ingenuo!", y le recordará constantemente de toda la diversión que se está perdiendo. O quizás haya orado por dirección antes de aceptar determinado trabajo y creyó estar seguro de haberla recibido. Seis meses más tarde, cuando descubre que el trabajo no encaja con sus destrezas, que está absorbiendo su tiempo y energía y que los beneficios no se comparan con lo que se le prometió, el susurro dirá: "Dios te ha dejado abandonado. Le pediste ayuda, y te dejó a la deriva. Es mejor que hagas lo que quieras en lugar de hacerte el que comprendes cuál es su voluntad". ¿Por qué? Porque eso es lo que hace el león. Espera nuestros momentos de mayor debilidad. Existe un día malo.

Por eso este pasaje contiene un sentido de urgencia tan alto. Necesitamos estar preparados, no solamente para resistir cuando estamos fuertes, confiados y en guardia, sino también para resistir cuando somos menos capaces de hacerlo. En nuestra vida cristiana no tenemos momentos en los que podemos sentarnos y descansar, confiados de que no estamos a la vista del enemigo. Él llega con diferentes tácticas y en diferentes momentos porque quiere atraparnos con la guardia baja. Así como el director técnico que no propone la misma jugada en cada ataque, o como un estafador no intenta la misma treta dos veces con la misma persona, Satanás cambiará sus estrategias en su contra y hará todo lo que pueda para sorprenderlo. Sabe que probablemente usted estará preparado en aquello en lo que falló la ocasión anterior, así que se le presentará desde diferentes ángulos. El momento en el que llega es lo que define para usted lo que es "el día malo". Y su preparación es cuestión urgente.

En mi vida, el día malo llega luego de algunos de mis trabajos más fructíferos para Dios. Luego de haberme preparado y haber "orado mucho", luego de predicar con un sentido claro de la presencia de Dios y haberlo visto obrando poderosamente, y luego de aconsejar a muchas personas después de que ellas compartieran cómo Dios utilizó su Palabra en sus vidas, muchas veces lucho con oleadas de depresión, condenación y extraños pensamientos de tentación que surgen de la nada. En esos momentos soy muy vulnerable, en especial si estoy viajando, así que he aprendido a colocar algunos medios de seguridad adicionales para esos casos. Tómese un minuto para preguntarse cuándo y dónde se siente más vulnerable. Se sorprenderá al ver que el hecho de tomar conciencia y prepararse para el día malo lo ayudará a ganar cada vez más esas batallas.

Luego de ponernos nuestra armadura para prepararnos para la batalla, entonces se nos ordena que consciente y vigorosamente procedamos al acto (o sucesión de actos) decisivo de mantener firme y valientemente nuestro terreno contra los asaltos del enemigo (Efe. 6:14). Tal vez no sepamos cómo será el ataque en el día malo, pero sabemos cuáles son sus metas: engañar, acusar y desanimarnos.

Observe que hasta este punto, nuestra postura no es ofensiva. Estamos de pie en el terreno que ya tenemos. Imagine, por ejemplo, un ejército que ha tomado un pueblo. Una de las primeras cosas que hace es asegurar las áreas estratégicas para que el enemigo no pueda recuperar el territorio que ha sido obtenido. En términos de estrategia y vidas, es muy costoso conquistar terreno; nadie quiere renunciar a lo que ha conquistado. Esa es la figura que se nos presenta en Efesios. No debemos renunciar a lo que ya hemos conquistado por medio de nuestra relación con Jesús.

Si se está preguntando qué es lo que ya ha conquistado, retroceda y vuelva a leer los tres primeros capítulos de Efesios. Se nos ha otorgado un generoso territorio. Hemos entrado al reino de la luz, no solamente como ciudadanos en plenas funciones sino también como hijos del Rey. Leer toda la carta a los Efesios le dará una idea de lo generoso que ha sido Dios con nosotros. Tenemos su Espíritu y sus diferentes dones, se nos ha unido al cuerpo espiritual de Cristo y se nos ha prometido una herencia que incluye el perdón, la paz y el fruto espiritual. Todo esto es el territorio obtenido por Jesús que nos fue entregado por gracia. Cuando oramos para recibir a Cristo por la fe, recibimos todo esto como nuestra posesión.

Al andar de una manera digna de nuestro llamamiento, como nos lo indican los capítulos 4 y 5 que hagamos, esa voz maligna y susurrante, o las circunstancias que Satanás explota, intentará invadir nuestro territorio y hacer que nuestro andar en la luz se vuelva muy difícil. Seguramente lo ha escuchado alguna vez: "En realidad no tienes paz, ¿no es cierto?"; "Dios ama al mundo en general, pero no te ama a ti individualmente"; "¿Por qué tienes que perdonar a personas que no harían lo mismo por ti?". Paso a paso, el enemigo se meterá en su vida hasta que su manera de vivir y pensar no se diferencien de la manera en que usted solía vivir y pensar antes. Él le dispara hasta que la nueva criatura que hay en usted quede oscurecida por la tendencia a caer, propia de la criatura que usted fue alguna vez.

De manera que se nos dice que nos afirmemos en el territorio que se nos ha concedido. No se trata solamente de que alguien nos quiera destruir. Alguien trata de robar la herencia que se nos ha dado, o al menos los beneficios experimentales de dicha herencia. Cuando permanecemos firmes, estamos aferrándonos a nuestra posición, al área que ya poseemos.

Para conservar nuestra posición necesitamos ser capaces de oponernos y resistir al enemigo en el día malo; en otras palabras, necesitamos permanecer firmes. La gramática de este mandato implica un comportamiento consciente y vigoroso que nos afirma en la posesión que Dios ha obtenido para nosotros y en una valiente defensa ante los ataques del enemigo. Sus engaños, acusaciones e intentos mentirosos para desanimarnos pueden ser resistidos firmemente si comprendemos el equipamiento que se nos ha dado. Debemos aprender cómo conservar el territorio que se nos ha confiado y no permitir que nuestra nueva posición en Cristo sea socavada por nuestros pensamientos, palabras y estilo de vida. Si se está preguntando cómo poner en práctica esto en la vida diaria, continúe leyendo; ya estamos llegando a ese punto.

Aplicación personal: ¿cómo se relaciona todo esto con su vida?

Ha sido declarada la "alerta roja" sobre su vida; no hay manera de escapar a eso. Algunas personas piensan que pueden eludir la batalla simplemente ignorándola, pero la batalla, de todos modos, se presenta. Existen solo dos reacciones posibles: no hacer nada o prepararse. Pero la batalla es un hecho.

¿Está usted preparado? ¿Está defendiendo el territorio que le ha sido confiado con todos los recursos que Dios le ha provisto? Hay una estrategia divina y el recurso de una armadura y armas sobrenaturales a su disposición. Cuando la oposición intenta amenazar la herencia que ha recibido de Dios —y *sucederá*; no hay forma de evitar que ocurra— ¿será suficiente su entrenamiento?

Los tres capítulos que siguen explorarán la manera en que podemos poner en práctica esta vida nueva y abundante poniéndonos el equipo que Dios nos ha provisto. Cada capítulo comenzará con una explicación de la metáfora y el rol de cada parte del equipo presente en la armadura del soldado romano. Luego de adquirir esta imagen en su mente, profundizaremos en el significado de la palabra representada por la armadura: *Verdad, justicia* o *evangelio*. Entonces, la información crítica de cada capítulo será una discusión de cómo se ve realmente la armadura en la vida real de personas comunes como usted y yo.

Esa es la vanguardia de nuestra vida espiritual: La aplicación cotidiana. La clave para una vida victoriosa y el mejor aprovechamiento de la gracia de Dios comienza con la armadura que usamos.

En su vida:

- ¿Escuchó alguna vez una descripción de la armadura espiritual de la que habla Pablo en forma de una lista de elementos aislados? ¿De qué manera cambiaría su vida espiritual si supiera que su protección consiste en un estilo de vida integral y no en una lista de requisitos?
- ¿Se le ocurre alguna ocasión en la que el enemigo haya explotado sus momentos de mayor vulnerabilidad? ¿Qué debilidades y tendencias en usted pueden darle una pista acerca de cómo se aplica en su experiencia el "día malo"?

- ¿Existe algún territorio espiritual que Dios le haya dado y que lo haya entregado al enemigo? ¿Cómo puede hacer para recuperarlo?

6

Examinando atentamente la falsa inteligencia

Satanás tiene que ver con la confusión y las mentiras. Pon la verdad frente a él y habrá desaparecido.

Paul Mattock

No podía creer lo que estaba escuchando. Sentado frente a mí estaba un hombre cuya historia habría puesto en duda si no conociera los hechos de primera mano. Estábamos hablando acerca de una crisis en su vida: Su matrimonio se había venido abajo, estaba involucrado en una relación ilícita y sus hijos lo habían rechazado. Y estaba absolutamente deprimido.

En sí mismas, ninguna de estas cosas me tomó por sorpresa. He aconsejado a cantidad de hombres que presentaban exactamente los mismos síntomas. Pero sus historias eran completamente diferentes de esta. En la mayoría de los casos no eran cristianos o eran cristianos nominales que no caminaban con Dios. La falta de un discipulado comprometido había dado como resultado decisiones equivocadas y antibíblicas que les provocaron mucho dolor.

Pero la historia de este hombre era bastante diferente. Tenía una familia y una herencia piadosas. Era un hombre formado en las Escrituras que había enseñado por años en la Escuela Dominical. Era un pilar en la iglesia y había servido en varias comisiones. Era el tipo de hombre que todos querían llegar a ser.

Así que, ¿qué había pasado? ¿Qué había llevado a tropezar a un hombre con convicciones bíblicas, una amante esposa, una familia y un negocio exitosos? ¿Cómo alguien podía haber caído de una vida tan bendecida hasta las profundidades de la desesperación?

La respuesta es aleccionadora. En sus propias palabras, me dijo: "Lo tenía todo: Una hermosa esposa y una hermosa familia, un lugar importante en la comunidad, un rol significativo en la iglesia, un negocio próspero, una casa en las montañas, un condominio en la playa y todo lo que puedas imaginarte. Pensé que era invencible. Pensé que la mano de Dios estaba sobre mí para siempre y que todo lo que tocaba se convertiría en oro. Pero estaba equivocado".

Cuando me compartió su historia, comenzó a repasar una lista de concesiones en los asuntos más pequeños: No solucionar un desacuerdo con su esposa, dirigir aquella segunda mirada a una mujer hermosa, decir pequeñas mentiras que condujeron a otras mayores. "Todo eso parecía tan inocente y sin consecuencias en aquel momento", dijo, "pero en unos años llegó a transformarse en nuevos patrones en mi vida. Las miradas lujuriosas se convirtieron en adicción sexual y luego en infidelidad. Las pequeñas mentiras llegaron a ser faltas de integridad que socavaron mis relaciones y destruyeron mi negocio. Había llegado, en muy poco tiempo, a vivir lo opuesto de la vida que una vez tuve. En una palabra: Fui engañado. No importa cuántas personas me lo advirtieron. No podía verlo. Fui engañado a creer que el dinero, el sexo, el poder, el placer y la gratificación personal eran parte de la buena vida que yo merecía y que Dios quería para mí. Leía la Biblia y asistía a la iglesia, la verdad siempre estuvo ante mis ojos; y sin embargo, no podía verla. Ahora estoy solo, deprimido, lleno de remordimientos y deseando con todas mis fuerzas poder retroceder el tiempo. Pero no puedo".

Este no es un engaño poco común. Si realmente queremos conocer la clave de la felicidad, y honestamente, ¿quién no la quiere?, se nos dice constantemente que podemos encontrarla. El increíble secreto hacia la realización del significado y la alegría de vivir está justo frente a nosotros. Todo lo que tenemos que hacer es encender el televisor y mirar los comerciales.

¿No es eso lo que prometen? Si quiere que aquella hermosa rubia se meta en su auto, debe tener el tipo de auto adecuado. Si quiere disfrutar al máximo de la vida, tiene que beber el tipo correcto de cerveza. Si desea ser una persona confiada e influyente, necesita teñir su cabello de esta manera y tratar su piel con aquel producto. Casi todas las publicidades nos dan una muestra del concepto de lo que es la felicidad.

O mejor todavía, mire los llamados *reality shows*. Primero disfrutamos observando cómo se transforman las casas. Luego pensamos que sería interesante que las personas intercambiaran lugares y redecoraran las casas de los otros. Entonces pasamos al intercambio de padres y luego al cambio de parejas. Ahora podemos ver personas que están intercambiando sus cuerpos. El *show* comienza con una persona viéndose de una manera y termina con la misma persona viéndose diferente, con frecuencia pareciéndose a una celebridad que haya escogido.

¿Qué hay detrás de ese impulso obsesivo por tener más, verse mejor y ser diferente? ¿Qué hay detrás de la trágica caída del hombre con la vida casi perfecta? Mentiras. Un sutil pero efectivo sistema de engaño profundo y oscuro.

"Ceñidos con el cinturón de la verdad"

Por supuesto que el verdadero secreto de la felicidad no está en ninguno de los grandes programas de entretenimiento. La clave hacia una vida plena no tiene nada que ver con automóviles veloces, cambios de pareja o la moda de este año. Estas son solamente falsificaciones con las que el enemigo y la carne conspiran para tentarnos. Y el remedio, la defensa número uno contra este torcido engaño, es el vestirnos de la verdad.

El soldado romano llevaba puesto un cinturón; el resto de su armadura quedaba, de alguna manera, sujetada por aquel cinturón. Era vital para el resto del equipo. Si era invierno, los soldados usaban una toga larga. Lo primero que hacía un soldado para prepararse para la batalla era "ceñir sus lomos". Esta es una expresión rara. La mayoría de nosotros no ceñimos nuestros lomos cuando nos vestimos por la mañana. Para un soldado, sin embargo, era esencial ceñirse. Se levantaba aquella larga toga y la metía debajo de su cinturón para poder moverse libremente. Estando en marcha, la dejaba suelta para conservar el calor. Si tenía un tiempo libre, podía aflojarse el cinturón. Pero si estaba de servicio y era el momento de una batalla, un cinturón desabrochado y una toga colgando significarían una de dos cosas: Ser castigado por sus superiores o tener desventaja ante sus enemigos. Las consecuencias siempre eran graves.

Así que cuando se escuchaba el grito de batalla, el soldado levantaba su toga y la metía debajo del cinturón, de donde colgaba su espada e iba enganchado su escudo. El cinturón era circular, y muchas cosas dependían de que estuviera asegurado.

La palabra *verdad* en este pasaje significa candor, sinceridad y honestidad. Está arraigada en la verdad objetiva de la Palabra de Dios. Aquí se refiere a la aplicación subjetiva y práctica de la apertura y la honestidad en todas las cosas, con Dios y las demás personas.

Pablo ya nos había dicho que la verdad está en Cristo. Ya nos entregó tres capítulos de verdad, asegurándonos que lo que ahora es cierto a nuestro respecto lo es por causa de nuestra nueva vida en Jesús. En él somos aceptados, redimidos por su intermedio, adoptados en su familia y sellados con su Espíritu. Todas estas cosas son fundamentales y todas ellas nos han sido concedidas. Pero colocarnos el cinturón de la verdad es nuestro trabajo. Tenemos que entrenar nuestras mentes para ver a Dios, a nosotros mismos y a los demás a través del claro lente de lo que él dice que es verdad. Eso significa que no estamos para juegos. Somos honestos con Dios, honestos con nosotros mismos y honestos con los demás. Cuando el Espíritu de Dios nos habla, manifestamos apertura. No nos permitimos ser engañados ni justificamos nuestros pecados bajo la excusa de la ignorancia o la relatividad.

La primera pieza de nuestra armadura es una defensa directa contra la táctica número uno del enemigo. ¿Recuerda cuál había sido su primer ataque, relatado en Génesis 3? El engaño. Satanás fue la astuta serpiente que disfrazó sus mentiras para hacerlas atractivas, y entonces las susurró al oído de Eva. La engañó cuestionando la bondad de

Dios y luego cuestionando la exactitud de la verdad del mandamiento de Dios. "No morirás", dijo, y eso era una desvergonzada mentira. Entonces, rápidamente, acompañó su mentira con alguna verdad atractiva: "Si comes de esto, te otorgará el conocimiento del bien y del mal". Tenía razón, eso era cierto. Eso es lo que hace Satanás: Toma la verdad y la tuerce, haciendo que el pecado se vea atractivo.

La manera de proceder de Satanás no ha cambiado. Nos dice que nunca seremos felices a menos que tengamos muchas cosas, hasta que nos veamos lo suficientemente bien o hasta que tengamos cualquier cosa que hemos anhelado, hasta que la consigamos y necesitemos alguna otra para sentirnos satisfechos. La profunda insatisfacción en nuestro interior, los mismos anhelos que explotan todos esos anuncios publicitarios, son el producto de sus mentiras. Nos convence de que necesitamos más y más y más, y entonces nos tienta para que lo consigamos por medios contrarios a la voluntad de Dios. Antes de que nos demos cuenta, estamos aceptando todas sus mentiras; anzuelo, línea y plomada juntos.

¿Lo ha notado? Puede ser que vayamos a la iglesia los domingos, leamos la Biblia por las mañanas, oremos todos los días, y aún inconscientemente estemos dejando que los medios de comunicación se infiltren en nuestros pensamientos para que criemos a nuestros hijos de la misma manera que lo hace el mundo, y administremos nuestro dinero de la misma manera que el mundo. Eso es lo que esas molestas encuestas de *Gallup* y *Barna* nos dicen todo el tiempo. El hecho es que el cristiano promedio en los Estados Unidos de América es sorprendentemente similar al no cristiano en su manera de hablar, actuar y vivir. El nivel de honestidad entre los cristianos y el nivel de honestidad en la cultura estadounidense, a la larga, no son muy diferentes. ¿Por qué? Estamos engañados.

Claro que no sabemos que estamos engañados. No conozco a muchas personas que anden diciendo por ahí: "Soy un cristiano engañado. La verdad es que no sé qué está pasando. Soy atrapado todos los días, de todas las maneras". Cuando estamos engañados, estamos engañados; pensamos que estamos yendo por buen camino. Estamos convencidos de estar haciendo lo correcto por las razones correctas y por las motivaciones correctas. Eva no mordió la fruta prohibida mientras pensaba: "Esto sí que va a ser una mala noticia". Pensó que estaba tomando una sabia decisión y es probable que el primer bocado haya tenido muy buen sabor. Después de todo, Dios había creado la fruta. Pero ella comió basada en mentiras y ni siquiera se daba cuenta.

Tenemos la tendencia a creer muchas mentiras. Lea los siguientes ejemplos y fíjese si no le suenan familiares:

- Primero y principal, cuídese a sí mismo. Nadie lo va a hacer por usted (el estilo estadounidense, ¿no es cierto?).
- La Biblia fue escrita hace muchos siglos, y ha perdido relevancia en algunas áreas (usted se verá como un idiota si se le ocurre defender a la Biblia en esta época).
- La verdad es relativa. Lo que es cierto para usted puede no ser cierto para mí (la palabra del momento es *tolerancia;* y de todas maneras, ¿quién es usted para decir qué es lo correcto para los demás?).
- Defienda sus derechos. La Biblia dice que no debemos demandar a nuestros hermanos en Cristo, pero probablemente haya situaciones justificables (¿ha escuchado los reportes noticiosos acerca de los líderes cristianos que demandan a otros líderes cristianos, aun cuando la Biblia dice que es mejor ser defraudado que difamar la iglesia y el nombre de Dios?).
- Los dos nos amamos. Dios comprende que tenemos hormonas e impulsos que no podemos controlar. Además, de todas maneras, planeamos casarnos muy pronto.

El primer ataque de Satanás fue el engaño y la primera reacción de la humanidad luego del pecado fue ocultarse, negarlo e intercambiar acusaciones. Eso tampoco ha cambiado demasiado, ¿no es así? Cuando vemos la verdad acerca de nosotros mismos, es doloroso. Hace falta mucho valor para enfrentar la realidad. Nos resulta más fácil negarlo o apuntar el dedo hacia otra persona. Somos acusadores muy creativos. Atribuimos nuestras reacciones pecaminosas a las circunstancias difíciles, los problemas económicos, un esposo o esposa infiel, o cualquier cosa o persona siempre que no seamos nosotros.

El remedio es el cinturón de la verdad. Puede ser que la persona o cosa a la que acusamos tenga algún nivel de responsabilidad en la situación, pero mientras no seamos honestos con Dios y unos con otros seguiremos jugando con el engaño. Kenneth Wuest escribió que el cinturón de la verdad es evidente en el hombre o la mujer cuya mente "no practica engaños ni engendra disfraces en nuestra relación con Dios"[4]. Necesitamos asumir la responsabilidad por nuestros propios errores sin excusas ni acusaciones, llevarlas a Dios y confesarlas honestamente delante de él. Es la única manera de permanecer firmes contra el engaño.

Recuerdo la primera vez que no llevé puesto el cinturón de la verdad (dicho sea de paso, esa vez no ha sido la única). Yo no tenía la más mínima idea al respecto. Cuando era niño, mi padre, que había sido militar, me transfirió sus principios de vida. "Hijo, la vida funciona de la siguiente manera: Algunas personas se levantan temprano, otras no lo hacen. Así que levántate temprano. Algunos se trazan metas, otros no. Así que trázate metas. Hay quienes desarrollan estrategias y se proyectan hacia sus metas, y hay quienes no lo hacen. Así que desarrolla estrategias y proyéctate para lograrlo. Hay gente que desea estas cosas lo suficiente; hay gente que no. Así que haz todo lo que haga falta para lograrlo y alcanzar la meta". El concepto subyacente a todos estos mensajes, la mentira que le fue enseñada y me estaba comunicando, era que esa es la manera de alcanzar el éxito, y si alcanzas el éxito serás feliz.

Cuando llegué a séptimo grado, ya era un adicto al trabajo en desarrollo. Tenía escritas mis metas acerca del tipo de chica con la que quería salir, lo que lograría en el básquet y el béisbol, cómo lograría buenas calificaciones y llegaría al cuadro de honor y cómo obtendría la beca. Me levantaba temprano. Trazaba mis metas y desarrollaba mis estrategias. Cuando estaba terminando el bachillerato ya había alcanzado casi el 90% de ellas. Una de las razones por las que llegué a Cristo fue que Dios usó a una amiga cercana para exponer la mentira en la que yo creía. Lo hizo ofreciéndome un gran cumplido: "¡Oye! ¡Realmente lo has logrado!", me dijo, y comenzó a enumerar todos mis "logros". En cuanto las palabras salieron de su boca, me di cuenta de que en cierto sentido "lo había logrado", es decir, en el sentido en que el mundo mide el éxito. Pero en ese momento también tomé conciencia de que la fórmula no funcionaba, porque yo era el tipo más vacío sobre la faz del planeta, y el más falso también, porque había aprendido a desarrollar relaciones por medio de estrategias egoístas.

Poco después de aquella experiencia llegué a conocer personalmente a Jesús y fui liberado. Fue algo poderoso y transformador. Alguien me regaló una Biblia y prácticamente me la devoré. Parecía como si quienquiera que la hubiese escrito hubiera estado leyendo mis pensamientos y me hubiera estado hablando directamente a mí. Muchas de mis viejas metas perdieron su atractivo y Dios comenzó a darme nuevos anhelos. Quería ser el hombre que él quería que fuera. Ingresé en la universidad y allí conocí a un grupo de jóvenes que eran excelentes para discipular a personas como yo, y pronto me encontré silbando, cantando y disfrutando el tiempo que pasaba con Dios.

Pero el hecho de que pasemos del reino de las tinieblas al reino de la luz no significa que todo lo negativo desaparece de la noche a la mañana. Había gente en ese grupo cristiano a la que uno le caía bien si memorizaba muchos versículos bíblicos, así que memoricé el doble que todos los demás. Me recomendaron participar en un estudio bíblico, así que decidí no solo participar en uno, sino dirigirlo. Cumplía con una rígida lista de reglas y no dejaba de orar ni un solo día. Me reunía con todas las personas espirituales de la universidad, y luego de unos dos años perdí el gozo. Me olvidé completamente de la maravilla y el placer de mi relación con Jesús. Me volví un fariseo legalista que conocía un montón de versículos, pero que carecía de gozo, un supercristiano sin compasión por la gente. Era nuevo en Cristo, pero caí por defecto en mis antiguos principios: Levantarme temprano, trazar metas, diseñar estrategias y desear esos logros más que todos los demás. Ya no estaba usando el cinturón de la verdad. Estaba engañado.

Lamentablemente, en esa pequeña subcultura del ministerio estudiantil estaba siendo recompensado por mi engaño. Las personas decían: "¿Conoces a Chip? Se sabe muchos versículos, nunca falta al tiempo de oración y comparte su fe con todo lo que se mueve". Eso solamente fortalecía mi legalismo. Entonces volví a encontrarme con una chica que había conocido en mi primer año en la universidad. La conversación fue breve, pero siempre la voy a recordar. Me miró y sin ninguna razón aparente me dijo: "¿Sabes, Chip? Recuerdo tu primer año aquí. Realmente eras un buen tipo. Simplemente te veías tan feliz, y aunque los cristianos nunca fueron mis personas favoritas, me hiciste pensar que de verdad debía haber algo especial en ser cristiano. Pero has cambiado. Cada vez que te escucho, lo único que tienes para decirles a las personas son versículos. Ahora lo único que tienes es religión. Si eso es ser cristiano, creo que nunca voy a desear ser una de ellos. Nos vemos luego".

Me quedé petrificado. De hecho, estaba destruido. Me sentía como si alguien se me hubiera acercado y, sin previo aviso, me hubiera dado un fuerte golpe en el estómago. Ahí estaba yo, haciendo todo lo posible por ser el mejor cristiano, para darme cuenta de que estaba alejando a aquellos a los que estaba intentando alcanzar. Ella me hizo notar la diferencia entre quién había sido y en quién me había convertido. Aquella fue la bofetada que necesitaba para que me detuviera y considerara en qué consistía realmente la vida abundante. No tenía puesta la armadura. No estaba utilizando el cinturón de la verdad. Había tomado mi vieja manera de pensar y la había traducido al mundo cristiano, intentando alcanzar el éxito, la seguridad y el significado, basándome en mi aplicación de las disciplinas de la vida cristiana. El engaño fue creer que las personas solo me amarían y aceptarían si era un supercristiano.

Eso pasó hace 25 años, pero vuelvo a encontrarlo casi cada semana en mi tiempo con Dios. De pronto, me encuentro engañado de alguna manera que requiere que vuelva a colocarme el cinturón de la verdad. Me doy cuenta de que no he estado siendo completamente honesto o abierto con algunas personas o que no he estado siendo muy honesto con Dios; y la Palabra de Dios tendrá que volver a limpiar mi corazón, porque ese es el espejo que nos deja ver lo que es la realidad.

El cinturón de la verdad no es algo que uno se coloca durante un tiempo devocional por la mañana o con una oración rápida en el coche. Es un proceso. Se da a través de largas y significativas temporadas con Dios; no por el cumplimiento del deber sino por el anhelo de escuchar su voz. Ocurre cuando dejamos de ignorar esa incómoda falta de paz, esa voz inquietante que suena en el fondo de nuestra mente, y nos resistimos a ocultarla. Cuando estamos solos, nuestra tendencia es poner una película o escuchar algo de música, porque de esa manera es más fácil ignorar la voz de Dios. No nos gusta escucharla, porque estamos siendo engañados. Para muchos de nosotros ha pasado mucho tiempo desde la última vez que abrimos nuestro corazón y dijimos: "Señor, muéstrame cualquier cosa que haya en mí que no esté de acuerdo con tu persona".

Así que, ¿y usted? ¿Hacia dónde se desliza su cinturón de la verdad? ¿De qué maneras está culpando a los demás, jugando y escondiéndose de Dios?

Durante años, yo me escondía por varios días cuando sabía que las cosas con Dios no andaban bien. Asumía que él estaría enojado conmigo por no aclarar las cosas. Ese es el engaño. Dios no es un policía cósmico sino un Padre amoroso. He aprendido que en el momento que me detengo, soy realmente honesto y me sincero con Dios, conozco al Dios amoroso y perdonador lleno de gracia y misericordia que quiere devolverme la paz y concederme integridad en todas mis relaciones.

Esto solamente puede suceder luego de que somos honestos, solamente cuando queremos colocarnos el cinturón de la verdad y vivir abierta y honestamente. Cuando lo hacemos, sucede algo doloroso, pero maravilloso. Se llama quebrantamiento. Ocurre cuando vemos de verdad quiénes somos realmente.

Cuando yo vi lo hipócrita que estaba siendo y lo lejos que estaba de parecerme a Cristo, literalmente lloré, y aún sigo teniendo que hacerlo. Le escribo a Dios en mi diario acerca de cómo me presenté en una reunión aquel día para verme seguro o impresionar a las personas, o cómo veo algo de arrogancia introduciéndose en mi relación con mi familia y mis colegas. Cuando Dios trae la verdad a nuestras vidas y no la recibimos, nos ponemos a la defensiva. Nos justificamos en lugar de confesar la realidad de nuestras faltas. Así que estoy aprendiendo a colocarme el cinturón de la verdad y a dejar que quebrante mi corazón; eso es lo bueno. Salmos 34:18 dice: "El Señor está cerca de los quebrantados de corazón, y salva a los de espíritu abatido". El Espíritu de Dios es siempre amigo de la verdad, especialmente cuando duele.

Aplicación personal: ¿cómo se relaciona todo esto con su vida?

Se nos dice que David era un hombre conforme al corazón de Dios, pero eso no quiere decir que todo estuviera bien en su vida, ¿no es así? No siempre era el epítome de la rectitud y la moralidad. Así que, ¿qué hacía de él un hombre conforme al corazón de Dios? Cuando David fue confrontado con su pecado, fue quebrantado. Luego de su pecado con Betsabé, hizo lo que todos hacemos: negar la verdad, repartir acusaciones y esconderse. Pero cuando Dios trajo frente a él al profeta Natán para ayudarlo a ver la verdad, quebrantó su corazón. Tenemos el registro de su arrepentimiento en el Salmo 51, pero creo que vemos algo del fruto de su arrepentimiento en el Salmo 139.

David aprendió a mantener cuentas cortas con Dios, y aprendió que reconocer la verdad, aunque sea dolorosa, es la mejor manera de hacerlo. En los versículos 23 y 24 del Salmo 139 David oró: "Examíname, oh Dios, y sondea mi corazón; ponme a prueba y sondea mis pensamientos. Fíjate si voy por mal camino, y guíame por el camino eterno". Verdaderamente esa es una buena oración para todos los días. "Señor, examíname. Hasta donde sé, estoy bien contigo y el resto de mis relaciones están bien, pero quiero saber si estoy siendo engañado". Entonces, cuando Dios habla, escuche. No se dirigirá a usted con una vaga condenación: "Eres una mala persona", "Tienes que ser un mejor padre" o generalidades como esas. Lo convencerá acerca de cosas específicas por las que usted se podrá arrepentir. Su deseo nunca es condenarnos sino conducirnos a una relación íntima consigo mismo.

En su vida:

- ¿Conoce personas que se ponen a la defensiva cuando Dios (o alguna otra persona) les señala la verdad? ¿Usted lo hace? ¿Qué indica eso con respecto a su armadura espiritual?
- A menudo se dice que todos llevamos puesta una máscara. En otras palabras, la inseguridad nos conduce a fingir y representar lo que no somos en determinadas situaciones para causar una buena impresión ante los demás. ¿Cómo puede ayudarnos la verdad acerca de nuestra posición en Cristo a quitarnos la máscara?

- ¿Se le ocurre alguna experiencia del pasado en la que Dios haya señalado algún engaño en su vida? ¿Cómo aplicó su verdad a esa situación?
- ¿Su relación con Dios cambiaría si orara todos los días las palabras del Salmo 139:23, 24? ¿De qué manera?

7

En sintonía con Dios

Los demonios nos dicen una cosa para meternos en el pecado y otra para abrumarnos con la desesperación.

Juan Clímaco

Uno de mis colegas pasó la primera década de su ministerio bajo una carga extremadamente pesada. Amaba servir a Dios, pero nada le parecía suficiente. Siempre había más almas que salvar, más bocas que alimentar, más heridas que sanar y más conflictos que resolver. Y ¡ay de él si se ponía a descansar en medio de semejante angustiosa necesidad! Dios tenía una larga lista de actividades, y mi amigo no se animaba a descuidarla.

Su actitud puede parecer la de un santo con corazón de siervo, pero existía mucha culpa detrás de su pasión. Cuando mi amigo comparte cómo llegó a Cristo, el gozo de la salvación es solo una mínima parte de su historia. Casi inmediatamente después de su conversión, comenzó a ver a Dios como un severo capataz que se enojaba con su gente por no haber logrado todavía que el evangelio llegara a todo el planeta, aun después de 2.000 años. Este hombre trabajaba para Dios porque

Dios se lo exigía y porque se sentía extremadamente culpable si no lo hacía. Servía impulsado por la obligación y el temor, el miedo a la condenación que le sobrevendría si holgazaneaba, en vez de hacerlo por el amor y el gozo. Estaba motivado por un insoportable sentido de una dolorosa obligación.

Esta es una condición común entre los cristianos sinceros. Algunas personas pasan su vida entera yendo a la iglesia porque se sentirían culpables si no lo hacen. No dan sus ofrendas por el anhelo de involucrarse en la obra espiritual y bendecir a las personas sino porque se supone que deben hacerlo. Se ofrecen como voluntarios cuando es requerido porque se condenarían a sí mismos si no lo hicieran. O no se ofrecen, porque conviven todo el tiempo con la condenación.

La culpa se desarrolla en nuestra vida de maneras muy torcidas. Muchas veces se encuentra en la raíz de las familias disfuncionales, los desórdenes alimenticios, las adicciones ya sean sexuales, a las drogas o al alcohol. Más sutilmente, sin embargo, se convierte en un simple susurro del enemigo que dice: "Así que te haces llamar cristiano, pero si alguien supiera todas las cosas que haces, esos pecados secretos a puertas cerradas, la manera en que escondes tus inseguridades con prendas de vestir y cirugías, la disfunción emocional con la que castigas a los demás, se mantendrían a una prudente distancia de ti. ¿Cristiano? ¡Quedarías expuesto como el fraude que eres! Dios no va a escuchar tus oraciones. Ni siquiera te va a llevar a su presencia; ya le has fallado en demasiadas ocasiones". La culpa es asesina.

No nos lleva mucho tiempo ser aplastados por la condenación. No se trata de que no seamos auténticamente culpables. Algunas personas niegan que la culpa exista, y se mantienen ciegos frente a sus consecuencias y a los problemas que ella genera. No, la culpa es real. Pero también lo es el perdón, y la gracia de Dios no solamente es mayor que nuestros pecados, sino también mayor que nuestra culpa. El primer ataque de Satanás fue el engaño, pero prosiguió con grandes dosis de condenación, y la segunda pieza de la armadura que necesitamos colocarnos nos protegerá perfectamente de ella.

"Protegidos por la coraza de justicia"

Por lo general, la coraza romana estaba hecha de bronce; y si se trataba de un soldado más próspero, de cota de malla. Cubría una buena parte del cuerpo, desde la zona inmediatamente inferior al cuello hasta los muslos; y, por razones obvias, la llamaban "el protector del corazón". Protegía el órgano vital que nos mantiene vivos.

Por eso Pablo nos dice que nos la coloquemos luego de habernos ceñido con el cinturón de la verdad. La siguiente pieza del equipo, la coraza de justicia, es el protector del corazón. Nadie se animaría a ir a la batalla sin ella.

¿Qué es exactamente lo que significa la palabra *justicia*? Si usted piensa que quiere decir que hay que llegar a ser perfecto antes de estar protegido, quizás se sienta tentado a renunciar, pero, por favor, no lo haga. No se trata de eso. La palabra *justicia* que encontramos en Efesios 6:14 significa "rectitud, vida correcta, integridad en el estilo de vida y el carácter de una persona". La cuestión es conformar nuestra voluntad a la de Dios. Está arraigada en la justicia objetiva que ya poseemos en nuestra posición ante Dios por medio de la obra de Cristo. Esa justicia no nos puede ser quitada. Está completa porque estamos en Cristo y él está en nosotros. Pero mientras la justicia mencionada en este versículo surge de esta realidad objetiva, en realidad esta es una aplicación práctica de la verdad a nuestras vidas. En otras palabras, la justicia a la que se refiere el versículo es el sometimiento al señorío de Cristo. Para expresarlo de modo más sencillo, es poner en práctica lo que ya sabemos que es correcto.

Por eso el cinturón de la verdad viene primero. Es imprescindible tenerlo. Es fundamental. Ahora que tenemos la verdad, sin embargo, necesitamos aplicarla. De eso se trata la justicia. Es poner en práctica lo que Dios nos ha dicho por medio de su Palabra, su comunidad y su alabanza. Podemos sumergirnos todo lo que queramos en la Palabra y el compañerismo espiritual, pero si esas cosas no transforman nuestro estilo de vida, son prácticamente inútiles. Cuando Dios introduce su verdad en nuestros corazones, somos llamados a ponerla en práctica las 24 horas del día, los siete días de la semana.

Acusaciones que hieren

Existe una razón por la que Satanás es llamado "el acusador de nuestros hermanos" (ver Apoc. 12:10). Cuando caemos en pecado, el Espíritu Santo nos convencerá y nos conducirá, a través del arrepentimiento y el perdón, de regreso a la comunión con el Padre. Pero Satanás falsificará la convicción de pecado con acusaciones. El susurro que señala nuestros errores diciendo: "¿Y tú te haces llamar cristiano?" no es la voz del Espíritu Santo. Esa voz es demoníaca. Generalmente, tiene el propósito de hacernos caer en una falsa comodidad para aliviar nuestra culpabilidad, por ejemplo, comprándonos 75 pares de zapatos, porque al ir de compras obtendremos una sobredosis de adrenalina de la que preocuparnos y evitaremos enfrentar la verdad y sentirnos condenados, aunque solo sea por un tiempo. O dándonos un atracón para ahogar el dolor en el placer, y luego vomitar todo mientras nos condenamos por ser adictos a la comida. O transformándonos en el corresponsal informativo oficial de nuestra congregación, porque necesitamos sentirnos importantes. Todo esto disfrazado de motivos de oración, por supuesto. "El señor y la señora Fulano están atravesando este difícil momento en su matrimonio. Supiste lo que ella hizo, ¿no? Necesitan mucha oración". "Ora por aquella familia que estuvo de visita. ¿Sabías que tuvieron que desconectar la televisión por cable porque sus hijos se metieron en uno de esos asuntos de perversión sexual?". Con el tiempo uno se transforma en el basurero de la iglesia, pero se siente importante, y eso alivia la conciencia. Casi todos estos juegos que practicamos están diseñados para amortiguar las acusaciones del enemigo.

La coraza de justicia es esencial cuando hemos sido honestos con Dios, hemos aceptado su verdad revelada (el cinturón de la verdad) y luego hemos puesto en práctica lo que él nos ha dicho. Cuando viene la condenación, nos paramos firmes en nuestro terreno y decimos: "Eso es mentira, Satanás. Estoy completo en Cristo". O si en su acusación hay alguna dosis de verdad: "Eso es mentira, Satanás. Eso *era* cierto, yo realmente *era* un falso. Pero ya no lo soy, porque 1 Juan 1:9 es verdad: si confieso mis pecados, Dios es fiel y justo para perdonar mis pecados y limpiarme de toda injusticia. ¿Lo entendiste? *Toda* injusticia". Así, usted defiende su posición porque cree lo que Dios le dice. En Cristo, usted está completo, es puro en él y resiste la sucia conversación que ese maligno y demoníaco susurro le está sugiriendo. Cuando le diga que la comida aliviará su incomodidad, que la compra de cosas caras calmará su dolor, que la satisfacción sexual, sea cual sea la manera en que la obtenga, moral o no, lo hará sentirse mejor, ponga en práctica la verdad: "Tengo una intimidad real; no necesito eso. Conozco la fuente de la auténtica realización; no voy a volver a jugar esos juegos". Las acusaciones de Satanás y las pesadas cargas de culpabilidad y vergüenza no pueden perforar la coraza de justicia. Somos justos en Cristo y, en la práctica, estamos siendo transformados conforme a su imagen.

¿Detecta el sentido de urgencia que esto tiene? Espero que sí. El tiempo de sentirse víctima ya se terminó. No somos víctimas de nuestras compulsiones. Los susurros que le dicen que se esfuerce más (para poder caer más duro cuando falle) no provienen del Espíritu Santo. Dios no quiere que usted se esfuerce más. Quiere que aplique la verdad ahora, que confíe en el poder que ya posee y que se ponga la coraza de justicia por la fe. Usted *no* tiene por qué vivir donde lo lleva la condenación de su corazón.

Así es como nos vemos cuando no nos ponemos la coraza de justicia o, dicho de otra manera, cuando nos rebelamos voluntariamente contra la verdad que Dios nos ha mostrado. Nos abrimos a los ataques demoníacos. Esa es la implicación, ¿no es así? Tenemos que ponernos la coraza de justicia como parte de nuestra protección contra los ataques del enemigo. Si no nos la ponemos, el resultado es la vulnerabilidad ante sus ataques. Nos abrimos ante los ataques frontales de los espíritus de las tinieblas.

Ejemplos bíblicos de funcionamiento defectuoso de la coraza

¿Suena esto demasiado fuerte? Si es así, vamos a echar una mirada a las Escrituras para ver qué tienen para decir al respecto. En 1 Samuel 13, el primer rey de Israel escuchó las instrucciones de Dios por medio del profeta Samuel. Saúl estaba por entrar en guerra contra los filisteos, pero primero debía esperar en Gilgal durante siete días hasta que llegara Samuel para ofrecer sacrificios a Dios. Pero pasaron los siete días y el enemigo se estaba preparando para atacar. Los soldados israelitas tenían miedo, la moral estaba baja y parte de las tropas se estaban dispersando. Saúl tomó las riendas del asunto y decidió que era mejor complacer a sus hombres que complacer a Dios. Él mismo ofreció el sacrificio y luego justificó su comportamiento. Desde el momento en que desobedeció lo que sabía que era correcto, abrió la puerta a la actividad demoníaca en su vida.

Esa tendencia a la desobediencia se repitió una y otra vez. Dos capítulos más adelante, Saúl comprendió la verdad de Dios: tenía que ir a la batalla contra los amalecitas, matarlos a todos y destruir todo lo que les pertenecía, incluyendo su ganado. Pero volvió la espalda a la verdad y escogió la autosuficiencia en lugar de la dependencia de Dios. Saúl obedeció la mayoría de las instrucciones de Dios, pero no todas. Perdonó al rey de los amalecitas y guardó lo mejor de las ovejas y las vacas (1 Sam. 15:8, 9).

Dios rechazó a Saúl como rey por causa de todos estos incidentes y, durante el resto de su reinado, Saúl fue consumido por los celos y los ataques de locura. La actividad demoníaca lo persiguió despiadadamente a medida que perdía contacto con la realidad y se encerraba en sí mismo, volviéndose amargado y vengativo hacia las personas que no le habían hecho ningún mal. Tenía bruscos cambios de humor y sus relaciones se desmoronaron. Saúl era un rey sin la coraza de justicia y perdió la batalla.

Esta dinámica no queda confinada al Antiguo Testamento. Un día, Jesús les hizo una pregunta a sus discípulos: "¿Quién dice la gente que es el Hijo del Hombre?" (Mat. 16:13). Sus discípulos le presentaron un rápido resumen de las opiniones populares acerca de la identidad de Jesús. Entonces Jesús preguntó: "Y ustedes, ¿quién dicen que soy yo?". Pedro, que no siempre decía lo correcto en el momento adecuado, acertó esta vez: "Tú eres el Cristo, el Hijo del Dios viviente" (v. 16). Jesús le dijo a Pedro que aquella había sido una revelación del Espíritu Santo y que había hecho muy bien al ver la realidad espiritual en cuanto a la identidad de Jesús. Hasta bendijo a Pedro como "la roca" y declaró que edificaría su iglesia sobre esta verdad. Entonces Jesús siguió diciéndoles a los discípulos el resto del plan. Iría a la cruz, sufriría, moriría y luego resucitaría. Pedro, que acababa de hacer una de las declaraciones más inspiradas de la historia, reprendió a Jesús por esos conceptos absolutamente ridículos: "¡De ninguna manera, Señor! ¡Esto no te sucederá jamás!". La respuesta de Jesús es frontal y directa: "¡Aléjate de mí, Satanás! Quieres hacerme tropezar" (vv. 22, 23). Pedro había escuchado la verdad de la boca del Hijo de Dios, se rebeló contra ella y con esto abrió la puerta a una declaración proveniente del propio Satanás.

¿Qué hay en su corazón?

Considere cuidadosamente esta pregunta antes de responder: ¿en qué área de su vida Dios le ha comunicado su verdad y usted no la está obedeciendo? ¿Está engañado? Hay cristianos que están leyendo este libro que se parecen a mí cuando estaba en la universidad: un fariseo de primer nivel. Otros de ustedes encabezan un ministerio en la iglesia, leen su Biblia cada mañana, escuchan a los predicadores radiales, oran por sus amigos, familiares y ministerios, y sin embargo siguen caminando en el engaño. Puede ser que usted tenga airadas fantasías respecto de su ex esposo o esposa, aunque la Biblia tiene para decir unas cuantas cosas claras acerca de la amargura. Puede ser que no le hable a alguien desde hace años por causa de alguna ofensa del pasado, aunque la Biblia es muy clara en cuanto a que debemos perdonar a los demás de la manera en que Dios nos perdonó a nosotros. Quizás no esté dando mucho de su tiempo, talentos o dinero, aunque la Biblia es enfática en cuanto a dar la primera porción de los recursos al Señor. Para otros, la duplicidad se manifiesta en tener poco o ningún interés en aquellos que se pierden sin Cristo, aunque la Biblia nos ordena construir puentes como los que fueron construidos para nosotros, para traer al reino de la luz a aquellos que aún están en el de las tinieblas. Somos personas de carne y hueso y todos nos volvemos sordos a las claras instrucciones de Dios de vez en cuando, plenamente convencidos de estar siguiéndole al pie de la letra. Ese es el engaño: Provoca la injusticia para conducirnos a la vulnerabilidad frente al ataque demoníaco.

¿Ha abierto su corazón a la actividad demoníaca de alguna de estas maneras? No estoy sugiriendo que su cama vaya a comenzar a agitarse, que tendrá visiones, que le ocurrirán fenómenos extraños o que arderá en celos agresivos como Saúl. Sin embargo, si vive constantemente bajo la condenación y la culpa, se perderá la vida abundante que Dios le ha dado. Cuántos de nosotros pasamos años sin tener claro qué es lo que le falta a nuestra vida espiritual, solo para que un día descubramos que hemos estado ignorando las claras instrucciones de Dios para nosotros. Escuche atentamente: Un corazón desprotegido es un corazón que busca heridas profundas, de las que amenazan la vida.

Muchos de ustedes ya han sido tocados por alguna afilada verdad. Tal vez usted esté yendo en dirección al lugar del que hablamos al comienzo de este capítulo: Culpa y condenación. "Dinero... perdón... compartir mi fe... engaños y ataques demoníacos... ¡Ay!". Antes de sumirse en la vergüenza, permítame animarlo. Todos caemos en esto. La solución no está en la condenación; consiste en restaurar nuestra honestidad con Dios y permitirle vestirnos con su justicia de maneras prácticas. En Mateo 6:33 dice que busquemos primeramente el reino de Dios y *su* justicia. Eso significa que le dediquemos tiempo a Dios todos los días; y él comprende que hay días difíciles; este no es un requerimiento legalista. Solo quiere decir que él tiene que ser lo más importante para nosotros. Es nuestra relación más importante, lo que queda en evidencia no por nuestras palabras sino por nuestras vidas. Y si no lo es, existe una coraza de justicia que nos tenemos que colocar. Conocemos la verdad; lo único que queda por hacer es seguirla.

¿Significa esto que hay que ser perfecto? Por supuesto que no. Significa que batallamos con las áreas que Dios nos ha mostrado. Si él le mostró que usted mira demasiada televisión, entonces reduzca ese tiempo. Si le mostró que tiene un hábito alimenticio negativo, términe con él. Si le mostró algunas cosas en su matrimonio que no puede resolver sin la intervención de un consejero, entonces consiga uno. Simplemente, hágalo. Ante cualquier cosa que Dios le haya mostrado, a pesar del temor que tenga, dé el primer paso. Una vez que lo haya hecho, él le dará gracia. La primera vez que usted le devuelve a él el excedente de ingresos, le dará gracia. La primera vez que perdone a una persona a la que en realidad no quiere perdonar, él estará allí para llenar de gracia su corazón. Cambie su actitud, su dieta, sus metas en la vida. Si él le ha mostrado que haga algo, le dará el poder y la gracia para hacerlo. La coraza de justicia no es tan difícil de colocar cuando Dios nos está ayudando.

Si no llevamos puesta la coraza de justicia, nuestros corazones serán condenados por el enemigo y nuestras mentes serán engañadas. En lugar de que nuestra vida refleje el amor y la santidad sobrenaturales y cautivantes de Jesús, será la de personas religiosas que trabajan duro para agradar a Dios e impresionar a las personas con nuestras propias fuerzas. Esa es una pesada carga para llevar. No lo podemos hacer por nosotros mismos y Dios no quiere que lo hagamos. Él quiere ayudarnos a andar en su verdad y su justicia, y protegernos de los engaños y acusaciones del enemigo. Y la gracia —esa voluntad, ese deseo, ese poder— siempre es abundante cuando es nuestra prioridad número uno.

Aplicación personal: ¿cómo se relaciona todo esto con su vida?

Santiago 4:17 dice: "Así que comete pecado todo el que sabe hacer el bien y no lo hace". La fruta que mordemos contrariando las instrucciones de Dios es dulce al principio: Existe una retribución inicial cuando alguien accede a ese sitio pornográfico, toma la comida que no necesita o alberga resentimiento. Pero es una fruta que se vuelve amarga al tragarla. Nos destruirá. No solamente nos herirá; nos destruirá.

Un capítulo dedicado a la justicia bien podría acabar con un sabor legalista. Lo sé. No se trata de eso. Cada mandamiento que Dios nos da es por nuestro propio bien, porque nos ama. Estas instrucciones fluyen del preocupado corazón de un Padre. Su promesa dice que usted puede conocer la verdad, y que la verdad lo hará libre (Juan 8:32). Dios le dio las reglas de la vida, no porque quiera agobiarlo con restricciones sino porque quiere que usted obtenga lo mejor de él. Quiere que tenga una paz auténtica, no la paz artificial que proviene de la comida, las compras o las vacaciones. Quiere que tenga un corazón limpio y que experimente su poder, no por breves momentos, dejando los problemas en suspenso. Lo último que quiere para usted es su autodestrucción. No quiere que esté en medio de una guerra invisible con su corazón desprotegido. La coraza de justicia, la justicia de Cristo puesta en práctica en su vida, es un salvavidas provisto por Dios. Colóquesela todos los días, momento a momento, y úsela bien.

En su vida:

- ¿Qué actividades y responsabilidades lleva a cabo como resultado de un sentimiento de culpa? ¿Qué pasos puede dar para librarse de ese sentimiento de culpa y reemplazarlo por devoción a Dios?
- ¿Cómo puede distinguir la diferencia entre la convicción del Espíritu Santo y la condenación del enemigo?
- El pensamiento de que la rebelión nos abre a los ataques demoníacos es atemorizante y algunas veces difícil de asumir. ¿Qué le diría a alguien que piensa que la obediencia no es tan importante para Dios?
- ¿Hay algo que Dios le haya mostrado que usted debe hacer y que no esté haciendo (o que le haya mostrado que no debe hacer y está haciendo)? Si es así, ¿qué pasa?
- ¿Qué dice nuestra desobediencia acerca de nuestra relación con Dios?

8

Bombardeado por las dudas

El diablo puede falsificar todas las obras salvadoras y todas las gracias del Espíritu de Dios.

Jonathan Edwards

El primer año de mi vida cristiana fue uno de los tiempos más deliciosos y difíciles de los que tenga memoria. Mi nueva relación con Cristo me dio una libertad que nunca había experimentado. Me encontré a mí mismo cantando y silbando por el simple hecho de sentirme feliz de maneras nunca experimentadas hasta ese momento. Ser aceptado como era, ser perdonado absoluta y completamente, y saber que Dios quería hablarme todos los días por medio de las Escrituras era casi más de lo que podía soportar.

Pero junto con el nuevo placer surgieron algunas severas dificultades. No fui criado en una iglesia ni en un hogar donde se enseñara la Biblia. Llegué a Cristo apenas unos meses antes de salir de casa para ir a la universidad. Estaba leyendo la Biblia por mi cuenta porque no podía dejar de hacerlo, pero no tenía la más mínima idea de cómo debía ser vivida esta nueva vida en Cristo.

No podía explicar la razón de las cosas que estaban sucediendo en mi interior. Solamente sabía que ocurrían. No me di cuenta de que el Espíritu Santo había entrado en mi vida y que, por el hecho de ser santo, estaba creando nuevos deseos en mi interior. Mis amigos no podían entender por qué había dejado de ir con ellos a los bares. Creo que yo mismo no lo podía comprender, solo que aquello había dejado de ser divertido y me hacía sentir sucio. Todos esos cambios fueron fortalecedores, pero hubo algunas cosas que no cambiaron tan fácilmente, para nada.

Aunque no sabía mucho de la Biblia, ya no deseaba decir vulgaridades y usar el nombre de Dios en vano. Pero de vez en cuando me encontraba a mí mismo cayendo en esos viejos patrones. Escuchar las cosas que salían de mi boca me hacía sentir culpable y avergonzado. También sabía que usar y manipular a las personas para provecho personal, especialmente a las chicas, trascendía los límites que Dios me imponía. Pero me encontré repetidamente cayendo en mis antiguos caminos. Sentía tal vergüenza que me preguntaba si realmente tenía una relación con Cristo.

En aquel tiempo no lo sabía, pero el enemigo estaba susurrando regularmente aquellas dudas a mi corazón. Ahora puede sonar gracioso, pero en el correr de aquel primer año le debo haber pedido a Cristo que entrara en mi corazón unas 20 veces. No comprendía mi posición en él ni cómo su gracia trabajaba con mis pecados y fracasos. Siempre estaba dudando, siempre inseguro y siempre viviendo con mucha condenación y una culpa desbordante. Estuve cerca de rendirme —de hecho, una vez decidí renunciar a la vida cristiana— porque no podía soportar el hecho de ser un hipócrita. Casi caí en la trampa de Satanás. Estaba a pocos centímetros de ser una baja ante el bombardeo de dudas del enemigo. Casi caí.

"Calzados con la disposición de proclamar el evangelio de la paz"

Las sandalias romanas iban atadas hasta las rodillas y quedaban sujetadas firmemente a la pierna. Las suelas tenían puntas y, algunas veces, de ellas emergían clavos; podría decirse que eran una versión antigua del calzado deportivo para atletismo. Se dice que las inventó

Alejandro Magno, o al menos fue el general que por primera vez les otorgó mucha importancia. Atribuyó muchas de las impresionantes victorias de los griegos al firme punto de apoyo de los pies en sus fuerzas de combate. Cuando los soldados tienen un fundamento seguro, pueden permanecer firmes en su lugar contra sus oponentes. No se resbalan ni pierden el equilibrio fácilmente, si es que sus pies están bien afirmados en el terreno.

Esa es la imagen que Pablo quiere que tengamos de nosotros mismos: soldados con los pies sólidamente afirmados en la certeza. Es la misma imagen que un entrenador de atletismo quiere que tengan sus competidores. En la época en que fui entrenador de básquet les decía a mis muchachos que doblaran sus rodillas y se inclinaran. Para hacer una buena defensa debían mantener un centro gravitatorio y un apoyo bajos. Odiaban hacerlo, pero no iban a ser capaces de defender si no se inclinaban hasta abajo. Un jugador de fútbol tiene muchos problemas cuando el terreno es resbaladizo y su calzado no es lo suficientemente firme. ¿Por qué? Porque no se puede hacer un cambio brusco sin tener un apoyo firme. Aplicamos este principio aun con nuestros niños pequeños. Cuando están aprendiendo a caminar, no les ponemos medias resbaladizas para andar sobre pisos lisos de madera. Los colocamos sobre una alfombra o les ponemos zapatos con suelas de goma para que no se lastimen. Si el apoyo de los pies es tan importante en los deportes y la infancia, ¿cuánto más lo será en los asuntos realmente importantes, de vida o muerte, de la guerra invisible?

Imagine que usted se ha puesto el cinturón para protegerse contra los engaños de Satanás y la coraza de justicia para que lo guarde contra su condenación. Sus órganos vitales estarán protegidos. Pero, ¿de qué le servirá si no puede mantenerse en pie? Tiene que ser capaz de sostener todo su equipo con el tipo de fundamento que le permita conservar su espalda lejos del suelo.

La palabra *disposición* en este versículo significa "establecimiento". Contiene dos ideas: un profundo conocimiento del evangelio y la preparación para compartirlo. Cuando estamos bien apoyados en la misericordia de Dios en Cristo y estamos preparados para extender hacia otros su misericordia, estamos en terreno sólido. Ese tipo de preparación transmite paz en ambos frentes: dentro de nuestros corazones y entre Dios y las personas que lo necesitan.

Hemos aprendido que la táctica principal de Satanás es el engaño, y que a continuación introduce la condenación. El cinturón de la verdad y la coraza de justicia nos protegen de estas dos tácticas. Pero él también se especializa en arrojar dudas sobre la propia base de la bondad de Dios y los medios por los que la recibimos: El evangelio. Satanás siempre ataca la gracia.

Mi hija tenía una amiga que había caído víctima de ese ataque. Esta amiga cristiana estaba convencida de que nadie podía llegar a estar seguro de ir al cielo. Creía que cada uno hace las cosas lo mejor que puede y luego solo resta esperar. Esa es la propuesta de muchas creencias falsas, de esas que no escasean en este mundo. Los caminos de muchas otras religiones son empinados y tortuosos, y demandan la perfección de quienes los transitan. La tendencia natural de un ser humano caído es apoyarse en las buenas obras y presionar todos los botones correctos para tener la oportunidad de llegar al cielo, en caso de que sea posible. Cuando ese concepto egoísta se infiltra en la vida cristiana, es difícil recuperarse. Si la gracia ha sido menoscabada en la mente de un creyente, el ego es todo lo que le queda; y esto se lleva a la práctica poniendo la esperanza en los propios recursos.

Pero cuando llegan los errores, como ocurrió en mi vida, entonces la única conclusión que uno puede sacar es: "Quizá yo no pertenezca a Cristo realmente". Y si nunca podemos saberlo, nos convertimos en peones en manos del enemigo, siempre llenos de dudas acerca de lo que valemos ante Dios. Retrocedemos hacia una vida orientada al desempeño, y cuando nuestros esfuerzos personales fallan, el resultado, en muchas ocasiones, es sentirnos tentados a renunciar, como casi lo hice. Pocas cosas pueden menoscabar el gozo y la abundancia en la vida cristiana como esto.

Ese es el "evangelio diferente" del que Pablo les habla a los gálatas: "Me asombra que tan pronto estén dejando ustedes a quien los llamó por la gracia de Cristo, para pasarse a otro evangelio. "No es que haya otro evangelio... Pero aun si alguno de nosotros o un ángel del cielo les predicara un evangelio distinto del que les hemos predicado, ¡que caiga bajo maldición!" (Gál. 1:6-8). Más adelante, en la misma carta, Pablo llama "torpes" a los gálatas. Habían comenzado por el Espíritu y luego habían pensado que podían ser cristianos por el esfuerzo humano. Habían caído en la mentira (Gál. 3:1-14).

A Satanás le gusta mucho provocar dudas ofreciendo otro evangelio, un Jesús diferente u otro camino de salvación. Puede ser que Jesús sea parte del esquema, pero no como el Hijo de Dios que lo hizo todo. Eso hace que el falso evangelio sea todavía más engañoso. Jesús está en medio de él, pero su obra expiatoria es ignorada. Satanás le añade elementos al evangelio de la gracia por medio de la fe, transformándolo en el evangelio de la gracia por medio de la fe y las obras. Y entonces nos convence de que nunca hemos hecho obras suficientes.

La táctica del otro evangelio es la esencia de 2 Corintios 11:3, 4. Satanás viene a nosotros como un ángel de luz. Hace que la mentira se vea bien. Parece ser cristiano —o profundamente espiritual, o caritativo y compasivo— y muchas veces mezcla sus ataques con una importante dosis de verdad. Pero sigue siendo una mentira. Y Satanás ofrece sus alternativas inmediatamente después de que ha echado los cimientos con sus dudas susurradas levemente al oído: "En realidad, tú no crees en todo esto, ¿no es cierto? ¿O acaso crees que el Dios que creó el universo se hizo hombre, vivió una vida perfecta, murió en una cruz y entonces resucitó? Fíjate. Tienes que dar las primicias de tu dinero bien ganado a una iglesia llena de pecadores y tienes que vivir una vida aburrida y justa en un mundo que se está divirtiendo mucho más. ¿Cuándo vas a dejar de jugar este juego y abandonarás de una vez esa basura religiosa? Ya no necesitas esa muleta. Después de todo, eres una persona educada. Eso es lo que le meten en la cabeza a los ingenuos e ignorantes. ¿Es eso lo que quieres ser?". Satanás quiere que aceptemos un evangelio más fácil, más bonito o socialmente más respetable. ¿Logra entender por qué necesitamos un fundamento sólido a la hora de escuchar esa voz?

La solución es bastante simple. Consiste en sumergirnos en los fundamentos y bases de la fe cristiana tal como nos ha sido revelada en la Biblia. La Palabra de Dios es muy clara en cuanto a que somos pecadores necesitados de salvación y que no podemos lograr esta salvación por nosotros mismos. Pero él envió a su Hijo al mundo a vivir una vida perfecta y a morir como el pago completo por nuestros pecados. La santidad de Dios y nuestra culpa han sido completamente satisfechas. Aceptamos por la fe el sacrificio del Hijo de Dios y vivimos por el poder del Espíritu. Ese es el evangelio, y no hay otro. Eso es lo que atamos a nuestros pies y hundimos profundamente en la tierra, y es sobre esto que establecemos nuestro cimiento.

Aplicación personal: ¿cómo se relaciona todo esto con su vida?

¿Cómo se aplica esto en nuestras vidas? Primero y principalmente, necesitamos conocer y comprender claramente el evangelio tan concretamente como está presentado en 1 Corintios 15:1-6 y Efesios 2:1-9.

> Ahora, hermanos, quiero recordarles el evangelio que les prediqué, el mismo que recibieron y en el cual se mantienen firmes. Mediante este evangelio son salvos, si se aferran a la palabra que les prediqué. De otro modo, habrán creído en vano. Porque ante todo les transmití a ustedes lo que yo mismo recibí: que Cristo murió por nuestros pecados según las Escrituras, que fue sepultado, que resucitó al tercer día según las Escrituras, y que se apareció a Cefas, y luego a los doce. Después se apareció a más de quinientos hermanos a la vez, la mayoría de los cuales vive todavía, aunque algunos han muerto.
>
> 1 Cor. 15:1-6

En esto no hay nada ambiguo. Pablo presenta un evangelio que está arraigado en una historia con espacio y tiempo. No es un sueño, no es una religión y no es una opinión más entre las muchas de la gama religiosa. No consiste en paz y plenitud por medio de algún viaje astral o de algún otro rito misterioso. Esto se trata de una figura de la vida real, histórica. Pablo desafió a sus lectores a comprobarlo por sí mismos, y les dijo que si este evangelio no fuera verificable, la fe cristiana era vana (1 Cor. 15:14). Este audaz reclamo depende enteramente de la realidad objetiva, no de la experiencia subjetiva. Las buenas nuevas, eso es lo que significa la palabra *evangelio*, dicen que Jesús murió en una cruz para pagar enteramente por nuestros pecados, y aquellos que confiamos en él somos perdonados y limpiados enteramente. El poder del pecado ha sido quebrado, Satanás ha sido derrotado y Jesús nos ha liberado.

Segundo, necesitamos conocer la base de nuestra seguridad eterna y lo inconmovible de nuestra salvación. Si alguna vez se siente inseguro acerca de su salvación, lea Romanos 8:38, 39: "Pues estoy convencido de que ni la muerte ni la vida, ni los ángeles ni los demonios, ni lo presente ni lo por venir, ni los poderes, ni lo alto ni lo profundo, ni cosa alguna en toda la creación, podrá apartarnos del amor que Dios nos ha manifestado en Cristo Jesús nuestro Señor". Y si todavía necesita una dosis extra de seguridad, dedíquele algo de tiempo a 1 Juan 5:11-13: "Y el testimonio es éste: que Dios nos ha dado vida eterna, y esa vida está en su Hijo. El que tiene al Hijo, tiene la vida; el que no tiene al Hijo de Dios, no tiene la vida. Les escribo estas cosas a ustedes que creen en el nombre del Hijo de Dios, para que sepan que tienen vida eterna". Efesios 1:13, 14 nos promete que el Espíritu de Dios nos ha sellado y nos ha transformado en posesión privada de Dios.

La amiga de mi hija podría haber encontrado mucha paz en estos pasajes. También le hubieran hecho bien a un joven que conocí una vez. Formaba parte de un grupo de cantantes de una universidad que visitaba iglesias para dar conciertos durante los cuales los miembros del grupo compartían sus testimonios. Estaba parado junto a él luego de un concierto en nuestra iglesia y dijo que quería hacerme una pregunta. Así que hablamos por un rato y descubrí que él realmente estaba luchando con las dudas. Estaba bajo la pesada carga de la culpa y la condenación, la coraza de justicia lo hubiera evitado, y como resultado estaba cuestionando seriamente su salvación. Allí estaba, un muchacho que había estado trabajando en la obra cristiana por años, y estaba completamente paralizado por dudas agobiantes, preguntándose si estaría o no viviendo en la fe. Su punto de apoyo se estaba deslizando. Sus pies no estaban apoyados firmemente con la disposición necesaria para proclamar el evangelio de la paz.

Me puedo identificar con él. Cuando he estado viajando mucho, durmiendo solo dos o tres horas cada noche y me enfrento con un tiempo difícil o un conflicto con alguien que me importa, en realidad no me dan ganas de leer la Biblia ni orar. La fatiga, el estrés y el desánimo pueden hacer que me sienta de esa manera durante los viajes que hago para enseñar a otros acerca de Jesús. Entonces el leve susurro llega a mi oído: "Recién estuviste hablando ante miles de personas acerca de Jesús ¿y no quieres leer la Biblia ni orar? Realmente eres falso, ¿no es así?".

Ese es un buen tiempo para recordar que la fe se apoya en hechos, la realidad objetiva del evangelio de la paz, y no en sentimientos. Puede ser que una comida le caiga mal y usted tenga algunos sentimientos negativos. Los sentimientos van y vienen. Pero el evangelio está apoyado en la verdad y tenemos que ser capaces de decirle al enemigo que sabemos que somos salvos porque creemos en el evangelio de Jesucristo y eso es un hecho firme y fuerte como una roca. Nuestros humores momentáneos no nos dicen si estamos o no en la fe.

Finalmente, quiero animarlo a hacer algo que le dará mucha fortaleza a su fe y le ayudará a afirmarse. Puede parecer amenazante al principio, pero pídale a Dios oportunidades específicas para compartir su fe. Compartir el evangelio con otros es uno de los edificadores de fe más asombrosos con los que contamos, ya que, como suele decirse, una buena defensa es el mejor ataque. Usted no tiene por qué ser un apasionado evangelista como Billy Graham o Luis Palau. Al identificarse con Cristo, podrá compartir su fe cuando surja la oportunidad, de acuerdo con sus dones y personalidad.

El tiempo más vibrante que he tenido, en términos de mi confianza en la bondad de Dios, fue cuando jugué básquet en el extranjero con algunos otros jugadores de la universidad. Jugamos por toda Sudamérica. En un día relajado, compartía el evangelio unas 10 veces, y en un buen día, el doble. Pablo escribió en Romanos 1:16 que no se avergonzaba del evangelio porque era poder de Dios para salvación, y ese poder no solamente lo siente aquel que escucha sino también el que lo comparte. Usted puede estar cansado o desgastado, pero cuando ve el mensaje sobrenatural siendo utilizado una y otra vez por Dios, de repente descubrirá que usted es parte de algo poderoso y eterno. Aquel verano, mientras compartía mi fe una y otra vez, aquello se volvió algo natural. Aprendí que el poder no estaba en el mensajero sino en el mensaje.

Cuando comparta el evangelio, descubrirá que el fundamento de su fe es fuerte, claro e intelectualmente defendible. Las dudas comenzarán a desaparecer. Su calzado estará cada vez más profunda y firmemente plantado en el terreno.

En su vida:

- ¿Se da cuenta de cuáles son los momentos en que es posible que usted cuestione la bondad de Dios? ¿Por qué esos tiempos lo dejan vulnerable a las dudas?
- ¿En qué medida su fe depende de sus sentimientos? Cuando percibe que su fe va y viene acompañando a sus sentimientos, ¿qué pasos puede dar para apoyarse más firmemente en el evangelio?
- Comparta su fe con alguien antes de responder la siguiente pregunta (si eso lo asusta, comience con un creyente al que conozca bien y al que pueda animar). Su confianza en el evangelio, ¿aumentó o decreció al compartir su fe? ¿Por qué?

Lo que usted necesita recordar

Dios ha derrotado objetivamente a Satanás y sus planes. Nos ha liberado del castigo y el poder del pecado, y finalmente nos liberará de la propia presencia del pecado. Entretanto, estamos involucrados en una guerra de guerrillas con las fuerzas demoníacas.

Como creyentes, hemos sido transferidos del reino de las tinieblas al reino de la luz, con todos los derechos, privilegios y la posición que corresponde a un hijo de Dios. La batalla espiritual que peleamos implica, por nuestra parte, la responsabilidad de colocarnos la protección espiritual que Dios ha provisto para nosotros. Podemos resistir y resistiremos los intentos del enemigo de engañar, acusar y arrojar dudas cuando nos paremos firmes al:

1. Ser honestos con Dios, nosotros mismos y los demás como un prerrequisito para toda la batalla espiritual.
2. Responder a la verdad que Dios nos ha mostrado acerca de su voluntad para nuestra vida, una vida justa.
3. Comprender claramente el evangelio y compartir habitualmente este mensaje de gracia.

La mayor parte de la guerra espiritual nunca necesita ir más allá de la práctica regular de vivir de acuerdo con nuestra posición en Cristo por la fe. La aplicación de la metáfora de la armadura espiritual nos protege de los intentos actuales de Satanás para romper nuestra comunión con Jesús y, como resultado, minimiza grandemente cualquier impacto del enemigo.

De todas maneras, hay ocasiones en las que debemos ir más allá del hecho de mantener firme nuestra posición y necesitamos enfrentar al enemigo en un combate real. Ese será el tema de la "Sección 3" (Efe. 6:16, 17).

Sección 3

Cómo combatir contra el enemigo y vencer

Cualquiera que testifica de la gracia de Dios revelada en Cristo está emprendiendo un ataque directo contra el dominio de Satanás.

Thomas Cosmades

Además de todo esto, tomen el escudo de la fe, con el cual pueden apagar todas las flechas encendidas del maligno. Tomen el casco de la salvación y la espada del Espíritu, que es la palabra de Dios.

Efesios 6:16, 17

Introducción: Entrenamiento avanzado

Repaso: cuatro realidades que usted necesita conocer

1. Dios ha derrotado objetivamente a Satanás y sus planes. Nos ha librado del castigo y el poder del pecado, y finalmente nos librará de la propia presencia del pecado. Entretanto, estamos involucrados en una guerra de guerrillas contra las fuerzas demoníacas.
2. Como creyentes, hemos sido transferidos del reino de las tinieblas al reino de la luz con todos los derechos, privilegios y posición que implica ser hijos de Dios.
3. La batalla espiritual implica, de nuestra parte, la responsabilidad de ponernos la protección espiritual que Dios ha provisto para nosotros. Podemos resistir y resistiremos los intentos del enemigo para engañar, acusar y arrojar dudas, manteniéndonos firmes al:
   a. ser honestos con Dios, nosotros mismos y los demás como un prerrequisito para toda la batalla espiritual,
   b. responder a la verdad que Dios nos muestra acerca de su voluntad para nuestras vidas (una vida justa),
   c. comprender claramente y compartir sin demoras el mensaje de gracia del evangelio.
4. La mayor parte de la guerra espiritual nunca tiene por qué ir más allá del hecho de poner en práctica nuestra posición en Cristo por la fe. La aplicación de la metáfora de la armadura espiritual nos protege de los intentos actuales de Satanás de quebrar nuestra comunión con Jesús y, como resultado, minimiza grandemente cualquier impacto del enemigo.

Sin embargo, hay ocasiones en las que debemos ir más allá de permanecer firmes y enfrentar al enemigo en un verdadero combate:

- cuando estamos dando pasos de fe importantes para el crecimiento espiritual,
- cuando estamos invadiendo el territorio espiritual del enemigo (por ejemplo, por medio del evangelismo),
- cuando lo exponemos como quien él es realmente,
- cuando nos arrepentimos y abandonamos definitivamente el mundo, un patrón pecaminoso reiterado por mucho tiempo o una relación indigna,
- cuando Dios nos está preparando, individual o colectivamente, para una gran obra para su gloria.

Síntesis de la Sección 3

Capítulos 9—12

1. La pregunta es: una vez que usted está utilizando la armadura espiritual y aún se encuentra bombardeado por la oposición espiritual, ¿cómo hace para involucrarse y ganar las batallas?
2. La respuesta es: Efesios 6:16, 17.
   v. 16: "Además de todo esto, tomen el escudo de la fe, con el cual pueden apagar todas las flechas encendidas del maligno".
   v. 17: "Tomen el casco de la salvación y la espada del Espíritu, que es la palabra de Dios".
3. Prácticamente, podemos predecir cuándo nos atacará el enemigo.
   a. Cuando estamos creciendo espiritualmente.
   b. Cuando invadimos territorio del enemigo.
   c. Cuando exponemos a Satanás como quien él es realmente.
   d. Cuando nos arrepentimos y abandonamos patrones mundanos o pecaminosos
   e. Cuando Dios nos está preparando para una gran obra para su gloria.
4. "Tomen el escudo de la fe".
   a. Explicación de la metáfora: el escudo era una pieza grande, dividida en capas, que podía encajarse con otros escudos para proteger a toda una fila de soldados. Sus capas podían apagar las flechas encendidas.
   b. Definición: Fe, en este contexto, es nuestra absoluta confianza en *Dios*, sus *promesas*, su *poder* y sus *planes* para nuestra vida. Aunque estemos arraigados en la realidad objetiva del evangelio y nuestra nueva posición con Dios (justificación) por medio de Cristo (fe salvadora), esta fe se refiere a "nuestra fe presente en el Señor Jesús para la victoria contra el pecado y las huestes de fuerzas demoníacas"[5].
   c. Su propósito: apagar *todas* las flechas encendidas del maligno.
   d. "Las flechas encendidas": Las artimañas, tentaciones, mentiras, engaños y ataques dirigidos al pueblo de Dios para

conseguir que cambiemos el objeto de nuestra confianza hacia algo o alguien que no sea Dios. Entre los ejemplos, se encuentran los pensamientos blasfemos o llenos de odio, dudas, un intenso deseo de pecar, conflictos inexplicables con los demás y olas de desánimo o depresión, casi siempre relacionados con mentiras acerca de la identidad de Dios o nuestra nueva identidad en Cristo.

- Ejemplos clásicos: Génesis 3; Mateo 4:1-11.
- Metodología clásica: Se disfraza, arroja dudas acerca de Dios y su Palabra, o acerca de usted y de lo que usted vale. Luego ofrece alternativas atractivas e inmediatas, fundamentadas en la arrogancia de la vida, la codicia de los ojos y los malos deseos del cuerpo (1 Jn. 2:15, 16).

e. Aplicación: los dardos de duda y engaño deben ser neutralizados inmediatamente con el escudo de la fe (por ejemplo, por la aplicación activa y presente de la verdad a su situación personal, tan pronto como usted reconoce que ha recibido un dardo). ¿Cómo?

- Confiando en el carácter de Dios: Dios ha planeado lo mejor para mí (Sal. 84:11; Rom. 8:32).
- Confiando en las promesas y la Palabra de Dios: él cumplirá todo lo que me ha prometido (Núm. 23:19; 2 Ped. 1:2-4).
- Confiando en el programa y el tiempo de Dios: sus caminos no siempre son fáciles, pero siempre son los mejores (Jer. 29:11).

5. "Tomen el casco de la salvación".

a. Explicación de la metáfora: un casco sujetado firmemente protege la cabeza del soldado y la mente del creyente.

b. Definición: (1) Obvia alusión a la seguridad que tenemos como creyentes salvados, justificados y a resguardo de los ataques de Satanás. Pero el enfoque es la *liberación actual del pecado*. (2) El casco de la salvación es la certeza de la liberación del pecado y la protección de nuestra mente en la batalla.

c. No es algo que usted puede hacer. Es algo que se recibe, pero usted debe permitir que Dios lo haga.
d. ¿Cómo? El centro de la cuestión es la renovación de la mente que Dios hace en el creyente (Rom. 8:5-8; 12:2). *2 Corintios 10:5: ¡La batalla es por la mente!*
e. En la práctica: Oración, alabanza, música, estudio bíblico, enseñanza, memorización bíblica, compañerismo.
f. Pablo llama al casco "nuestra esperanza (certeza) de la liberación de Dios" (1 Tes. 5:8).
g. Aplicación: Los cristianos que no llenan su mente con la Biblia son como guerreros que salen a la batalla sin casco.

6. "Tomen... la espada del Espíritu".
   a. Explicación de la metáfora: para el combate cuerpo a cuerpo, el soldado romano utilizaba una espada liviana de unos 60 centímetros. Requería agudas habilidades mentales y manuales.
   b. Definición: La espada del Espíritu es la Palabra (*rhema*: la palabra hablada, o las palabras que nos han sido trasmitidas por el Espíritu de Dios) para enfrentar el combate cuerpo a cuerpo con las mentiras y engaños del enemigo. La verdad de la Palabra de Dios citada y aplicada a la mentira o engaño específico del enemigo le permitirá llevar "cautivo todo pensamiento a la obediencia a Cristo".
   c. Aplicación: Jesús nos ejemplificó el uso de la espada del Espíritu en Mateo 4:1-11.
      - Implicaciones para nosotros: Sal. 119: 9, 11, 105.
      - Consideraciones prácticas: Observe que la espada es tanto un arma defensiva como ofensiva (Heb. 4:12).

Aplicación personal

Lo que usted necesita recordar

1. El prerrequisito para enfrentar al enemigo y vencerlo es una vida espiritual saludable.
2. Comprenda su posición en Cristo.
3. Discierna cuándo las influencias demoníacas pueden ser la causa de un problema o conflicto.
4. Declare en voz alta las promesas de Dios (1 Jn. 4:4; 5:4, 5).
5. Tome su autoridad y posición en Cristo para ordenarle a las fuerzas demoníacas que abandonen su actividad y se retiren.

9

Cuando somos atacados

Considere que el diablo no duerme, sino que procura nuestra ruina de mil maneras.

Angela Merici

La primera vez que ocurrió, yo estaba acostado, medio despierto y medio dormido. Comenzó como una pesadilla, pero de repente tuve el presentimiento de que había una presencia maligna en la habitación. Sentía una intensa presión sobre el pecho, como si unas tres toneladas me estuvieran aplastando y algo me obstruyera completamente el flujo de aire apretándome el cuello firmemente. Estaba paralizado; no podía mover ninguna parte de mi cuerpo, a no ser los ojos. Estaba tan desesperado por la necesidad de aire como quien está sumergido en el agua y no logra llegar lo suficientemente rápido a la superficie. Mis pensamientos volaban: "¡Dios, ayúdame, ayúdame, Jesús, ayudame...!". Podía ver a mi esposa durmiendo a mi lado mientras seguía orando y orando, sin entender lo que estaba sucediendo y preguntándome cómo podía ser que alguien se ahogara en su propia cama. Y entonces, de repente, la presión se fue y absorbí una bocanada de aire, recuperé el movimiento y me senté en la cama, tosiendo, con mi cuerpo bañado en transpiración, como si hubiera jugado al básquet durante dos horas. Tenía el pelo de la nuca erizado y percibía la presencia del mal en la habitación de una forma desconocida para mí hasta ese momento. Estaba muerto de miedo. Era la actividad demoníaca hostil. Esta experiencia se repitió muchas, muchas veces a lo largo de los años.

Eso fue en Santa Cruz, California, una comunidad en la que hay mucha actividad ocultista, y ocurrió poco después de establecerme allí para ser el pastor de la Iglesia Bíblica de Santa Cruz. Como pastor, ya había experimentado varios ataques espirituales, pero ninguno como este. Evidentemente, la situación requería algo más de lo que hemos discutido hasta aquí en las dos primeras secciones. Este no era un engaño sutil ni una condenación persistente; era un asalto ofensivo frontal. Y yo no sabía qué hacer.

No cuento esta historia para ser dramático ni para presentarme a mí mismo como un blanco estratégico para el enemigo. Sé que esto no me sucede solo a mí. De hecho, casi todas las veces que comparto esta experiencia en alguna charla, algunas cabezas en la audiencia comienzan a hacer señas afirmativas, como si supieran exactamente de qué estoy hablando. Las personas se me acercan al final y me dicen: "¿Eso es lo que le pasó? Pensé que era solo yo, y que me estaba volviendo loco". Aunque en cierta manera es inusual, esta experiencia parece ser bastante común para muchos que han sido objeto del ataque demoníaco frontal.

¿Qué hacer cuando se enfrenta un ataque de esta clase? Esto va más allá de la guerra espiritual en la que generalmente tendremos que involucrarnos. Requiere una acción decisiva, autoritaria contra el enemigo. Y yo, un pastor que educado en un seminario, que conoce unos cuantos versículos bíblicos para citar, me senté en la cama y pensé: "Necesito orar, y tiene que ser en voz alta. Pero si lo hago, mi esposa se puede despertar. Si ella escucha a su esposo, transpirado y respirando pesadamente, hablándole en voz alta en medio de la noche a alguien que ella no puede ver, va a pensar que estoy completamente loco". Al enemigo le encanta inmovilizarnos con ese tipo de orgullo y miedo, tal como lo hizo conmigo aquella noche. Me senté inmóvil en la oscuridad, lleno de miedo y ansiedad, e incapaz de enfrentar la lucha por un tiempo dolorosamente largo.

Como dos años después de esa primera experiencia en la oscuridad, un amigo me relató un incidente similar. Mi amigo provenía de un entorno de cristianismo nominal. Había asistido regularmente a la iglesia mientras crecía y más esporádicamente cuando ya era adulto. Trataba de ser un tipo decente, pero admitía que su vida nunca había demostrado su salvación. Finalmente, estableció un compromiso firme con Cristo y comenzó el proceso de discipulado. Lo invité a venir conmigo todos los domingos por la tarde para jugar un partido de básquet en el patio de mi casa, y vino regularmente durante los dos años siguientes. Lo observé priorizar su vida espiritual, profundizar en la Biblia, mejorar su matrimonio, servir a otros y hacer algunas cosas bastante radicales y generosas con sus finanzas. Se levantó del banco espiritual de suplentes y se transformó en un jugador de alto impacto para el reino de Dios.

Un domingo, luego de nuestro partido, nos sentamos para conversar, tal como lo hacíamos con frecuencia, y me compartió esta historia: "Anoche ocurrió algo raro", me dijo. "Mi esposa y yo estábamos sentados en el sillón luego de que los niños se hubieran ido a acostar. Había sido un fin de semana tremendo, me sentía realmente bien con ella y la estaba abrazando; estábamos mirando una de esas películas viejas, y ella dormitaba. Era una sensación muy grata estar sentado allí abrazando a mi hermosa esposa y meditando en todas las formas en las que Dios me había bendecido. Y entonces, repentinamente, de la nada, surgió un pensamiento: 'Ella va a morir. Te va a ser quitada'. En pocos segundos estaba completamente convencido y completamente asustado. Por motivos que no sé cómo explicar, estaba seguro de que aquello era cierto. No sabía cuándo, si iba a ser aquella noche o en algún momento cercano, pero simplemente sabía que ella iba a morir. Mi cuerpo y mis emociones comenzaron a reaccionar como si un médico me hubiera acabado de decir que mi esposa tenía un cáncer terminal y solo le quedaran unos pocos días de vida. Y entonces mi mente pasó de eso a las preguntas: '¿Por qué? ¿Qué tipo de Dios permitiría que esto sucediera?'. No estaba seguro de poder creer en un Dios como ese. Pronto estaba cuestionándome si sería cierto que Dios era bueno, y no sabía qué hacer, Chip", dijo. "¿Qué era todo eso? Era absolutamente ilógico, sin ninguna base, y sin embargo era tan real. Hasta ahora estoy luchando por sacudirme algunos de esos pensamientos".

¿Mi respuesta? Guerra espiritual. Algunas veces, la voz de Dios puede preparar a las personas para la tragedia, pero no bombardeándolos con temor y ansiedad. La procedencia de la voz era clara, porque el Espíritu Santo nunca nos conduce a dudar de Dios. Muchas personas han tenido experiencias similares, tal vez con manifestaciones diferentes, pero con la misma dinámica. Esto puede ser relativamente infrecuente comparado con el tipo de batalla espiritual a la que nos hemos referido hasta ahora, pero sucede. Y cuando ocurra, ¿va a saber cómo responder? La meta planteada en la "Sección 3" es equiparlo para enfrentar efectivamente con este tipo de ataque. Así que, ¿por dónde empezamos? Repasemos la verdad que hemos aprendido acerca de la guerra espiritual antes de explorar cómo enfrentar al enemigo durante estos ataques frontales.

Cuatro hechos que usted necesita saber

Hecho #1: Dios ha derrotado objetivamente a Satanás y sus planes. Nos ha librado del castigo y el poder del pecado, y finalmente nos librará de la propia presencia del pecado. Eso es un hecho. Entretanto, estamos involucrados en una guerra de guerrillas con las fuerzas demoníacas.

Hecho #2: Como creyentes, hemos sido transferidos del reino de las tinieblas al reino de la luz, y tenemos los derechos, privilegios y posición que implica ser hijos de Dios.

Hecho #3: La batalla espiritual que peleamos involucra, de nuestra parte, la responsabilidad de ponernos toda la protección espiritual que Dios nos ha provisto. Cuando enfrentamos al enemigo podemos resistir, y resistiremos, sus intentos de engañar, acusar y arrojar dudas. Lo haremos al:

1. ser honestos con Dios, nosotros mismos y los demás como un prerrequisito para toda la batalla espiritual,
2. responder a la verdad que Dios nos muestra acerca de su voluntad para nuestra vida, una vida justa,
3. comprender claramente y estar preparados para compartir el mensaje del evangelio de la gracia.

Hecho #4: La mayor parte de la guerra espiritual nunca necesita ir más allá de la práctica regular de vivir de acuerdo con nuestra posición en Cristo por la fe. La aplicación de la metáfora de la armadura espiritual nos protege de los ataques actuales de Satanás para quebrar nuestra comunión con Jesús y, como resultado, minimiza grandemente cualquier impacto del enemigo.

Cinco momentos específicos en los que podemos esperar un ataque espiritual

Sin embargo, permanecer firmes no siempre es suficiente: a veces tenemos que enfrentar al enemigo en un combate real. Y esos momentos no se presentan accidentalmente. Algunos de los ataques casi se pueden predecir si tenemos en cuenta lo que está pasando en nuestra vida. Hay por lo menos cinco momentos en los que usted puede encontrarse enfrentando un ataque frontal del enemigo.

1. Crecimiento espiritual

En primer lugar, Satanás nos ataca cuando estamos dando pasos significativos de fe para nuestro crecimiento espiritual. Mi amigo, por ejemplo, fue atacado con pensamientos malignos inmediatamente después de haber comenzado a memorizar versículos bíblicos. Estaba meditando regularmente en la Biblia y también estaba empezando a dar generosamente de sus finanzas para impactar al mundo para Cristo por medio de la iglesia y otros ministerios. Cuando era chico, sus padres siempre le daban un dólar para depositar en el plato de la ofrenda. Como adulto, le pareció que alcanzaría con cinco dólares o tal vez veinte en aquellas ocasiones en las que el culto lo hacía sentir particularmente bien. Pero entonces comenzó a firmar algunos cheques realmente sustanciosos. "No solamente los doy; me siento maravillosamente bien al hacerlo", me dijo. "Es como si no pudiera creer que me toca ser parte de lo que Dios está haciendo por medio de nuestra iglesia". Y entonces comenzó a compartir su fe. Estaba creciendo a pasos agigantados e invirtiendo su vida en el reino de Dios. ¿Y sabe qué? Estaba maduro para un ataque. El enemigo quería asustarlo para que volviera a la mediocridad y la ineficacia.

2. Invasión del territorio enemigo

La segunda oportunidad en la que podemos ser atacados es cuando estamos invadiendo el territorio enemigo. Cuando alguien se involucra en el evangelismo al compartir su fe, al ir en un viaje misionero o al alcanzar a la gente de su comunidad por medio de su iglesia, se constituye en una amenaza contra el enemigo. El deseo de Satanás es magnificar su hostigamiento y ocultar las bendiciones de estar participando en un ministerio fructífero. Si usted está invadiendo su territorio, él querrá hacerle pensar que nada de aquello vale la pena.

Para tener una imagen clara de esta dinámica, recorra las páginas del libro de Hechos. Casi cada vez que Pablo entró en una nueva ciudad para predicar el evangelio, surgió un contraataque. Y nunca era una reacción tardía ni casual. El veneno del enemigo era lanzado de diferentes maneras, desde ángulos distintos, para intentar lograr que los testigos del evangelio abandonaran sus actividades. Los judíos legalistas lo azotaban, lo apedreaban, esparcían rumores falsos o trataban de hostigarlo de otras maneras; los adoradores de dioses paganos, hechiceros y demonios iniciaban protestas y animaban a las multitudes a atacarlo como si fuera una amenaza contra los negocios y la cultura local; y las dificultades físicas se multiplicaban no tan casualmente en momentos de un ministerio fructífero. La prisión, los naufragios, los azotes y los robos no eran inusuales. Y si nada de eso funcionaba, la disensión y el engaño se deslizaban e infiltraban más adelante en la iglesia (para una lista más detallada de las tribulaciones de Pablo, ver 2 Corintios 11:23-33. Pablo no sugiere en esos versículos que todas sus dificultades hayan sido inspiradas por el enemigo, pero en otros pasajes atribuye muchas de ellas a las artimañas de Satanás).

3. Exponer al enemigo

La tercera ocasión en que Satanás nos ataca directamente es cuando lo exponemos como quien él realmente es. He enseñado varias veces estos principios, y en cada ocasión en que lo he hecho, y esto lo quiero decir reverente y literalmente, se ha soltado el infierno. Cuando uno empieza a discutir estas cosas con otros cristianos y las personas comienzan a vislumbrar quién es realmente el enemigo, él planea la venganza. Quiere que aquello se detenga. No quiere que las personas sepan cómo opera. Él nos intimidará públicamente si tiene que hacerlo, pero es mucho más efectivo trabajando en secreto. Cuando alguien lo desenmascara y expone lo que están haciendo en realidad los espíritus demoníacos, recibe algunos disparos de artillería pesada. Para ser honesto, una de las razones por las que me resistía a escribir este libro era la oposición y los ataques que sabía que iban a surgir contra mí y quienes me rodean. Cada vez que he enseñado este material, he experimentado varios ataques frontales y encubiertos del enemigo en mi vida, mi matrimonio y mis colegas en el ministerio. De hecho, mientras preparo este texto, un colega que me estaba ayudando con el manuscrito presentó una lista de obstáculos y dificultades tan abrumadores y poco casuales que solo el hecho de conocer la fuente y sus tácticas lo libraron del absoluto desánimo.

4. Alejarse del mundo

El cuarto momento de una alta probabilidad de ataque es cuando nos arrepentimos y decidimos alejarnos definitivamente del mundo, de un patrón pecaminoso cultivado por mucho tiempo o de una relación impura. Cuando las parejas que han estado viviendo juntas reconocen que necesitan arreglar las cosas con Dios, repentinamente surge la oposición espiritual. Lo he visto una y otra vez. Nuestra iglesia tenía un ministerio llamado "Celebra la recuperación", para recuperar adictos. Cuando alguien salía de la heroína, la cocaína o alguna adicción sexual lo sabíamos porque a lo largo de los tres meses siguientes las cosas se ponían terribles. ¿Por qué? La obra del enemigo estaba siendo desarticulada. Estaba perdiendo a uno de los suyos.

Es absolutamente importante comprender esto porque, generalmente, cuando una persona decide alejarse definitivamente de la corrupción del mundo, espera que las cosas mejoren. Creemos instintivamente que la justicia y la obediencia dan como resultado una vida de paz. He perdido la cuenta de las veces que hablé con hombres o mujeres jóvenes que tomaron la decisión de renunciar a una relación incorrecta, dejaron de vivir juntos o abandonaron una adicción y luego, una semana o dos después de aquel paso de obediencia, se sentían absolutamente desanimados.

"Es que no lo puedo entender, Chip", me decían. "Hice lo correcto, lo que Dios quería que hiciera, pero las cosas no están mejorando. En realidad están empeorando". Y compartían la historia de que habían perdido el trabajo, habían sufrido un conflicto con un amigo cercano, enfermedades, depresión, accidentes de automóvil, robos o abandono de amigos.

Algunas veces nos olvidamos que estamos en una guerra espiritual por nuestras almas. La batalla es brutal y las implicaciones son eternas. El enemigo no renuncia fácil o livianamente a sus fortalezas en nuestras vidas, e ignorar sus artimañas puede ser desastroso.

5. Bendiciones venideras

La quinta ocasión para el ataque es cuando Dios nos está preparando, individual o colectivamente, para una gran obra para su gloria. Muchas veces, la oposición espiritual es lo que nos confirma que Dios está por hacer algo bueno en nuestra vida, en la de nuestra iglesia o en el ministerio. A nosotros nos parece un ataque casual, pero los habitantes del mundo invisible conocen mucho más claramente que nosotros cómo avanza la obra espiritual. Los ataques no son sin causa; son estratégicos. Uno de mis profesores solía decir que la oposición espiritual siempre era un buen síntoma. Significaba que llamábamos la atención del reino de las tinieblas.

Suena contradictorio, pero es un punto que es crítico recordar. La oposición espiritual inexplicable puede ser una excelente indicación de que Dios tiene algo muy especial a la vuelta de la esquina. En mi propia vida, esto ha sido de mucho consuelo en tiempos en que la oposición ha sido intensa pero he tenido muy poca o ninguna comprensión de su causa.

Mi experiencia más reciente fue durante mi mudanza de California a causa de mi nuevo rol como presidente de *Walk Thru the Bible* (Caminata bíblica). Los primeros 18 meses fueron de los más difíciles de mi vida. En las primeras semanas, luego de ser dirigido por Dios a asumir este nuevo compromiso, ocurrió todo lo malo que podía haber sucedido. La mudanza fue horrorosa: el camión que traía nuestros autos chocó en una tormenta de nieve, los muebles llegaron antes que la casa estuviera lista, el refrigerador se cayó y se rompió, mi esposa tuvo dos cirugías orales en los primeros meses en Atlanta, tuvimos un fallecimiento en la familia, la economía sufrió una severa caída cuando el ministerio necesitaba fondos, y la transición para unificar dos ministerios en uno fue la experiencia más estresante que puedo recordar.

Las circunstancias llegaron a ser tan adversas y la presión tan avasalladora que recuerdo haberle preguntado a Dios: "¿Es esta mi recompensa por dejar el lugar que amaba y seguirte en obediencia?". Estaba desanimado, deprimido y lloriqueando. Para ser honesto, humanamente no veía posible que lográramos hacer todo lo que teníamos por delante; y entonces la voz de Dios, suave y pequeña, me recordó que algunas veces sus mayores bendiciones son precedidas por los conflictos más brutales. Como un acto de sumisión, aunque con muy poca o ninguna emoción, le prometí al Señor que aunque no comprendía lo que estaba haciendo, de todas maneras me negaría a renunciar. Fue un acto de la voluntad y una decisión de creer que Dios cumpliría lo que me había dicho que haría. Pero mis presentes circunstancias y emociones estaban gritando exactamente lo contrario.

Mirando atrás puedo ver que Dios estaba haciendo algo muy especial. La batalla por el futuro de los ministerios *Walk Thru the Bible* (Caminata bíblica) y *Living on the Edge* (Viviendo al límite) estaba siendo peleada en los lugares celestiales. ¿Quién habría soñado que nuestro ministerio internacional se duplicaría en ese tiempo de tanta dificultad, que el ministerio radial se expandiría a cientos de estaciones más y en 10 nuevos países, y que la unificación de ambos ministerios se multiplicaría hacia 85 países apenas un año después de nuestros días más difíciles? Póngase en guardia. Algunas veces los peores tiempos son preparados por el enemigo para obligarlo a renunciar a la clara dirección de Dios, porque sabe de las poderosas y maravillosas bendiciones que vienen más adelante.

Aplicación personal: ¿cómo se relaciona todo esto con su vida?

No deje que todo esto lo asuste. Eso es exactamente lo que el adversario quiere. Las bendiciones de ser usado por Dios para impactar al mundo siempre superan ampliamente los acosos del enemigo. Hay que elegir entre el miedo y la fe, y esta última es, de cualquier forma que se mire, la mejor opción. La mejor respuesta es seguir adelante conociendo cómo debemos enfrentar exitosamente al enemigo.

En Efesios 6:10-12 aprendimos que se nos ordena que debemos fortalecernos en el Señor y que debemos ponernos toda la armadura de Dios. ¿Por qué? Porque existe una lucha que no es contra seres de carne y hueso, sino que tiene lugar en un nivel completamente diferente. Batallamos contra autoridades, poderes y fuerzas mundanas de esas tinieblas. Tenemos que estar firmes. Entonces en el versículo 13 empezamos a aprender *cómo* fortalecernos. Tomamos toda la armadura de Dios, ciñendo nuestros lomos con la verdad, vistiendo la coraza de justicia y anclando nuestros pies en el evangelio de la paz.

Cuando hemos hecho todo eso, tenemos que tomar todavía tres piezas más. Pero estas no son como las tres que ya hemos visto, las cuales son defensivas y, por lo tanto, críticas para mantener nuestra posición. Las tres piezas siguientes tienen implicaciones ofensivas. Son el equipo necesario que nos hará falta para avanzar contra el ataque del enemigo. El conocimiento que presentaremos en los próximos tres capítulos lo capacitarán para evitar que usted vague sin rumbo por el campo de batalla espiritual. Sabrá cómo enfrentar al enemigo con confianza. Cuando esté usando su armadura espiritual y siga siendo bombardeado con oposición espiritual, existen estrategias específicas que podrá usar para vencer decisivamente.

En su vida:

- ¿Le resulta difícil creer en el tipo de ataque frontal descrito en este capítulo? ¿Por qué sí o por qué no?
- ¿Ha sido víctima de algún ataque espiritual intenso? ¿Qué estaba pasando en su vida en ese tiempo?
- Cuando lee la lista de ocasiones en que es posible que el enemigo ataque, ¿siente miedo? Si es así, ¿cómo funciona eso en manos del enemigo?

10

Cultive una fe invencible

La causa final de toda depresión espiritual es la incredulidad. Porque si no hubiera incredulidad, ni siquiera el diablo podría hacer algo. Es por el hecho de escuchar al diablo en lugar de escuchar a Dios que somos derrotados ante él y caemos ante sus ataques.

Martyn Lloyd-Jones

Sucedía casi todas las semanas, pero yo no tenía idea de qué era lo que pasaba. Me preparaba día tras día para predicar y me entusiasmaba con la manera en que iba quedando armado el mensaje. Entonces, la mañana anterior a nuestro culto dominical vespertino dedicaba unas dos horas para revisar mi sermón. Luego de orar por los puntos principales y decidir qué ilustraciones usar, ya quería ir a predicar, porque había sentido que Dios me había hablado y quería que compartiera lo que me había dicho; y entonces, en algún momento entre la placentera revisión de mis notas y la concreción de la presentación del mensaje, ocurría algo inexplicable: Después del almuerzo, y sin ningún motivo aparente, atravesaba un tiempo de oscuridad. Me quedaba realmente deprimido, con pensamientos tales como: "Oye, no quiero predicar. Ni siquiera quiero ser pastor. Soy una muy mala persona". Experimentaba oleadas de condenación que absorbían toda mi motivación y energía. Era tan terrible que algunas veces hasta me costaba subirme al auto para ir a la iglesia.

Aquello era nuevo para mí. Siempre había sido una persona muy animada y optimista. Siempre había considerado que el vaso estaba medio lleno y algo más. En ocasiones me ponía triste, como le pasa a cualquier persona normal cuando las circunstancias desaniman, pero sin ninguna relación importante con la depresión. Las profundas y oscuras noches del alma eran muy escasas para mí. Y ahora, a veces en cuestión de unos 30 segundos, pasaba de disfrutar la vida a sentirme como si fuera el peor esposo, padre, pastor, tal vez hasta la peor persona del mundo.

Finalmente comprendí lo que estaba sucediendo. Ocurría más o menos en el mismo momento todas las semanas, siempre unas pocas horas antes de tener que predicar. Era extraño y no tenía relación con el resto de mi vida. Podía estar sintiéndome de maravilla, disfrutando el sábado con Theresa y los niños, cuando de pronto caía en ese oscuro agujero espiritual. Estaba siendo sitiado, y los ataques eran afilados pensamientos que me eran arrojados con precisión milimétrica. Este patrón se repitió una y otra vez hasta que lo reconocí y aprendí algunas maneras específicas de usar el escudo de la fe para apagar los dardos encendidos del enemigo. Tuve que aprender a confiar en las promesas de Dios, recordándome que, si me había llamado a predicar, me daría también la fortaleza para hacerlo. "Dios no es un simple mortal para mentir y cambiar de parecer" (Núm. 23:19). Si prometió que yo podía hacer todas las cosas por medio de Cristo que me fortalece (Fil. 4:13), podía contar con que él cumpliría esa promesa. Tuve que aprender a creer en versículos específicos y aplicárselos a las armas del enemigo.

El escudo de la fe

Cuando Pablo les escribió a los efesios existían dos tipos de escudos. Uno era un escudo pequeño, redondo, manual, del tipo de los que siempre se ve en las películas de antiguos gladiadores. Pablo no se estaba refiriendo a ese escudo. El escudo que menciona este pasaje medía un poco más de un metro de alto y unos 80 centímetros de ancho. Tenía ganchos a los costados para poder ser ensamblado con otros escudos, de manera que toda una fila de soldados pudiera avanzar sin exponerse a las flechas enemigas. Era común que los enemigos mojaran sus flechas en brea, las encendieran y entonces hicieran llover sobre los soldados adversarios miles de destructivos misiles en llamas. Así que los romanos construyeron sus escudos con hierro y dos capas de madera, los envolvieron en lino y los cubrieron con cuero. Pero dejaban una pequeña separación entre las diferentes capas, para que los dardos encendidos penetraran en el escudo solo el mínimo indispensable como para ser apagados. Se dice que un soldado regresaba de la batalla con unas 200 flechas, que habían estado encendidas, todavía clavadas en su escudo. Esa es la metáfora que utiliza Pablo, y sus lectores comprendieron perfectamente lo que quiso decir.

Esta capacidad para apagar los dardos que tienen no solo el potencial de atravesar algo resistente sino también de iniciar un fuego destructivo es lo que la fe hace por nosotros. En este contexto, fe significa *absoluta confianza* en Dios, sus promesas, su poder y su programa para nuestras vidas. Está arraigada en la realidad objetiva del evangelio y en nuestra nueva posición con Dios, la fe salvadora que nos justifica, pero aquí es más específica. Este tipo de fe hace referencia a nuestra confianza en Jesús para obtener la victoria sobre el pecado y las huestes demoníacas[6]. Proclamar las promesas de Dios por la fe, confiar en su carácter inconmovible y aferrarse a la verdad desviarán y extinguirán todas las mentiras del enemigo. Sin importar cuál sea la forma que tomen estas llamas en nuestra contra, la fe sale vencedora.

Los dardos encendidos del enemigo son las artimañas, tentaciones, mentiras y ataques dirigidos hacia el pueblo de Dios. Su meta es hacernos desviar nuestra mirada puesta en Dios para que la dirijamos hacia alguna otra cosa o persona. Si el enemigo logra atemorizarnos, hacernos sentir culpables o condenados, desanimarnos o hacernos perder la esperanza, puede hacer que dejemos de depender de Dios y que pasemos a depender de algo mucho menos valioso.

Los *pensamientos blasfemos* son solo un tipo de dardo. Algunas veces las personas se sorprenden mucho cuando doy este ejemplo, pero creo que es bastante común. ¿Alguna vez ha estado orando y disfrutando de un momento verdaderamente hermoso con Dios y de repente una palabra vulgar atraviesa su mente? Dios me liberó del uso del mal vocabulario poco después de llegar a ser cristiano, pero algunas veces, cuando estoy teniendo un tiempo de oración verdaderamente bueno, mis pensamientos son interrumpidos por algunas palabras o frases groseras, y me pregunto de dónde habrán salido. Luego viene la condenación: "¿Qué clase de cristiano eres, que puedes tener un pensamiento tan despreciable mientras estás en comunión con Dios?". Ese es el enemigo disparándome un dardo encendido, tratando de interrumpir una poderosa actividad que podría entorpecer sus planes.

Otro dardo potencial son los *pensamientos de odio*. Algunas veces somos consumidos por la ira o el resentimiento contra alguna persona. La ira no resuelta es una de las maneras más comunes de presentarnos, sin saberlo, vulnerables a los ataques demoníacos (Efe. 4:26). Comenzamos a hacer suposiciones acerca de los motivos de la persona, y cuanto más lo pensamos, más nos pone nerviosos y nos provoca un sentimiento de venganza.

Las *dudas* son otro tipo de misil encendido, y no solamente las pequeñas dudas con las que todos luchamos, sino dudas a gran escala acerca del propio evangelio. Nos preguntamos si realmente seremos salvos, y aun si Dios existe. Ese es el tipo de pensamientos que nos atemoriza. Generalmente, sentimos que ni siquiera los podemos expresar a otras personas, porque no lo comprenderían. Pueden cuestionar nuestra posición como creyentes verdaderos, por el simple hecho de contemplar semejantes pensamientos.

En un capítulo anterior hablé acerca de un tiempo de mucha oposición espiritual cuando estaba ministrando en India, poco después del azote del tsunami. La batalla fue un bombardeo de dudas como las que no he experimentado desde los primeros dos años luego de mi conversión. No eran pequeñas dudas o dudas parciales acerca de este versículo o de aquel. Eran enormes dudas acerca del propio Dios, acerca de la confiabilidad y validez de la Biblia, y acerca de Jesús como el único camino y provisión para la humanidad. Los ídolos, la pobreza, las tinieblas y la impresionante devastación del tsunami combinados con mi extrema fatiga, le dieron al enemigo una oportunidad de primera para procurar derribar mi vida desde sus cimientos.

Comparto esto porque creo que no estoy solo. Cuando nuestras mentes son atacadas por mentiras ilógicas, antibíblicas y engañosas, tan heréticas que no nos animamos a darlas a conocer, no las sacamos a la luz y muchas veces nos hacen tropezar. Afortunadamente para mí, mi colega tuvo exactamente la misma experiencia al mismo tiempo y pudimos ver a través del engaño.

Algunas veces tenemos un *intenso deseo de pecar*. Todo nuestro ser desea hacer algo que sabemos que está mal y se nos presenta una dorada oportunidad para ceder ante esa urgencia. Algunas veces, una relación que hemos cultivado por años repentinamente se erosiona hacia un *conflicto inexplicable*. Puede ser que se nos cruce un pensamiento y nos pongamos a cuestionar las motivaciones de la otra persona. "Me pregunto si está diciendo la verdad. Me pregunto si habrá sido honesto durante todos estos años". A pesar de los años de buen comportamiento comprobado, tenemos dudas acerca de la lealtad e integridad de un amigo cercano. Ya hemos mencionado el ataque violento y repentino de los *abrumadores tiempos de depresión*, y no me refiero a la depresión proveniente de un desequilibrio químico, la falta de sueño o la tristeza normal, sino a los tiempos en los que uno está a pleno sol, y al minuto, como si alguien hubiera oprimido un botón, nos sentimos hundidos en profundas tinieblas. Estos son solo unos pocos ejemplos; probablemente usted pueda pensar en muchos más. Todos son dardos encendidos. Así es como obra el enemigo.

Semillas de duda

Si quiere saber exactamente cómo es que Satanás socava la fe, Génesis 3 y Mateo 4:1-11 son excelentes puntos de partida: La tentación de Eva y la de Jesús. Estudie cuidadosamente estos ejemplos clásicos de la metodología del enemigo y verá su patrón de trabajo. Muchas veces comienza con un disfraz. No sabemos de dónde viene el engaño, pero de alguna manera arroja dudas sobre Dios y su Palabra o sobre usted y lo que usted vale. Tanto con Eva como con Jesús, Satanás comenzó sugiriendo que aún no está todo dicho con respecto a la verdad de Dios. "¿Es verdad que Dios les dijo que no comieran de ningún árbol del jardín?", preguntó la serpiente en Génesis 3:1. "*Si* eres el Hijo de Dios...", le dijo a Jesús en el desierto (Mat. 4:3, énfasis añadido). Con nosotros hace lo mismo. "¿Es eso lo que Dios realmente quiso decir con esa promesa? ¿Cómo es que un Dios bueno pudo permitir que eso pasara?". A Satanás, en realidad, no le importa cómo nos lleva hasta allí, pero quiere que pensemos que Dios es cruel, indiferente, severo, carente de amor (al menos hacia nosotros) o un capataz demasiado exigente. El primer paso consiste en cuestionar la identidad de Dios como la conocemos.

El segundo paso de Satanás consiste en hacer que nos concentremos en nuestra propia identidad o valor. "Llegarán a ser como Dios, conocedores del bien y del mal", le dijo a Eva (Gén. 3:5). A Jesús le prometió todos los reinos del mundo a cambio de su adoración (Mat. 4:8, 9). Nos llena de orgullo en cuanto a nuestros derechos e identidad o nos llena de preguntas acerca de nuestro valor: "¿Te llamas 'madre' a ti misma?"; "¿Consideras que eres un verdadero hombre?"; "Eres terrible. No tiene caso que finjas ser cristiano". Si logra hacernos pensar inexactamente con respecto a Dios, nosotros mismos u otros, puede conducirnos hacia un camino peligroso.

Habiendo abierto una ventana de oportunidad, Satanás entonces ofrece una atractiva e inmediata alternativa basada en los tres pecados detallados en 1 Juan 2:15, 16: Los malos deseos del cuerpo, la codicia de los ojos y la arrogancia de la vida. Creo que todas las tentaciones que hay en las Escrituras caen dentro de una de estas categorías. Los dardos encendidos explotarán o apelarán a su carne, sus ojos o su ego. Si sus cuestionamientos nos han hecho vulnerables por medio de la duda, ha encontrado una abertura en el escudo de la fe, y apuntará directamente en una de esas tres áreas.

La única reacción efectiva consiste en creer lo que Dios ha dicho. Cuando sentimos los dardos de la duda y el engaño, levantamos el escudo de la fe, que puede extinguir todo lo que el enemigo nos arroje. Aplicamos la verdad específica de la Palabra de Dios a nuestra situación personal tan pronto como percibimos un misil del adversario. No evaluamos nuestra situación a base de las circunstancias visibles, el humor o las conjeturas. Insistimos en la verdad de Dios a pesar de cualquier otro mensaje que estemos recibiendo y confiamos expresamente en ella.

Fortaleciendo la fe

Permítame darle tres ejemplos específicos acerca de cómo la fe puede permanecer fuerte cuando es atacada. El primero es un ejemplo que se refiere a *la confianza en el carácter de Dios* y al hecho de que siempre quiere lo mejor para nosotros. ¿Recuerda el amigo del que le hablé en el último capítulo? Había comenzado a hacer las cosas bien en su relación con Dios y con los demás, y tuvo un repentino y abrumador temor de que su esposa fuera a morir. Muchos padres han tenido pensamientos similares acerca de sus hijos, algunas veces en medio de la noche o en un sueño. Las emociones pueden ser tan reales que uno comienza a tomar decisiones a base del temor, y empieza a cuestionar la bondad de Dios. Le dije a mi amigo que tenía que tomar la verdad de la Palabra de Dios y levantarla. Salmos 84:11, por ejemplo, dice: "El Señor es sol y escudo; Dios nos concede honor y gloria a los que se conducen sin tacha". Romanos 8:32 dice lo mismo en otras palabras: "El que no escatimó ni a su propio Hijo, sino que lo entregó por todos nosotros, ¿cómo no habrá de darnos generosamente, junto con él, todas las cosas?". Le recordé a mi amigo que Dios está de su lado, que es compasivo y amoroso, y que anhela ser nuestro amigo. La raíz de la palabra *bondad*, utilizada muchas veces para describir a Dios, es un vocablo que significa "generosidad". Como dice Tozer, Dios "encuentra un santo placer en la felicidad de sus hijos"[7]. Siente plenitud de gozo cuando ocurren buenas cosas en nuestra vida, y los dardos de Satanás tratan de impedir que conozcamos y creamos en lo que Dios siente por nosotros. Si levantamos el escudo de la fe confiando en el carácter de Dios, podemos apagar las llamas de esa flecha.

El segundo ejemplo es el del comienzo del capítulo. Consideraba un honor extraordinario predicar la Palabra de Dios y me entusiasmaba con ello cada semana. Pero horas antes del primer culto, mi voluntad y energía para predicar eran frecuentemente suprimidas con un malestar espiritual. Cuando estamos envueltos en tristeza sin razón aparente, como era mi caso, *la confianza en las promesas de Dios* y su Palabra disiparán las tinieblas. Números 23:19 nos dice que Dios no miente ni deja de cumplir sus promesas. La reafirmación de 2 Pedro 1:2-4 es que Dios nos concedió "preciosas y magníficas promesas" para que podamos participar de su naturaleza divina. Cuando vi que el patrón de oposición repentina, inexplicable y espiritual se repetía todos los sábados por la tarde, hice dos cosas. Primero, comencé a citar la verdad de Dios en voz alta, proclamando sus promesas como verdad más allá y por encima de mi percepción emocional. Segundo, compartí mi carga con unos pocos amigos que empezaron a orar por mí todas las semanas a la hora que solían presentarse estos episodios.

Más recientemente, ha habido ocasiones en *Walk Thru the Bible* (Caminata bíblica) en las que he estado tan desanimado respecto de las transiciones que estábamos haciendo y lo que la inestable economía le estaba haciendo a nuestras finanzas que sencillamente temía ir a la oficina. Tenía que recordarme a mí mismo, y citar en alta voz, que Dios supliría todas nuestras necesidades conforme a sus riquezas en gloria (Fil. 4:19). Afirmé estas verdades acerca de la provisión de Dios para mi situación, recordándome que la Palabra de Dios no puede ser violada, y el enemigo pronto desaparecía. El malestar o el temor se desvanecían y yo podía seguir con la obra que Dios me había llamado a hacer.

El tercer ejemplo se trata de *la confianza en el plan y el tiempo de Dios*. Los caminos de Dios no siempre son fáciles, pero siempre son los mejores. Jeremías 29:11 es un pasaje clásico: "Porque yo sé muy bien los planes que tengo para ustedes —afirma el Señor—, planes de bienestar y no de calamidad, a fin de darles un futuro y una esperanza". Cuando un dardo entra en su vida diciendo: "En realidad no tienes por qué pagarle a aquella persona", puede aferrarse a la verdad de que el plan de Dios para la integridad es el mejor a largo plazo. Cuando un dardo dice: "Una simple miradita no te hará daño", puede aferrarse al plan de Dios para la pureza, aunque sea difícil. Cuando un dardo dice: "Abandona tu matrimonio", puede dar un paso atrás y decir: "No, Dios tiene un plan para el matrimonio. Es un tiempo duro, y de buena gana daría un paso atrás, pero Señor, confío en ti y conservaré mi compromiso contigo. Conozco personas que han estado casadas por décadas, y muchos de ellos dicen que hubo ocasiones en las que sintieron deseos de terminar, pero ahora están felices por no haberlo hecho. El amor no es un sentimiento; es darle a alguien lo que él o ella necesita, y en mayor medida cuando es menos merecido. Así es como Dios me amó, y elijo aferrarme a su plan".

Dios nos da su perspectiva acerca de muchos temas, así que usted no tiene por qué dejar que los dardos del enemigo lo lleven más allá de los límites de Dios. Reclame su promesa y sosténgala en fe contra un misil específico en su contra. Pero le advierto: esta es una batalla auténtica. Tendrá todo el deseo de abandonarla, de retroceder, de apartarse, de cruzar la línea, de engañar y ceder. Al levantar el escudo de la fe, sin embargo, afirmando verbalmente la verdad de Dios y sus promesas contra cada dardo, usted los extinguirá uno tras otro. Estas no son conjeturas generales; no hay nada vago al respecto. Es tomar la Palabra de Dios y sus promesas y aplicarlas a situaciones particulares en momentos particulares.

Aplicación personal: ¿cómo se relaciona todo esto con su vida?

Los dardos de duda y engaño deben ser interceptados inmediatamente por medio de la fe. El escudo apaga cada flecha encendida del enemigo cuando usted aplica activamente la verdad a su situación. Es esencial que confíe en el carácter de Dios, en sus promesas y su Palabra, y en su plan y tiempo, tan pronto como reconozca que se acerca un misil del adversario. Las flechas encendidas son mortales y precisas. La única manera de quitarles efectividad consiste en plantar su escudo de la fe firmemente en el suelo y arrodillarse detrás de él, haciendo así que las puntas encendidas del agresor se introduzcan en las profundidades de su escudo de la fe y sean apagadas.

En su vida:

- Piense en un dardo encendido que haya atravesado su vida en el pasado. ¿Cuál de las promesas de Dios podría haberlo librado de la herida que recibió?
- ¿Qué tipo de fe es la que está mejor representada por el escudo: la fe que nos salva o la que aplica la Palabra de Dios diariamente a situaciones específicas?
- ¿Por qué es difícil creer en las promesas de Dios? ¿De qué maneras tratamos de ponerles condiciones o diluirlas?

- ¿A cuál de las tres situaciones específicas necesita aplicar la fe en el día de hoy? ¿En qué promesas de Dios sería apropiado que confiara en estas situaciones? (A continuación presentamos una lista de buenos puntos de partida).

Área de tentación	**Promesa**
Deseo de pecar	1 Corintios 10:13
Necesidad financiera	Filipenses 4:19
Fortaleza y resistencia	Filipenses 4:13
Circunstancias adversas	Santiago 1:2-4
Futuro incierto	Salmos 84:11
Temor	Isaías 41:10
Ansiedad	Filipenses 4:6, 7
Crisis personal	Salmo 23

11

La batalla por nuestra mente

La batalla espiritual, la pérdida de la victoria, está siempre en el mundo del pensamiento.

Francis Schaeffer

La preocupación era evidente en su rostro. Años y años de ansiedad estaban escritos en cada arruga, en sus cejas grisáceas, en las débiles comisuras de sus ojos y aun en su palidez. Había sido un cristiano fiel desde pequeño. Asistía a la iglesia todos los domingos, leía la Biblia regularmente, era consistente en la entrega de sus diezmos, había servido como diácono y en su vida no había rastros de caídas morales. Había estado casado por décadas, había criado un par de hijos respetables y había administrado honestamente su negocio. Era un ciudadano correcto y cabal, con muchísimo estrés.

Su estrés lo había impulsado a vivir una vida extremadamente conservadora. Debido a eso, el éxito en su negocio fue moderado. Y su vida cristiana fue mediocre. Perdió oportunidades de dar audaces pasos de fe. Siempre le parecían demasiado arriesgados. Además, decía, nunca se puede saber si es Dios quien te está guiando. También perdió oportunidades de ser audazmente generoso. Nunca dio más que el diezmo porque "uno nunca sabe cuándo va a necesitar algo para un día lluvioso". Difícilmente expresaba alguna emoción. En realidad, no lo hacía con nadie, ni siquiera en su alabanza a Dios. Puede ser que haya amado a los demás, pero nadie lo sabía; nunca permitió que su amor se le notara. Eso habría requerido demasiada vulnerabilidad. Aunque nunca cometió grandes errores —al menos, no de los que los demás pueden ver— estaba lleno de remordimientos. Sus pecados eran relativamente pocos, pero no tenía esperanza de dejarlos atrás; después de todo, era humano. Conocía algunos versículos bíblicos acerca del perdón, pero solo los realmente importantes: Juan 3:16, por supuesto, y su favorito: "y conocerán la verdad, y la verdad los hará libres" (Juan 8:32). Pero parecía que la verdad lo había hecho desgraciado. Hacía lo que todo el mundo esperaba que hiciera un buen cristiano, y lo hacía con dolorosa persistencia.

¿Cuál era el problema de este hombre? Vivía carcomido por sus dudas, ansiedades, falta de confianza en el poder de Dios y por el temor a lo desconocido. Y para él, casi todo era desconocido. Estaba seguro de que quería ser cristiano, pero no estaba seguro de nada más. Creía que la Biblia era la Palabra de Dios, pero dudaba demasiado de su comprensión como para apoyarse firmemente en ella. Dio pasos al frente en su vida cristiana, pero siempre fueron pasos pequeños, predecibles. Nunca pudo creer en las extraordinarias promesas de Dios. Cualquier voz que le urgiera a dejar todas sus preocupaciones ante el Padre le llegaba como la voz de la irresponsabilidad, pura ilusión. Dio lo necesario de su tiempo, talentos y posesiones, pero nunca los dio como producto de ningún tipo de pasión. La pasión, de hecho, tenía que ser dominada; es difícil estar lleno de dudas y entusiasmo al mismo tiempo. La incertidumbre no permite ese tipo de incoherencias ni en la alabanza, ni en el culto, ni en las relaciones, ni en el trabajo, ni en nada. Cuando se tocaba el tema, este hombre estaba seguro de su salvación. Para él, el evangelio solo era un hecho razonablemente seguro. Puede ser que su forma de pensar haya hecho de él un ciudadano sólido, pero era un cristiano miserable. Había perdido la batalla por su mente hacía mucho tiempo. Y lo llevaba escrito en el rostro.

Existe una respuesta para alguien esclavizado por su propia forma distorsionada de pensar. De hecho, es más que una respuesta. Es un antídoto efectivo contra la preocupación, el desánimo, la duda, la desesperación y hasta contra el aburrimiento. Se aplica cuando somos tentados a involucrarnos con el relativismo, otra religión, un evangelio diluido o cualquier otra táctica que corrompa nuestra comprensión. No voy a garantizar que nunca vamos a fallar, pero sí voy a garantizar que la caída no es definitiva. Debajo de todas las incertidumbres de la vida existe el fundamento de una roca sólida, y la única manera en que podemos apoyarnos en ella es con nuestro modo de pensar. Nuestros pensamientos tienen mucha más influencia sobre nuestras vidas que nuestras circunstancias o nuestras relaciones. Si una mente redimida realmente comprende la salvación y está en sintonía con el propio Espíritu de Dios, conducirá al fruto abundante y la victoria. Y deberá ser protegida muy, pero muy bien.

"Tomen el casco de la salvación"

La última pieza de la armadura que el soldado se ponía era el casco. Estaba hecho de bronce y cuero, y su importancia era obvia: si lo golpeaban la cabeza, se terminaba todo. Así que antes de dirigirse a la batalla, un asistente le traía el casco y le ayudaba a abrochárselo firmemente.

En esta metáfora hay una obvia alusión a la seguridad que tenemos en nuestra salvación, nuestro nuevo nacimiento, nuestra justificación por gracia por medio de la fe y nuestra liberación del reino de las tinieblas. Pero el foco de este versículo no es nuestra liberación del pecado. En la Biblia se presentan muchos sentidos para la palabra salvación, por ejemplo, de los enemigos, del pecado y del cautiverio. Hay también tres tiempos de salvación en el Nuevo Testamento: hemos sido salvados ("justificación", como es descrita en Rom. 8:24; Efe. 2:8), estamos siendo salvados ("santificación", como es descrita en 1 Cor. 1:18) y seremos salvados ("glorificación" como es descrita en 1 Cor. 3:15; 1 Ped. 1:5). Estamos habituados a escuchar de la salvación en tiempo pasado, en referencia al momento en que vinimos a Cristo. Ese es el momento en que somos liberados del castigo por el pecado, cuando su poder en nuestra vida es quebrantado. Pero la palabra en sí misma significa "liberación" y es usada, la mayoría de las veces, para referirse a la salvación de la amenaza de un enemigo (se pueden encontrar numerosos ejemplos en los Salmos). Podemos vivir con la confianza de que Dios nos está dando victoria *hoy*. Podemos experimentar diariamente la liberación.

El casco de la salvación, entonces, es la seguridad de la liberación del pecado y la protección de nuestras mentes en la batalla. El casco de la salvación puede ser visto como la capacidad de razonar lógica y sabiamente desde una perspectiva bíblica, sin importar qué ataque reciba esa perspectiva. No es algo que podemos hacer por nosotros mismos; debemos decidir recibir la salvación, pero la voz pasiva que encontramos en estos versículos implica que solo Dios puede hacer que esto ocurra.

Para ver cómo funciona esto, consideremos Romanos 12:2, donde se presenta la misma verdad desde un punto de vista diferente. Una vez más, el foco es la mente. En este versículo, Pablo instruye a sus lectores a no conformarse a este mundo sino a ser transformados por la renovación de sus entendimientos. El ser humano permite y participa en ello, pero es Dios quien lo hace activamente en nosotros y con nuestra cooperación. Es su obra.

¿Por qué le importa a Dios nuestra mente? De acuerdo a las Escrituras, allí es donde tiene lugar la batalla. Muchos cristianos creen que la guerra invisible ocurre principalmente en sus circunstancias, su comportamiento, su trabajo o sus relaciones. Es cierto que todas esas cosas son relevantes, pero ninguna de ellas es prioritaria. Ya hemos notado que la mayor parte de la batalla sucede en nuestra vida de pensamiento. Allí es donde Satanás puede manipular, discreta e invisiblemente, a las personas hacia sus fines. Si puede distorsionar nuestros pensamientos, nuestras emociones y nuestro conocimiento, entonces nuestro comportamiento y nuestras relaciones se dirigirán hacia donde él quiere; y aun si no consigue conducirnos hacia el mal manifiesto, una pequeña dosis de pensamiento distorsionado puede neutralizarnos y volvernos prácticamente inútiles, como el hombre del que hablamos al comienzo de este capítulo. En esta guerra, el entendimiento humano es la "zona cero", y si no hemos sido diligentes en llenar nuestras mentes con la verdad de Dios y poner en práctica lo que nos enseña, perderemos la batalla. El casco de la salvación guarda el órgano más influyente de la guerra invisible.

Por esto a Dios le importa tanto nuestro entendimiento, y es también por esto que a Satanás también le importa. Para él es una amenaza, y muchos versículos enfatizan lo crítica que es la protección en esta área. Un ejemplo obvio es el de 2 Corintios 10:3-5. Describe las armas de nuestra milicia como espirituales, no físicas, y entonces las aplica directamente a "argumentos y toda altivez que se levanta contra el conocimiento de Dios". La meta es llevar "cautivo todo pensamiento para que se someta a Cristo". Cuando Jesús elevó su última y prolongada oración delante del Padre, pidió que sus discípulos estuvieran preparados y protegidos principalmente en su conocimiento de la verdad. "Santifícalos en la verdad", oró, y la siguiente línea dice claramente lo que tenía en mente: "tu palabra es la verdad" (Juan 17:17). Romanos 8:6, 7 también nos da una figura clara del papel vital que le corresponde a la mente: "La mentalidad pecaminosa es muerte, mientras que la mentalidad que proviene del Espíritu es vida y paz. La mentalidad pecaminosa es enemiga de Dios, pues no se somete a la ley de Dios, ni es capaz de hacerlo". Y como ya dijimos, "el dios de este mundo" es capaz de impedir que los no creyentes acepten la verdad. ¿Cómo? Enceguecienndo sus *mentes* (2 Cor. 4:4).

Un mandamiento del Nuevo Testamento: renovar nuestro entendimiento

El énfasis del Nuevo Testamento en el entendimiento humano puede ser visto casi en cada página, desde instrucciones acerca de lo que es la verdad hasta advertencias contra los engaños de los falsos maestros, el papel de nuestros pensamientos en nuestra transformación espiritual y mucho más. Así que ponerse el casco de la salvación no significa obtener un poco de protección adicional; no se consigue con una rápida oración matutina ni se puede encarar con descuido. Es la diferencia entre la verdad eterna y el error fatal, aun entre la vida y la muerte. Por eso necesitamos un casco. Es imperativo que conservemos la Palabra de Dios dentro de nuestra mente y las mentiras de Satanás afuera.

Observe cómo se desarrolla esto. Usted puede enfrentar todo tipo de dudas y luchas, ser bombardeado con los misiles encendidos del enemigo, pero el escudo de la fe los extinguirá. Sin embargo, la fe solo puede funcionar alrededor de las verdades que le han sido enseñadas. No se puede tener una fe específica en principios que no conoce (o que no recuerda). Su mente necesita ser llenada con el conocimiento fundamental, como el hecho de que usted ha sido justificado y su eternidad está asegurada, o la comprensión de que es un hijo de Dios y tiene la autoridad del reino sobre el adversario. Sea cual sea la situación que enfrente, usted tiene una esperanza que nunca se desvanecerá. Las promesas de Dios son firmes, todas ellas son "sí" en Cristo Jesús, porque Dios siempre se manifiesta. Un creyente que conoce estas cosas y se aferra a ellas no solamente sobrevivirá, y no solamente permanecerá firme frente a una crisis, sino que saldrá victorioso en medio de la situación. Un creyente que no conoce estas cosas será fácilmente desviado o distraído, muchas veces hasta el punto de la completa inutilidad.

Podemos conocer y meditar en esta verdad cuando los días son normales y nuestras vidas fluyen con relativa tranquilidad. Pero, ¿podemos asumir automáticamente esta verdad cuando estamos en medio de una crisis o un ataque? Es entonces cuando más la necesitamos. Para que contemos con ella cuando es más necesaria, tenemos que incorporarla en cada área de nuestra vida. El conocimiento de nuestra liberación (pasada, presente y futura, con énfasis en el presente) debería llenar nuestras oraciones, nuestra alabanza, nuestra música, nuestros estudios bíblicos, los versículos que memorizamos, nuestra enseñanza y nuestro compañerismo. Cuando somos llenos del verdadero conocimiento de Dios y su verdad, no queda mucho espacio para falsificaciones.

Pablo utilizó esta metáfora otra vez en 1 Tesalonicenses 5:8, donde se les dice a los creyentes que se pongan "el casco de la esperanza de salvación". Estas eternas verdades de salvación, fe y esperanza fluyen de una mente que se ha dejado saturar por la Palabra de Dios, ha sido cultivada en fe y dependencia, y ha sido transformada por el Espíritu. En el conflicto cósmico, el frente de batalla está en el espacio comprendido entre sus orejas.

La batalla por mi mente

Es probable que mi primer año en *Walk Thru the Bible* (Caminata bíblica) haya sido el tiempo más difícil de mi vida. Definitivamente, fue el tiempo más difícil por el que haya visto pasar a mi esposa. Ocurrieron muchas cosas en el tiempo de nuestra mudanza de Santa Cruz a Atlanta: la muerte de su madre, el tener que dejar nuestra casa y la iglesia que amábamos, y toda la incertidumbre del nuevo tipo de ministerio en un lugar nuevo. Nunca la había visto tan desanimada. Cuando uno se despierta en medio de la noche y escucha sollozos en la almohada de al lado, sabe que está pasando por tiempos difíciles. A nosotros, los hombres, nos gusta arreglar las cosas, pero esto era algo que yo no podía arreglar.

Esto sucedía en casa. Luego iba a trabajar y encontraba que aunque ya había aprendido a confiar en Dios por unos miles de dólares como pastor de una iglesia, mi experiencia no era suficiente. Como líder de un ministerio internacional, ahora tenía que aprender a confiar en él por millones de dólares. Es difícil hacerlo cuando la economía está decayendo y así ocurría, y fue especialmente difícil en un ministerio que estaba atravesando la transición entre el liderazgo de su fundador hacia el liderazgo de alguien completamente nuevo en la organización.

Lloré ante Dios cada día, y algunos días solo lloré. Sabía que existían tiempos de sequía, pero ese tiempo parecía una aridez de proporciones bíblicas. No sabía si mi esposa iba a soportar, ni si lo iba a soportar la organización, y ni siquiera si yo lo soportaría. Derramé mis quejas delante de Dios: "Tú me prometiste. Me dijiste que esto es lo que querías que hiciera. O no fue tu voz lo que escuché, o es que soy el tipo más torpe del planeta. Amaba aquella iglesia en Santa Cruz. ¿Por qué hice esto?". Aunque ya había tomado la decisión de no dirigir mis pensamientos en ese sentido, los dardos de la duda y el desánimo seguían cayendo uno tras otro. Anhelaba poder meterme en el corazón de mi esposa y arreglar toda la pérdida y la herida que había experimentado. Anhelaba conocer a algunos multimillonarios generosos con todas las ganas de sostener algunos de nuestros proyectos. Pero estaba prácticamente indefenso. No podía arreglar nada. Sabía que aquella sería una odisea, y una difícil.

Entonces un día se me ocurrió algo: "Muy bien, Chip. ¿Qué pasa si tu esposa no logra soportar todo esto? ¿Qué pasa si *Walk Thru the Bible* (Caminata bíblica) fracasa? ¿Qué pasa si *Living on the Edge* (Viviendo al límite) tiene que desaparecer? ¿Qué pasa si todo aquello por lo que trabajaste se hace ceniza? ¿Recuerdas que si mueres mañana estarás con tu Padre por toda la eternidad?". La verdad de la salvación, aplicada a esta situación, comenzó a penetrar. Me di cuenta de que lo peor que me podría pasar a mí terminaría en la gloria.

En lo profundo de mi corazón sabía que mis motivaciones para mudarme a Atlanta para dirigir *Walk Thru the Bible* (Caminata bíblica) eran puras. Aun si hubiera estado equivocado, sabía que había hecho exactamente lo que pensaba que Dios quería que hiciese. Había dejado la seguridad y salido de mi círculo de comodidad para seguirlo. Si aquello explotaba en mi rostro y terminaba en un completo desastre, aún llegaría un día en el que estaría con Dios. Y él sabría que había por lo menos uno de sus hijos en California que dijo: "Quiero creer en ti hasta el punto de salir y asumir algún riesgo radical, y sé que tú honras el amor y la fe". Dios podía usar alguna otra organización para alcanzar al mundo, desarrollar otro ministerio y obrar de alguna manera en mi esposa. Pero mi esperanza final no podía estar en esas cosas. Tenía que comprender que lo peor que me podía ocurrir era que muriera.

Piense en eso. Superficialmente parece un tanto morboso, pero si uno es un hijo de Dios, cuenta con la esperanza final, segura e inconmovible de que ninguna circunstancia, persona o tragedia nos pueden arrebatar. No importa si uno está en bancarrota, si alguno de nuestros hijos tiene cáncer, si un socio en los negocios se retiró y económicamente nos dejó en la ruina. Pase lo que pase, desde un punto de vista humano, lo peor que le puede pasar a un creyente es la muerte, y en el momento en que uno muere, está con Jesús; y eso, ¿qué tiene de malo? ¿Estar con Jesús en un ambiente perfecto por toda la eternidad, con todos los anhelos y deseos satisfechos en él? La esperanza final coloca todo en la perspectiva de la eternidad. *Ese* es el casco de la salvación.

Milagrosamente, Dios obró sobre todas esas cosas por las que yo estaba tan preocupado. Como sucede con la mayoría de las cosas por las que nos preocupamos obsesivamente, lo que yo pensaba que ocurriría "en el peor de los casos" nunca sucedió. Mi esposa está bien (y hasta Dios hizo que dos de nuestros hijos y sus familias se mudaran para estar cerca de nosotros), las finanzas de *Walk Thru the Bible* (Caminata bíblica) dieron un giro positivo y experimentamos un impresionante crecimiento que superó mis sueños más audaces. Ya no lloro día por medio ni he muerto (al menos, no todavía). Pero aun si ninguno de los planes y sueños que ahora tengo se dieran, si todo me saliera mal y fracasara, no sería el fin. La salvación lo garantiza. El casco me protege de todo mi temor al fracaso y las pérdidas, aunque las amenazas provengan de los planes destructivos de un enemigo poderoso.

Así es como Pablo parecía ser tan imprudente con su vida. Seguía de todo corazón la dirección de Dios, sin importar a cuántos peligros él lo condujera. Cuando dijo que ya se sentía como sentenciado a muerte (2 Cor. 1:9), en realidad estaba diciendo: "Tengo puesto el casco de la salvación". Es difícil herir a alguien que ya está muerto, ¿no es cierto? El enemigo, las circunstancias o las demás personas pueden amenazarnos, pero si podemos decir: "Ya estoy muerto. Dispárenme. De todas maneras voy a ir con Jesús", estamos seguros. Y podemos dar enormes pasos de fe cuando Dios nos impulsa a hacerlo.

El casco de la salvación nos da una esperanza inextinguible. Nuestra esperanza no está en nuestro dinero, las personas, las circunstancias ni en que todos nuestros deseos se cumplan. Nuestra esperanza está en la persona de Cristo. El salmista tenía la perspectiva correcta: "¿A quién tengo en el cielo sino a ti? Si estoy contigo, ya nada quiero en la tierra" (Sal. 73:25). De eso es lo que se trata finalmente la salvación, y nos conservará sanos y en paz. Cuando los dardos lo estén alcanzando, levante el escudo; y entonces, sea lo que sea que haga, mantenga el casco de la salvación firmemente abrochado.

Aplicación personal: ¿cómo se relaciona todo esto con su vida?

Los cristianos que no están llenando sus mentes con las Escrituras son como guerreros que van hacia la batalla sin el casco. Un furioso campo de batalla es un lugar espantoso para andar con la cabeza descubierta. Pregúntele a un veterano que haya visto un combate en una guerra, en cualquier período de la historia. La cabeza es la parte del cuerpo de un soldado que mejor se protege y a la que más se apunta.

Su escudo de la fe puede ser muchísimo más eficaz para apagar los misiles encendidos del enemigo si le da a su fe mucho de que aferrarse. La manera de hacerlo es saturarse de la salvación que Dios le ha dado y continúa dándole por gracia, no solamente para su alma y espíritu sino también para su cuerpo, su trabajo, sus relaciones, su servicio, su economía y todas las otras áreas de su vida. Deje que su mente se sumerja en tales verdades y las absorba tan profundamente como pueda. Entonces, cuando se encuentre en medio de la batalla, sabrá sin lugar a dudas el lugar exacto donde pararse.

En su vida:

- ¿Por qué a Dios le importa tanto su mente? ¿Por qué le importa tanto a Satanás?
- Piense en lo que considera que es su mayor error o fracaso en la vida. ¿Cómo lo protege el casco de la salvación de la culpa y los remordimientos actuales, o del temor a "la próxima vez"?
- ¿Puede identificar algún patrón que esté socavando su fe y su confianza en el poder de Dios para liberarlo? ¿Qué versículos puede usar para contrarrestarlos?
- Piense en dos o tres personas que conozca que hayan producido mucho fruto para el reino de Dios. ¿Cómo describiría su fe? ¿Enfrentaron algún peligro al caminar con Dios? ¿Era más frecuente verlos derrotados o animados? ¿Qué le dicen sus características acerca de su casco de la salvación?
- ¿Qué cambios necesita hacer su mente para andar confiadamente en el conocimiento de su liberación y salvación?
- ¿Qué estrategia necesita poner en práctica para llenar su mente con la verdad?
- ¿Cómo piensa que se vería su vida si ya se considerara "muerto" y viviera solo para Dios y para su gloria?

12

Empuñe sus armas

El engaño, la mentira del diablo, consiste en esto: que el hombre crea que puede vivir sin la Palabra de Dios.

Dietrich Bonhoeffer

En Santa Cruz hay una zona llamada *Pacific Avenue*. Es un lugar popular para caminar, con muchas cosas para ver y hacer. En esa zona hay varios bares, que generalmente se llenan por las noches.

Recuerdo estar caminando una noche por *Pacific Avenue*, más o menos a la hora de la noche en que suele ponerse ruidoso. Vi a dos tipos muy altos, fornidos, vestidos en camisetas, parados en la acera afuera de uno de los bares. Estaban inquietos por algo, pero no eran del tipo de personas con las que uno quisiera meterse; parecían peligrosos y se diría que habían usado esteroides para llegar a tener los músculos que tenían. Estaban borrachos, fuera de control, y eran más grandes que el guardia que intentaba controlarlos, el cual aparentemente acababa de llamar a la policía. No quería acercarme demasiado, por razones obvias, pero la curiosidad me picaba lo suficiente como para mirar qué pasaba (¿Qué puedo decir? Soy humano...). Así que me quedé parado a cierta distancia para ver cómo se desarrollaba la situación.

En un par de minutos llegó un coche de la policía con sus luces encendidas. Se abrió la puerta y salió el oficial dispuesto a hacerse cargo: ¡era una mujer policía que no mediría más de 1,50 metros! Me dio lástima por el guardia; debía estar esperando que viniera un oficial de esos de 2 metros de altura, de los que levantan pesas; no una mujer de poca altura. Las cosas se iban a poner feas. Al menos, eso pensé.

No pude estar más equivocado. Esta diminuta pero confiada oficial caminó enérgicamente hacia los alborotadores y dijo: "Caballeros, ¿hay algún problema aquí?". Los tipos empezaron a responder con palabras muy vulgares y ella los interrumpió de inmediato. "Disculpen", dijo señalando su insignia, "estoy autorizada por el condado de Santa Cruz para hacer cumplir la ley. Me gustaría que ustedes dos entraran de inmediato en el auto. ¿Entienden?". Los hombres se resistieron. Entonces ella puso su mano sobre su revólver. Nunca vi que dos enormes borrachos se pusieran sobrios tan rápidamente. Se apoyaron contra el auto, separaron sus piernas, pusieron sus brazos a sus espaldas y la situación quedó bajo control.

¿Por qué estos dos enormes bravucones se sometieron a aquella pequeña mujer? En cualquier otra situación, la confrontación podría haber sido desastrosa. Pero aquella situación no tuvo nada que ver con el tamaño o la fuerza. La oficial de policía tenía autoridad y los tipos de los esteroides no la tenían. *Y además* ella contaba con el respaldo de un arma que le daba el gobierno. Su posición le permitió decir: "Deben hacer lo que digo, y si existe algún problema con eso, tengo un arma poderosa, la puedo usar *y la voy a usar* para hacer que se cumpla la ley de inmediato".

"Tomen la espada del Espíritu"

El soldado romano también tenía algo para "hacer cumplir" las reglas. Era la espada que siempre llevaba con él. No era una espada larga y pesada; era un arma liviana, de unos 60 centímetros de largo, usada para el combate cuerpo a cuerpo. Tenía que estar al alcance de la mano y lista para ser usada, y el soldado debía ser muy competente en su uso. La espada era la única arma estratégica que podía ser usada cuando el enemigo estaba cerca, así que los guerreros dedicaban largas horas de entrenamiento con ella en sus manos, trabajando en su destreza, acostumbrándose a cada sensación y dejando que se convirtiera en su segunda naturaleza, como si fuera uno de sus propios miembros. Su vida dependía de su diligencia para mantener sus habilidades preparadas y dispuestas para la batalla en cualquier momento.

Pablo nos define la espada cristiana en Efesios 6:17: es la Palabra de Dios. En la mayoría de las ocasiones en el griego del Nuevo Testamento, *palabra* es una traducción del término *logos*. Aquí no. En este caso es una traducción del término *rhema*: la palabra (o palabras) hablada y específica que nos es dada por el Espíritu de Dios para el combate cercano, cuerpo a cuerpo con las mentiras y engaños del enemigo. Dios aplica su Palabra (*rhema*) avivando y activando la Palabra (*logos*) en nuestras situaciones específicas. Nos llega para que podamos llevar cautivo todo pensamiento a la obediencia a Cristo. La diferencia entre *logos* y *rhema* es la diferencia entre un montón de armas apiladas y una espada en una mano celosamente adiestrada. Una es un arsenal invaluable; la otra representa un despliegue específico, hecho justo a tiempo. *Rhema* es la espada del Espíritu.

El hecho de que la Palabra de Dios sea la espada *del Espíritu* nos enseña dos verdades importantes. La primera es que debemos estar en una relación vital con el Espíritu de Dios para que esta arma sea operativa. El Espíritu es el "comando central". Un soldado audaz empuñando una espada independientemente del resto del batallón no va a ser muy efectivo. De hecho, será todo lo contrario. En la práctica, irá hacia una derrota inmediata. Aunque la armadura y las armas de Dios son muy útiles en la vida personal, hay un panorama más amplio. Pablo le está escribiendo a una iglesia, no a un individuo. El programa de Dios y su estrategia encajan en una misión general. Nuestros asuntos personales son importantes para Dios y tienden a encajar con una misión más amplia, pero él espera que la espada sea más que algo personal. Es una herramienta para el reino. La medida en que su vida sea llena del Espíritu de Dios y encaje en el reino de Dios, es la medida en que su manejo de la espada será efectivo.

La segunda verdad, que procede de la primera, es que esta no es un arma que podemos usar como se nos ocurra. Solo puede ser activada por un poder mayor que nosotros mismos. Nosotros somos quienes peleamos con ella, pero una mano más poderosa la habilita. Si comenzamos a depender de nuestra propia autoridad al usar la Palabra, y no de la Autoridad que hay detrás de la Palabra, nos volvemos algo así como policías que abusan de su poder, enamorados del resultado inmediato en lugar de procurar el cumplimiento del programa más importante (ver Luc. 10:17-20 para encontrar una advertencia de Jesús en cuanto a esta tendencia). Toda la autoridad que tenemos nos es impartida, es decir, otorgada por gracia. No somos los amos de los demonios; somos embajadores completamente dotados por el Amo de todos. Con esto en mente, consideremos cómo tenemos que utilizar en la práctica la espada del Espíritu en nuestras batallas contra el enemigo.

El ejemplo perfecto

Si usted quiere aprender cómo es que funciona realmente el *rhema*, mire a Jesús. Él demostró esto claramente con un ejemplo muy directo para que nosotros sigamos. Mateo 4 relata cómo Jesús fue tentado luego de su ayuno de 40 días en el desierto. Satanás vino a él y le dijo: "Si eres el Hijo de Dios, ordena a estas piedras que se conviertan en pan". La respuesta de Jesús fue penetrante: "*Escrito* está: 'No solo de pan vive el hombre, sino de toda palabra [*rhema*] que sale de la boca de Dios'" (vv. 3 y 4, énfasis añadido). Entonces el adversario procedió a redondear la tentación en cada área: los malos deseos del cuerpo, la codicia de los ojos y la arrogancia de la vida. Jesús respondió diciendo: *Está escrito; está escrito; está escrito*. Estaba citando el *logos* de Dios, pero estaba batallando con el *rhema* de Dios: el *logos* aplicado a su situación específica. Cuando terminó, Satanás se retiró.

Eso es lo que significa resistir al diablo. Lo resistimos poniéndonos toda la armadura de Dios, parándonos firmes, tomando la espada del Espíritu y esgrimiendo esa arma poderosa contra todo engaño. Las mentiras se enfrentan con la verdad, y la verdad sale victoriosa en todas las ocasiones.

¿Comienza a comprender lo serio que es estudiar y meditar en las Escrituras, y renovar su mente? No es cuestión de exprimir ese breve devocional diario con un capítulo de lectura bíblica para luego pensar:

"Muy bien, verificado. Eso ya lo hice. Ahora no necesito sentirme culpable". Esto es la sustancia de la vida. Salmos 119:105 dice que la Palabra de Dios es una lámpara a nuestros pies y una luz en nuestro sendero. Moisés le dijo a los hijos de Israel que aplicaran a su corazón todas las palabras que les ordenaba, porque "de ellas depende su *vida*" (Deut. 32:47, énfasis añadido). "¿Cómo puede el joven llevar una vida íntegra? Viviendo conforme a tu palabra... En mi corazón atesoro tus dichos para no pecar contra ti" (Sal. 119:9-11). Una y otra vez obtenemos una clara figura bíblica que indica que la Palabra de Dios es una cuestión de vida o muerte. Como la espada en manos del soldado, tiene que llegar a ser una segunda naturaleza.

Si en esta guerra invisible usted se va a poner toda la armadura de Dios, tendrá que ser un hombre o una mujer del Libro. No existe otra alternativa. Este no es un requerimiento legalista, así como tampoco lo es la nutrición cotidiana; es simplemente una necesidad para la vida. Necesita leer la Biblia de tal manera que pueda conocer bien los capítulos clave, recordar pasajes vitales que ha memorizado, para que su mente sea renovada de forma que sepa quién es y dónde está parado en Cristo. Necesita ser capaz de echar mano a su arsenal, Jesús tomó sus armas directamente de Deuteronomio, y sacar un punto afilado y decisivo para refutar al enemigo. Eso lo derrotará, y él se irá.

En la práctica es útil imaginarse la Palabra como es presentada en Hebreos 4:12: "Ciertamente, la palabra de Dios es viva y poderosa, y más cortante que cualquier espada de dos filos. Penetra hasta lo más profundo del alma y del espíritu, hasta la médula de los huesos, y juzga los pensamientos y las intenciones del corazón" (Heb. 4:12). La forma de conservar puesta la armadura es permanecer en la Palabra de Dios con un corazón humilde y abierto, de manera que, al leerla, Dios pueda revelar dónde está su corazón y pueda restaurarlo. Nunca debe asumir la idea de manejar una espada que solo es un arma. La espada debe ser parte suya, para que, al luchar, esté expresando el poder de la Palabra que ya ha hecho su obra en usted.

Cómo funciona en nuestras vidas

Regresemos por un momento a mi dormitorio. ¿Recuerda la historia que conté al principio del capítulo 9? En medio de la noche sentí una maldad opresiva en la habitación y quedé paralizado por algún período de tiempo hasta que Dios respondió, y pude volver a moverme y respirar. Dejamos la historia en el momento en que me senté en la cama empapado en sudor y aterrorizado. ¿Qué hice? Me afirmé y reconocí que aquello era demoníaco (no era tan difícil darse cuenta, con el corazón a punto de salírseme del pecho y los pelos erizados en mi nuca). Entonces asumí mi posición en Cristo: "El que está en ustedes es más poderoso que el que está en el mundo" (1 Jn. 4:4). Entonces cité, en voz alta, 1 Juan 5:4, 5: "Porque todo el que ha nacido de Dios vence al mundo. Ésta es la victoria que vence al mundo: nuestra fe. ¿Quién es el que vence al mundo sino el que cree que Jesús es el Hijo de Dios?". Luego cité en voz alta Apocalipsis 12:11 (RVA): "Ellos lo han vencido [a Satanás] por causa de la sangre del Cordero y de la palabra del testimonio de ellos, porque no amaron sus vidas hasta la muerte". Y finalmente hice algo para lo que no tenía mucha experiencia. Dije: "Espíritus malignos y demoníacos, vengo contra ustedes en el nombre del Señor Jesús. Soy un hijo de Dios, estoy cubierto por la sangre de Jesús y les ordeno en este momento en el nombre de Jesús que dejen mi casa y me dejen en paz"; y la presencia maligna se fue. Los espíritus demoníacos obedecieron mis palabras como aquellos dos ebrios obedecieron a la pequeña oficial de policía. Obedecieron porque no fui en nombre de mi propio poder o autoridad; fui con la autoridad oficial derivada de Dios y con mucho más que una pistola; fui con la hablada, todopoderosa y viva Palabra de Dios. Para ser honesto, sin embargo, debo decirle que en algunas de las ocasiones cuando este tipo de cosas volvió a sucederme, hicieron falta unos cuatro o cinco momentos de extensa oración antes de que llegara el alivio. Algunas veces fue una batalla prolongada. Pero cuando llegó el alivio, generalmente ocurrió inmediatamente.

En muchas ocasiones, las personas escuchan una historia como esta y piensan: "Bueno, eso sucede en lugares extraños como Santa Cruz. He oído decir que esas cosas pasan en centros ocultistas y campos misioneros, pero no esperará que una persona normal como yo tenga que enfrentarse a una cosa así, ¿no?". Mi respuesta enfática es "no". Esto es cristianismo normal en todas partes del mundo. Como ya lo he mencionado, en muy pocas ocasiones he compartido esta experiencia sin que luego se acerquen personas diciéndome que a ellos les ocurrió algo similar. Es una forma muy común en que las fuerzas demoníacas asustan al pueblo de Dios, especialmente cuando esas fuerzas se sienten amenazadas.

Cuando Satanás ataca, y no asuma que a usted no le va a ocurrir, recuerde a aquella oficial de policía de 1,50 metros que dominó a dos impresionantes hombres forzudos una noche en la calle. Su tamaño y sus fuerzas no son lo que cuenta, sino su posición y su arma. Usted tiene que saber cómo ejercitar su autoridad, y tiene que conocer su arma lo suficiente como para utilizarla efectivamente contra el enemigo. Si no conoce la Palabra de Dios lo suficiente como para citarla, y si no está seguro de su posición en Cristo, es como un oficial desarmado que olvidó su insignia en casa y los resultados pueden ser desastrosos.

Aplicación personal: ¿cómo se relaciona todo esto con su vida?

Usted es un hijo del Rey de reyes y Señor de señores. Su insignia es su posición en Cristo y a su costado tiene la espada del Espíritu, que es la Palabra de Dios. Les guste o no, los poderes de las tinieblas deben creer, responder y obedecer a la autoridad de cada hijo de Dios que empuña la Palabra de Dios contra asuntos específicos. Lucas 10:19 es una promesa para todos los creyentes: "Sí, les he dado autoridad a ustedes... [para] vencer todo el poder del enemigo; nada les podrá hacer daño". La autoridad triunfa sobre el poder, aun sobre todo el poder del enemigo. Usted no tiene por qué ser fuerte, superespiritual ni tener un título del seminario. Sin embargo, tiene que reclamar aquello que usted es y actuar sobre lo verdadero. También tiene que conocer la Palabra lo suficiente como para que, al usarla, no resulte una amenaza vacía. Estudie la Palabra, manténgase preparado a tiempo y fuera de tiempo, y actúe decisivamente cuando sea atacado.

En su vida:

- ¿Ha experimentado alguna vez algún incidente en el que percibió que el enemigo estaba detrás? Si es así, ¿cómo respondió usted? ¿Cómo respondió el enemigo?

- Intelectualmente, ¿comprende que su forma de tomar la Palabra de Dios es más importante que el alimento material o el sueño físico? ¿Su vida refleja esta verdad en la práctica?
- Si alguien fuera a evaluar el modo en que usted maneja su arma, la Palabra de Dios, ¿qué resultado arrojaría la evaluación?
- ¿Qué pasos puede dar para incrementar sus habilidades con su espada? (es importante poner por escrito esta respuesta en forma de plan,·y luego llevarlo a cabo).
- Piense en la ilustración de la pequeña oficial de policía que dominó a los dos enormes ebrios. ¿Existe algo en su vida que pueda evitar que actúe con la misma confianza y autoridad demostrada por aquella oficial?

Lo que usted necesita recordar

Si usted fuera un policía novato, necesitaría ensayar paso a paso cómo manejar una situación crítica. Considere lo siguiente como el resumen de su manual de entrenamiento y transfórmelo en su guía para darle una respuesta clara al maligno:

- Como prerrequisito, conserve una vida espiritual saludable.
- Comprenda su posición en Cristo tal como ha sido presentada en los primeros tres capítulos de Efesios.
- Discierna cuándo las influencias demoníacas pueden ser la causa de una situación.
- Declare las promesas de Dios en voz alta.
- Entonces tome su autoridad y posición en Cristo y ordene a las fuerzas demoníacas que cesen su actividad y se retiren.

Es así de simple. No fácil, pero simple. Cuando lo haga, Satanás se irá. El diablo tiene que inclinarse ante el *rhema* de Dios.

Sección 4

La liberación de la influencia demoníaca

La oración es la más poderosa de todas las armas que un ser creado pueda esgrimir.

Martín Lutero

Oren en el Espíritu en todo momento, con peticiones y ruegos. Manténganse alerta y perseveren en oración por todos los santos. Oren también por mí para que, cuando hable, Dios me dé las palabras para dar a conocer con valor el misterio del evangelio, por el cual soy embajador en cadenas. Oren para que lo proclame valerosamente, como debo hacerlo.

Efesios 6:18-20

1. Estamos en una guerra invisible: Efesios 6:10-12.
2. Debemos prepararnos para la batalla: Efesios 6:13-15.
3. Cuando resistimos al enemigo, él huye de nosotros: Efesios 6:16, 17; Santiago 4:7.
4. La oración intercesora es crucial y esencial para la liberación colectiva e individual: Efesios 6:18-20.

Resumen: el medio por el que los creyentes deben soportar y vencer los ataques del enemigo en la guerra espiritual es la oración *consistente, intensa* y *estratégica* unos por otros junto a la aplicación personal de la armadura de Dios.

Síntesis de la Sección 4

Capítulos 13—15

1. La oración intercesora es el arma más poderosa y estratégica en la guerra espiritual.
   a. La oración tiene un impacto directo sobre la guerra espiritual (Mar. 9:29).
   b. La oración provee/asiste en la liberación de otros que están sufriendo un ataque espiritual (Luc. 22:31, 32).
   c. El poder cae donde prevalece la oración (Hech. 1:14; 2:42; 3:1; 4:31; 6:4; 10:9). La historia de la iglesia está llena de ejemplos.
2. ¿Qué tipo de oración produce la liberación divina y concede poder en medio del ataque espiritual?
   a. Oración consistente (Efe. 6:18a).
      - "con peticiones y ruegos": todo tipo de oración.
      - "oren... en todo momento": oración en todas las ocasiones.
      - "oren en el Espíritu": en comunión con y dirigidos por la intermediación y el poder del Espíritu Santo.
   b. Oración intensa (Efe. 6:18b).
      - "manténganse alerta": literalmente: sin dormir, atentos.
      - "perseveren": permaneciendo, sin rendirse.
   c. Oración estratégica (Efe. 6:18c-20).
      - "por todos los santos": que los mensajeros de Dios sean audaces.
      - "Dios me dé palabras": que el mensaje de Dios sea claro y oportuno.
   d. Resumen: *el ingrediente perdido* en las vidas de muchos cristianos y en la mayoría de las iglesias es el compromiso y la práctica regular de la oración intercesora. Las Escrituras indican que la oración intercesora consistente, intensa y estratégica, tanto individual como colectiva, de hecho nos liberará a todos del maligno.

Las grandes personas son aquellas que oran. No me refiero a las personas que hablan acerca de la oración, ni a aquellos que dicen que creen en la oración; ni siquiera a los que pueden dar una explicación teológica de la oración; estoy hablando de las personas que apartan tiempo y oran. Ellos no tienen tiempo. Debe ser tomado de alguna otra cosa. Esa otra cosa es importante. Muy importante y urgente, pero aun así es menos importante y urgente que la oración[8].

S. D. Gordon

3. El ministerio de liberación.

La mayor parte de la enseñanza bíblica tiene que ver con el estado de alerta, la preparación, la defensa y el estar activos para evitar que la influencia demoníaca rompa nuestra comunión con Cristo o distorsione el plan de Dios para nuestra vida. *Pero, ¿qué tenemos que hacer cuando el enemigo llega a tener un punto de apoyo en nuestra vida o en la vida de una persona a la que conocemos y amamos?*

a. Su validez.
   - Jesús ejerció este ministerio (Mar. 1:23-27, 39).
   - Los apóstoles ejercieron este ministerio (Luc. 10:1-20).
   - La iglesia primitiva ejerció este ministerio (Hech. 8:9-13; 13:8-11; 16:16-18).
     —Justino Mártir (100-165)
     —Tertuliano (160-225)
     —Orígenes (185-254)
     —Atanasio (296-373)
   - Los escritores del Nuevo Testamento proveen clara dirección en referencia a este ministerio (Stg. 4:10).
   - Existen ministerios de liberación contemporáneos, equilibrados, que pueden ayudar a muchas personas.

b. Sus problemas.
   - El extremismo y el fanatismo tienden a teñir negativamente este ministerio.
   - La confusión en lo concerniente a la posesión demoníaca o la opresión de los creyentes nubla la validez de este ministerio entre los cristianos.
   - El temor y la ignorancia han provocado que muchos sencillamente ignoren este ministerio.
   - Aquellos que se involucran en este ministerio muchas veces son tentados por el orgullo o se concentran tan exageradamente en él que caen en el error teológico.
   - En este ministerio se cuestiona si debe asignársele la culpa de todos los problemas a la influencia demoníaca o si solo debe usarse el sentido bíblico común.

c. Las causas de la influencia demoníaca.
   - Búsqueda intencional.
   - Rendición ante el pecado: Juan 8:34.
   - Rebelión espiritual: 1 Samuel 15:23.

- Participación en el ocultismo: Deuteronomio 18:10, 11 (adivinación, hechicería, presagios, brujería, conjuros y los intentos por ponerse en contacto con los muertos).
- Asociación con aquellos involucrados con la actividad satánica: 2 Corintios 6:14-16.
- Ira y amargura no resueltas: Efesios 4:26, 27.

d. Evidencias neotestamentarias de la influencia demoníaca.
- Enfermedad severa: Mateo 12:22.
- Adivinación (predecir el futuro): Hechos 16:16.
- Fortaleza física inusual: Marcos 5:2, 3.
- Arranques de ira: Marcos 5:4.
- Doble personalidad: Marcos 5:6, 7.
- Resistencia a la ayuda espiritual: Marcos 5:7.
- Otras voces desde el interior: Marcos 5:9.
- Poderes ocultistas: Deuteronomio 18:10, 11.

e. La cura contra la influencia demoníaca.
- Propósito general.
  —La victoria se obtiene por medio de la cruz de Cristo (Col. 2:15).
  —La victoria es en el nombre de Cristo (Mat. 10:1; Hech. 5:16).
  —La victoria es por el poder del Espíritu Santo (1 Jn. 4:4).
- Pasos específicos hacia la liberación de la influencia demoníaca
  —Aceptar a Cristo (Juan 1:12).
  —Confesión de pecados (1 Jn. 1:9).
  —Renunciar a las obras del maligno (2 Cor. 4:2).
  —Destrucción de objetos ocultistas (Hech. 19:17-20; ver también 2 Crón. 14:2-5; 23:17).
  —Abandonar la amistad con ocultistas (2 Cor. 6:14-16).
  —Descansar en la liberación de Cristo (Col. 1:13).
  —Resistir al diablo (Stg. 4:7).
  —Meditar y aplicar la Palabra de Dios (Mat. 4:4, 7, 10; Efe. 6:17).
  —Participar en la oración colectiva (Mat. 18:19).
  —De ser necesario, que practique el exorcismo en el nombre de Cristo un consejero maduro (Hech. 16:16-18; Gál. 5:16; Efe. 5:18) que conserve la humildad (Stg. 4:7), use la armadura espiritual (Efe. 6:12-17), conozca la Palabra de Dios (Mat. 4:4, 7, 10), y esté respaldado por las oraciones de otros creyentes (Mat. 18:19; Efe. 6:18).

Aplicación personal

Lo que usted necesita recordar

Hay varios pasos que usted tiene que dar para conformar su vida a las Escrituras en lo que tiene que ver con la oración y la liberación.

1. Reconozca la cantidad y la calidad de su vida de oración. ¿Es todo lo que usted y Dios quieren que sea? Si no es así,
   a. al principio de su tiempo normal de oración, hágale a Dios dos peticiones: "En este día pon en mi corazón los asuntos por los que quieres que ore, hasta que quieras que termine", y "En los próximos días impresióname con la manera en que puede cambiar mi vida de oración con respecto a lo que es ahora".
   b. Entonces sea sensible a las maneras en que Dios lo pueda estar conduciendo. Pídale su dirección hasta que esté convencido de haberla recibido.
2. Ore usando el modelo CASA (confesión, adoración, súplica, agradecimiento), para asegurarse de que sus oraciones sean completas.
3. Pídale a Dios que lo haga espiritualmente sensible a la influencia demoníaca, y que le dé sabiduría mientras procura descubrir su papel en una necesidad específica de liberación.

Sea persistente en estas oraciones. Dios quiere que usted comprenda este asunto tanto como lo comprende o, en realidad, más de lo que lo comprende. Ore insistente y constantemente por la comprensión que él quiere que usted tenga.

13

El ingrediente perdido

No debemos confiar en la armadura de Dios sino en el Dios de la armadura, porque todas nuestras armas solo son poderosas por medio de Dios.

William Gurnall

El misionero estaba sirviendo como médico en África. Tenía que viajar periódicamente en bicicleta a través de la jungla para buscar suministros en una ciudad cercana. Era un viaje de dos días, así que tenía que pasar la noche en la selva. Siempre había hecho el viaje sin problemas, pero un día, cuando llegó a la ciudad, vio a dos hombres peleando. Uno de ellos estaba muy herido, así que lo atendió, compartió el mensaje de Cristo con él y continuó su camino.

La siguiente oportunidad en que el misionero viajó a la ciudad, el hombre al que había atendido se le acercó y le dijo: "Sé que usted viaja con dinero y medicinas. Unos amigos y yo lo seguimos a la selva aquella noche después de que me atendió, sabiendo que tendría que dormir en la jungla solo. Esperamos a que se durmiera para matarlo y tomar su dinero y sus medicamentos. Al empezar a movernos hacia su campamento, vimos a 26 guardias armados rodeándolo. Nosotros éramos solo seis, así que supimos que no era posible que nos acercáramos y nos fuimos".

Cuando escuchó esto, el misionero se rió: "Eso es imposible. Se lo aseguro, yo estaba solo". Pero el joven insistió. "No, señor. Yo no fui el único que vio a los guardias. Mis amigos también los vieron, y todos nosotros los contamos".

Varios meses después, el misionero asistió a su iglesia madre en los Estados Unidos de América y allí contó su experiencia. Uno de los hombres de la congregación interrumpió su presentación poniéndose de pie repentinamente y diciendo algo que dejó sin aliento a todos. Con una voz firme, dijo: "¡Nosotros estábamos contigo en el Espíritu!". El misionero lo miró perplejo. El hombre continuó: "En aquel momento era de noche en África, pero aquí era de mañana. Ese día me detuve en la iglesia a buscar algunos materiales para un viaje misionero. Pero cuando estaba poniendo los bolsos en mi coche, sentí que el Señor me dirigía a orar por ti. La urgencia de hacerlo era muy fuerte, así que tomé el teléfono y reuní a algunos otros hombres para que vinieran a la iglesia y oráramos por ti". Entonces el hombre se volvió al resto de la congregación. "¿Podrían ponerse de pie ahora aquellos hombres que oraron conmigo aquel día?". Y se fueron levantando uno tras otro: eran 26 hombres.

Esta no es una historia de ficción publicada por un periódico cuestionable, y yo no tengo motivos para cuestionar su autenticidad. Pero usted se preguntará qué tiene que ver con la guerra espiritual y la liberación de la opresión demoníaca. Creo que tiene *todo* que ver con la liberación y la guerra invisible. Es una tremenda ilustración del ingrediente perdido en muchas vidas e iglesias.

Ya hemos considerado los asuntos básicos: estamos en una guerra invisible, una lucha que no es contra personas de carne y hueso. De allí pasamos a explicar cómo podemos prepararnos para la batalla poniéndonos toda la armadura de Dios y parándonos firmes. Luego examinamos las armas que tenemos para resistir al enemigo cuando no es suficiente con mantener nuestra posición, aquellas ocasiones en las que tenemos que enfrentar a nuestro adversario en un combate cara a cara. El elemento final de nuestra guerra es la mayor de las armas, y a menudo la más descuidada que tenemos: la oración intercesora, que es crucial y esencial para la liberación colectiva e individual.

La gramática usada en el pasaje de Efesios 6 es muy instructiva. No existe interrupción entre los versículos 17 y 18. Si yo tuviera que cambiar la puntuación de estos versículos —es posible hacerlo, ya que el texto griego no tiene puntuación por sí mismo— sonaría más o menos así: "Tomen el casco de la salvación y la espada del Espíritu (que es la Palabra de Dios) con toda oración y petición. Oren en todo tiempo en el Espíritu". En el contexto de ponernos la armadura de Dios, Pablo pasa a la oración y petición sin detenerse a tomar aliento. Tenemos que usar la armadura con todo tipo de oración, en todo tiempo, en el Espíritu. Pablo pide oración, específicamente, para abrir su boca con valentía para proclamar el misterio del evangelio. Las armas de nuestra guerra y la oración están íntimamente conectadas.

Creo firmemente que el ingrediente perdido en la vida de muchos cristianos y en muchas iglesias es la oración. Me refiero a la oración intensa, bíblica, el tipo de oración al que se refiere Pablo en este pasaje. Es el tipo de oración llena de fe y confianza y, como veremos, es consistente, intensa y estratégica. Produce cambios en vidas e iglesias. Ante su acción la esclavitud se rompe, los viejos hábitos son abandonados, las personas adquieren valor, las murallas entre creyentes son derribadas y las relaciones restauradas. Dios usa este tipo de oración en conexión con la armadura de Dios para transformar vidas.

¿Quiere orar de esta manera? ¿Quiere ver a Dios cambiando su vida y la de su iglesia, y trayendo amigos y familiares a Cristo? La batalla no termina: todavía tendrá que ponerse la armadura, sacar la espada del Espíritu y sostener el escudo de la fe, pero cuando enfrente la batalla con este tipo de oración en comunión con el Espíritu Santo, Dios hace cosas sobrenaturales. Puede ser que yo no entienda exactamente cómo funciona; hay muchas cosas acerca de la soberanía de Dios y el libre albedrío de los seres humanos que no comprendo. Pero la Biblia no nos dice que seremos capaces de explicar sus mandamientos antes de cumplirlos. Nos dice, una y otra vez, que oremos bíblica, estratégica, intensa y poderosamente, de manera que produzcamos un cambio radical.

La oración intercesora

La oración intercesora es nuestra arma colectiva más poderosa y estratégica para la guerra espiritual. Es el medio necesario por el que somos capaces, como creyentes, de soportar y vencer los ataques del enemigo. Si eso suena exagerado, tal vez sea útil que consideremos algunos ejemplos bíblicos.

Jesús dijo que la oración producía un impacto directo en la guerra espiritual. En Marcos 9:14-29 los discípulos estaban intentando echar fuera un demonio, pero las cosas no les estaban saliendo muy bien. Vinieron a Jesús y le preguntaron cuál era el problema. "Esta clase de demonios solo puede ser expulsada a fuerza de oración —respondió Jesús" (v. 29). Aparentemente, existen espíritus malignos que no pueden ser obligados a obedecer por otros medios. Jesús también le dijo una vez a Pedro que Satanás lo había pedido para sacudirlo como a trigo. "Pero yo he orado por ti", le dijo Jesús (Luc. 22:31, 32). La oración contribuye a la liberación de las personas que están sufriendo un ataque espiritual.

La iglesia primitiva también conocía el poder de la oración. Cuando Jesús ya había ascendido y ellos esperaban más instrucciones, ¿qué hicieron? Hechos 1:14 dice que ellos "se dedicaban a la *oración*" (énfasis agregado). De acuerdo a Hechos 2:42, eso mismo estaban haciendo cuando llegó Pentecostés: "Se mantenían firmes... en la *oración*" (énfasis añadido). Justo antes del mayor milagro de la iglesia, Pedro y Juan estaban yendo al templo a *orar* (Hech. 3:1). La primera vez que se produjo la persecución contra la iglesia, Pedro y Juan regresaron de sus azotes con una explicación acerca del privilegio de sufrir por el nombre de Jesús, y entonces los creyentes que se habían reunido con ellos *oraron*. La habitación tembló, el Espíritu Santo vino sobre ellos y todos comenzaron a hablar todavía con mayor audacia (Hech. 4:31). La primera disensión en la iglesia sucedió cuando algunas de las personas estaban siendo desatendidas. Así que los apóstoles decidieron nombrar diáconos para supervisar la distribución de los alimentos. ¿Para qué? Para que ellos pudieran dedicarse a la enseñanza y la *oración* (Hech. 6:4). Cuando Pedro recibió la visión que cambiaría definitivamente su ministerio, estaba en una azotea *orando* (Hech. 10:9). Si repasa el resto del libro de Hechos, encontrará siempre el mismo patrón. Dondequiera que el poder sobrenatural de Dios se hace evidente por medio de señales, maravillas, vidas transformadas y puertas abiertas que nadie puede explicar, puedo garantizar que en alguna parte, alguien ha estado orando. El poder cae donde prevalece la oración.

¿Qué tipo de oración trae la liberación y el poder de Dios?

Muchas veces, los miembros de la iglesia declaran que quieren que su iglesia sea "una iglesia como la del Nuevo Testamento". Comprendo lo que desean; yo también lo deseo. Pero, ¿realmente comprendemos lo que eso significa? Una iglesia como la del Nuevo Testamento es una iglesia de oración. No es simplemente una iglesia que tiene reuniones de oración, ni una iglesia que cuenta con unos pocos guerreros de oración que la apoyan, sino una iglesia que tiene la práctica regular de reunirse para la oración urgente e intensa. La mayoría de los cristianos puede decir que su iglesia es una iglesia de oración, pero pocos pueden decir que hayan visto el poder y el avance sobrenatural en acción en su congregación. Eso sucede porque un ministerio como el del libro de Hechos no es el fruto de algún antiguo ritual. En Efesios, Pablo no está sugiriendo tener un poco de oración aquí y allá cuando es conveniente. Existe un tipo de oración específica que produce ese tipo de resultados. Tiene tres características que proceden directamente de Efesios 6:18-20.

La oración consistente

El tipo de oración que produce resultados y liberación sobrenaturales se caracteriza por la consistencia. El versículo 18 en la versión Reina-Valera Actualizada dice "con toda oración y ruego" (RVA). La palabra "toda" es un vocablo que significa "todo tipo", y la palabra "ruego" implica peticiones muy específicas. Algunas veces quedamos limitados a un solo tipo de oración, pero Pablo nos está urgiendo a una vida de oración diversa. CASA es el mejor acróstico que conozco y que me ayuda a salir de la oración "monótona":

- "C" para *confesión*: la confesión honesta y abierta debe caracterizar su comunicación con Dios y los demás.

- "A" para *adoración*: nuestras oraciones deben estar saturadas con alabanza, honor y gloria a Dios.
- "S" para *súplica*: en su propio beneficio y el de los demás, pídale atrevidamente a Dios cosas específicas para el presente y el futuro.
- "A" para *agradecimiento*: mire frecuentemente hacia atrás y agradézcale a Dios por lo que ha hecho.

Cualquier persona que utilice regularmente el acróstico CASA tendrá una vida de oración completa y consistente.

"Oren... en todo momento" (v. 18) significa orar en toda ocasión. Aunque es importante tener tiempos establecidos dedicados a la oración extensa, como el salmista que escribe que clama mañana, tarde y noche (Sal. 55:17), el resto de la vida también tiene que caracterizarse por la oración. Los tiempos informales y espontáneos de oración surgen de un profundo tiempo con Dios. Podemos orar mientras conducimos, en medio de una conversación, cuando pasa una ambulancia y cuando estamos en silencio y en realidad no estamos pensando en nada, hasta que la clara imagen de una necesidad llena nuestro pensamiento. El tipo de oración que Dios responde es consistente.

En la historia del comienzo de este capítulo, un hombre normal estaba poniendo algunas cosas en la valija de su auto cuando Dios lo impulsó a orar por un misionero. Casi todos tenemos impresiones como esas en ciertas ocasiones, pero ¿qué hacemos con ellas? "Señor, por favor, ayuda a Fulano". Casi puedo escuchar al Espíritu Santo diciendo: "No, no, no. Una pequeña oración no va a ser suficiente. Reúne a algunos hombres de la iglesia". El hombre de la historia hizo algunas llamadas durante la mañana y se juntaron 26 personas. Eso no ocurre en la mayoría de las iglesias que conozco. Pero cuando se reunieron y se pusieron de rodillas para orar en comunión con el Espíritu, ocurrió algo milagroso. La carga llevó a una respuesta espontánea porque las personas de aquella iglesia habían cultivado una vida de oración consistente.

Un piadoso pastor de Atlanta me tomó bajo su cuidado durante mi transición de Santa Cruz a Atlanta, y muchas veces me dirigió durante algunas de mis luchas. Algún tiempo después recibí un correo electrónico de él: "Querido Chip, esta mañana, mientras oraba, me sentí profundamente movido por un sentido de urgencia. No sé que está pasando en tu vida. Te presenté delante del trono". Su oración no podía haber sido más oportuna. En aquel momento estaba lidiando con varios asuntos pesados y enseñando acerca de la guerra espiritual. La advertencia que le dio el Espíritu me recordó que Dios sabía exactamente lo que me estaba ocurriendo, y que además le importaba. Ese tipo de advertencias vienen solo por medio de la perseverancia.

La oración intensa

Pero no basta con ser perseverante; nuestra oración también tiene que ser intensa. Pablo dice "manténganse alerta" (v. 18), lo que literalmente significa "no dormirse". La oración debe ser una cuestión de vigilancia, no solo el cumplimiento de un requisito. Repasar una lista de nombres para impedir que nuestra mente vague durante la oración no es a lo que se refiere el libro de Efesios. Este es el tipo de oración en la que uno está verdaderamente conectado, concentrado y alerta. Y no solo alerta, sino orando "con toda perseverancia" (RVA). Persevere y no se rinda.

Algunas veces, cuando oro, comienzo a preguntarme, luego de unos 10 minutos, si hay un techo sobre mis oraciones. Siento como si no estuvieran llegando a ninguna parte. Ha habido ocasiones en las que he pensado: "Esto es demasiado difícil, Señor. Nos vemos más tarde". Quizás usted se sienta identificado; la mayoría de los cristianos tiene momentos como ese. Es importante, absolutamente esencial, atravesar ese techo. Es probable que nunca experimente tanta oposición como cuando ora consistente e intensamente bajo la dirección de Dios. Las fuerzas demoníacas llaman la atención cuando las personas profundizan en la Palabra de Dios, pero hay algo que las atemoriza más que un estudio bíblico. Tiemblan cuando los hijos de Dios comienzan a orar. Existen razones por las que la oración no siempre nos resulta fácil; tenemos enemigos que quieren hacerla difícil. Tenemos que atravesar esas barreras.

Una de mis heroínas es Elisabeth Elliot, y me encanta lo que escribió acerca de la oración:

Supongo que quienes practican esquí son personas a las que les gusta esquiar, tienen tiempo para hacerlo, pueden asumir los gastos y son buenos haciéndolo. Recientemente descubrí que muchas veces trato la oración como si fuera el esquí: algo que haces si te gusta, en tu tiempo libre; algo que haces si puedes asumir los problemas que conlleva, algo que haces si eres bueno haciéndolo...

Pero la oración no es un deporte. Es un trabajo. La oración no es un juego... La oración es lo opuesto al ocio. Es algo en lo que uno se compromete, no algo a lo que uno se abandona. Es un trabajo al que le das prioridad. Es algo que haces cuando no te queda energía para nada más. "Ora cuando sientas el deseo de orar", ha dicho alguien. "Ora cuando no sientas el deseo de orar. Ora hasta que sientas el deseo de orar". Si solo oramos para nuestra propia diversión —es decir, por nuestra conveniencia— ¿podremos ser verdaderos discípulos? Jesús dijo: "Cualquiera que quiera seguirme debe poner a un lado sus propios deseos y conveniencias" (Luc. 9:23, traducción libre).

Cuando los cristianos luchamos en oración, "no estamos luchando contra poderes humanos, sino contra malignas fuerzas espirituales del cielo, las cuales tienen mando, autoridad y dominio sobre el mundo de tinieblas que nos rodea" (Efe. 6:12, DHH). Pocas veces consideramos la naturaleza de nuestro adversario y, al no hacerlo, le damos ventaja. Cuando lo reconocemos como quien es, tenemos un indicio de por qué la oración nunca es fácil. Es el arma a la que el poder invisible más le teme, y si puede conseguir que la tratemos con la misma indiferencia con la que tratamos a un par de esquís o una raqueta de tenis, puede mantenernos bajo control[9].

La oración estratégica

Al final de Efesios 6:18, Pablo comienza a concentrarse en la oración. En primer lugar, les dice a los efesios que oren por todos los santos; luego que oren por él como mensajero de Dios (v. 19). El punto es que los creyentes puedan perseverar, mantenerse firmes y ser fortalecidos, y que el evangelio sea proclamado valiente y claramente.

Cuando oramos, con frecuencia nos metemos en nuestros propios pequeños mundos, concentrándonos solo en nuestras familias, iglesias, finanzas y luchas, es decir, en todo aquello que tiene que ver específicamente con nuestra propia esfera de intereses. Esas cosas ciertamente son de interés para Dios; *debemos* orar por ellas. Pero muchas veces lo que en realidad le estamos pidiendo a Dios es que arregle nuestra vida para que sea más fácil, más cómoda y más plena. Se nos ordena que dejemos eso atrás y que oremos para que el mensaje sea presentado alrededor del mundo y que nosotros seamos valientes para presentarlo.

En los versículos 19 y 20 aparece dos veces la palabra *valor*. La iglesia primitiva no solo estaba caracterizada por la oración, sino también por la oración *valiente*. Eran agradables y amorosos, pero no tenían temor de ser políticamente incorrectos. Eran valientes porque conocían al Señor resucitado y ese conocimiento alimentaba oraciones intensas. Le pedían grandes cosas a Dios, y le pedían por cosas estratégicas: Que sus comunidades fueran alcanzadas para Cristo, que sus iglesias se unieran, que sus líderes fueran llenos de poder. Si seguimos su ejemplo, le pediremos a Dios diligente y persistentemente que bendiga a nuestros pastores, que fortalezca a todos sus siervos, que esparza el evangelio a lo largo de todo nuestro país y del mundo, y que nos haga valientes y audaces. Existe una gran diferencia entre orar diciendo: "Señor, por favor, ayúdame a encontrar un espacio para estacionar en el centro comercial", y orar: "Señor, envíame a tu mundo, libre de temor y vergüenza, para que declare tu bondad y tu gracia por medio de Jesús". Nuestras oraciones deben especializarse en ser como estas últimas.

"La oración es la energía que permite al soldado cristiano usar la armadura y esgrimir la espada", dice Warren Wiersbe[10]. Las Escrituras indican que la oración consistente, intensa y estratégica nos librará del maligno. Si alguna vez se preguntó qué le está faltando a su vida cristiana, primero considere esto. Un compromiso con la oración intercesora cambia vidas.

¿Quiere saber quiénes son las personas más influyentes del mundo? Cuando pensamos en el poder, generalmente pensamos primero en los presidentes, en los grandes hombres de negocios o en íconos culturales como las estrellas de cine y los deportistas famosos. Pero en la economía de Dios estas personas tienen muy poca influencia. S. D. Gordon lo dice muy bien: "Las grandes personas son aquellas que oran.

No me refiero a las personas que hablan acerca de la oración, ni a aquellos que dicen que creen en la oración; ni siquiera a los que pueden dar una explicación teológica de la oración; estoy hablando de las personas que apartan tiempo y oran. Ellos no tienen tiempo. Debe ser tomado de alguna otra cosa. Esa otra cosa es importante. Muy importante y urgente, pero aun así es menos importante y urgente que la oración"[11].

Aplicación personal: ¿cómo se relaciona todo esto con su vida?

Lo que hemos aprendido en Efesios 6 es que nuestra mayor victoria en la guerra espiritual tiene lugar cuando comprendemos que existe una guerra invisible, que Dios nos ha dado una armadura para protegernos y que al caminar en comunión con él, la mayor parte del conflicto está bajo control. También aprendimos que durante los momentos de crecimiento radical, avances efectivos en el ministerio y otras actividades que amenazan al enemigo, llegarán volando los misiles en contra nuestra. Pero aun entonces tenemos la protección y las armas ofensivas que necesitamos.

Lo que necesitamos recordar, y esto era lo que Pablo estaba promoviendo con la metáfora de la armadura espiritual, es que la oración es poderosa. De hecho, es probablemente mucho más poderosa de lo que usted y yo hemos imaginado. La razón por la que no estamos convencidos de este hecho es que generalmente fracasamos en cuanto a orar consistente, intensa y estratégicamente. El enemigo ha hecho un buen trabajo para convencernos de que la oración es un intento descuidado para lograr que Dios haga lo que queremos y que solamente es efectiva en contadas ocasiones. Satanás ha dedicado mucho esfuerzo en ese tipo de propaganda porque sabe que la oración lo derrota... siempre. Nuestras actitudes indiferentes acerca de la oración son el resultado de sus desesperados y agresivos intentos para neutralizar el arma más poderosa en su contra.

Sabiendo eso, ¿qué vamos a hacer ahora? Si está satisfecho con el presente estado de su efectividad como cristiano, siga haciendo lo que ha estado haciendo hasta ahora. Las prácticas arrojarán los resultados correspondientes. Pero si quiere producir un impacto dinámico para el reino de la luz y en contra del reino de las tinieblas, la respuesta debe ser clara, ore. Ore consistentemente, ore intensamente y ore con un plan.

En su vida:

- ¿Alguna vez su mente ha vagado durante un tiempo de oración? ¿Se distrae? ¿Siente que sus oraciones no se elevan más allá del techo? ¿Con qué frecuencia estas tendencias caracterizan su vida de oración?
- ¿Consideró alguna vez que sus oraciones son difíciles porque alguien se le está oponiendo?
- ¿Cuáles serían los pasos que podría dar para "romper el molde" de sus oraciones?
- ¿Qué tipo de peticiones suele presentarle a Dios? ¿En qué categoría entran: deseos personales o propósitos del reino?
- ¿Qué cosas prácticas puede hacer para ayudar a su iglesia a ser una iglesia como la del Nuevo Testamento en lo que se refiere a la oración?

14

Cuando entra el enemigo

Nosotros, invocando el nombre del Cristo crucificado, echamos fuera a todos los demonios a los que tú temes como a dioses.

San Antonio de Egipto

Nuestros dos cultos dominicales nocturnos estaban convocando a toda una multitud, compuesta tanto por miembros de la iglesia como por visitas diversas. Los cultos estaban orientados hacia los jóvenes solteros y nuestros líderes eran muy creativos para alcanzar a personas de todo tipo de procedencia. Los cultos estaban teniendo un gran impacto, especialmente sobre personas inmersas en la cultura posmoderna. Yo no enseñaba en aquellas reuniones, pero una noche tuve que pasar a buscar algo a mi oficina. Entré en el estacionamiento justo cuando el culto estaba por comenzar y vi que estaba lleno. Al bajarme del auto vi a tres personas acercándose al edificio. A primera vista, tuve que recordarme que no era la fecha de la noche de brujas. Estos tres invitados estaban completamente vestidos de negro con largas capas, su cabello teñido de varios colores y sus rostros se veían como si hubieran sido cubiertos con pintura de cal. Tenían círculos negros pintados alrededor de sus ojos y bocas. Y estaban llegando a la iglesia.

Es algo sorprendente ver a tres personajes parecidos a vampiros entre los cientos de personas que van entrando a la iglesia. Más tarde me enteré de que estos visitantes resultaron bastante perturbadores. Se sentaron al fondo y, cuando se predicó el evangelio, oraron contra el culto y contra todo lo que fuera cristiano. Un grupo de personas tuvo que acercarse a orar por ellos (y contra ellos). Estaban inmersos en el ocultismo, dirigidos por los poderes de las tinieblas y aun poseídos por sus amos de maldad.

En realidad, este es un ejemplo alarmante de personas que se han entregado a los espíritus del infierno. Estos jóvenes habían invitado, literalmente, a los demonios a poseerlos y controlarlos. Existe liberación para ellos si se arrepienten y la buscan, aunque hace falta nada menos que un exorcismo. Pero este ejemplo es extremo. La mayoría de las iglesias no encuentran regularmente este tipo de personas. Lo que sí encontramos, sin embargo, son influencias demoníacas a niveles mucho más sutiles. Hablando en términos de grados, el tipo de influencia demoníaca que encontramos pocas veces es del extremismo del tipo de los que visitaron nuestra iglesia aquel domingo de noche. Pero en términos de engaño, los tipos sutiles son, en ciertos aspectos, más peligrosos. Son más difíciles de ver. Algunas veces convivimos con ellos durante largo tiempo antes de darnos cuenta con qué estamos enfrentándonos.

Como cristianos nunca queremos que el enemigo interrumpa nuestra comunión con Jesús ni nos desvíe del plan de Dios para nuestras vidas. Queremos todo lo que Dios tiene para nosotros en toda su plenitud, sin tener que preguntarnos al final de nuestras vidas en qué hemos errado. De eso se ha tratado este libro: De vivir una comunión inquebrantable con Dios sin caer víctimas de las distracciones y engaños del enemigo. Lo que hemos considerado hasta este punto será útil para prepararnos para la batalla, para nuestra defensa personal, para ser activos para evitar la influencia demoníaca y para frustrar los ataques frontales del enemigo. Ahora sabemos cómo evitar que entre.

Pero, ¿y si ya estuviera dentro? ¿Qué pasaría si levantamos el escudo demasiado tarde? Si el enemigo ya se ha metido fácilmente dentro de los muros de nuestra vida, cerrar las puertas puede parecer inútil. Si usted o alguien que conoce le ha concedido demasiado terreno a Satanás, mucho de lo que hemos considerado hasta ahora puede haber agitado remordimientos sin ofrecer soluciones reales. La prevención de la enfermedad no es muy útil cuando la enfermedad ya ha hecho su daño. ¿Qué tenemos que hacer cuando el enemigo tiene algún terreno ganado en nuestra vida?

No sería apropiado discutir la guerra espiritual sin considerar el asunto de la liberación. Existe tanta confusión, y controversia, entre los ministerios de liberación que algunas personas descartan completamente la idea. Pero existe una manera equilibrada y bíblica de enfrentar el tema de la liberación que no requiere que usted alcance un grado espiritual especial ni que caiga en extremismos. No soy un experto en este tipo de ministerio, pero sé lo que la Biblia dice al respecto y lo he visto funcionar efectivamente en la iglesia. Creo que hay ciertas herramientas específicas que el cristiano común y corriente puede utilizar para ser parte de la liberación cuando la opresión demoníaca es evidente.

El ministerio de liberación: su validez

La primera pregunta que se hace la mayoría de los cristianos acerca del ministerio de liberación es si es válido, y especialmente si es válido en la actualidad. Si una de las características distintivas de ser cristiano es parecerse a Cristo, entonces parecería obvio que la liberación *es* válida para nosotros en la actualidad. Jesús ejerció regularmente este ministerio. Marcos 1:23-27 y 1:39 son dos ejemplos entre muchos otros. Ya he mencionado que aproximadamente un 25 % del ministerio de Jesús tuvo que ver con la liberación y la opresión demoníaca. Es un alto porcentaje dedicado a algo que muchas personas hoy en día consideran irrelevante. No creo que Jesús se hubiera concentrado tanto en la liberación si no fuera algo válido.

"Bueno, eso era para Jesús. Él es el Hijo de Dios", pueden argumentar algunos. Pero los apóstoles también ejercieron este ministerio, no solo ocasionalmente sino con frecuencia. En Lucas 10:19, Jesús les dio autoridad para hacerlo, y más adelante utilizaron esta autoridad en muchas ocasiones. También se puede argumentar que este era un privilegio de los apóstoles y no de los creyentes "comunes". La iglesia primitiva estaba muy familiarizada con la liberación. Desde Simón el hechicero en Hechos 8:9-13 hasta Elimas, también un hechicero, en Hechos 13:8-11 y la adivina de Hechos 16:16-18, la liberación se encuentra dispersa entre todas las obras de los primeros cristianos. Aparentemente, la influencia demoníaca era un problema muy grande; los nuevos creyentes de Éfeso que antes habían estado involucrados en prácticas demoníacas traían sus objetos ocultistas para ser quemados en el centro de la ciudad (Hech. 19:19). En la iglesia nadie consideraba que aquello fuera espeluznante o fuera de lugar. Era una práctica normal, y siguió siendo normal a lo largo de los primeros cuatro siglos de la iglesia. Podemos encontrar referencias de ello en los escritos de Justino Mártir (100-156), Tertuliano (160-225), Orígenes (185-254) y Atanasio (296-373), ninguno de los cuales puede ser considerado como ajeno al desarrollo de la historia de la iglesia. La liberación es una parte importante de la historia de la iglesia.

En Santa Cruz estuvimos en contacto con personas que se identificaban a sí mismos como brujos o adoradores de Satanás. Un verano, un grupo de obreros de Cruzada Estudiantil para Cristo llegó a ayudar a nuestra iglesia y a otras de la región. Una noche, luego del culto, me describieron su día de evangelización en la comunidad. Habían conocido a varias personas vestidas completamente de negro, conocidos adoradores de Satanás, que vivían en las colinas y sentían mucho desagrado por el crecimiento de las iglesias de Santa Cruz. Estas personas les dijeron a los obreros de Cruzada Estudiantil que nuestro impacto no sería muy perdurable porque habían orado regularmente a los espíritus demoníacos para que aplastaran lo que estaba ocurriendo. Lo que realmente alarmó a nuestros obreros fue que estas personas vestidas de negro mencionaron mi nombre y dijeron que habían estado lanzando hechizos que arruinarían tanto a la iglesia como a mí individualmente. Nuestros visitantes veraniegos dejaron la discusión convencidos de que las influencias demoníacas estaban prosperando en los corazones y mentes de ciertos residentes de Santa Cruz.

¿Cómo respondería usted a esto? ¿Qué pasaría si uno de esos esclavos espirituales viniera a usted en busca de ayuda? ¿Le explicaría que la liberación era un fenómeno del Nuevo Testamento y que hoy en día no se aplica? Seguramente, Dios tiene una respuesta para aquellos que están atrapados en la red de las mentiras del enemigo.

Los escritores del Nuevo Testamento proveyeron directrices claras para este ministerio. Esperaban que la liberación fuera parte de la vida cristiana. Santiago 4:1-10, por ejemplo, presenta un juego completo de instrucciones: sométete a Dios y resiste al diablo, y el diablo huirá. Acércate a Dios y él se acercará a ti. Limpia tus manos, purifica tu corazón, humíllate ante Dios y él te dará gracia. Esto aparece presentado como un procedimiento rutinario en respuesta a la influencia y el hostigamiento demoníacos.

Los ministerios de liberación contemporáneos equilibrados existen y ayudan a muchas personas. Existe toda una variedad de opiniones al respecto, y aunque no necesariamente estoy de acuerdo con todo lo escrito por estos autores, los libros de personas como Mark Bubeck y Neil Anderson ofrecen un tratamiento en general equilibrado, con ejemplos de la vida real de todas partes del mundo[12]. Hay momentos en que es evidente que las influencias demoníacas hacen tales incursiones en la vida de una persona que tiene que haber una liberación, y existen personas y ministerios que saben cómo hacerlo.

El ministerio de liberación: sus problemas

Para ser honestos, sin embargo, existen muchos problemas en la práctica de la liberación. Por un lado, el extremismo y el fanatismo tienden a teñir negativamente este ministerio. Es posible que usted haya visto en la televisión, por ejemplo, a personas que salen a pisotear al diablo con todo tipo de payasadas. En mi niñez, yo no era creyente, y cuando veía esas cosas en la televisión pensaba que esos tipos estaban locos. Ser cristiano no cambió mi concepción acerca de algunos de ellos. Vivimos en una generación que identifica tanto la liberación con los extremos que ve en televisión o escucha en la radio, que ha hecho que este ministerio sea completamente rechazado.

Otro problema tiene que ver con la confusión acerca de la posesión demoníaca: ¿Existe una diferencia entre posesión y opresión? ¿Puede ser poseído un creyente? La respuesta de una persona a esas preguntas determina en gran medida si él o ella creen que la liberación es digna de atención. Pero la verdad de los hechos es que el Nuevo Testamento nunca utiliza las palabras posesión u opresión al referirse a los demonios. Usa el verbo "estar endemoniado". Más adelante discutiremos los extremos de la condición de estar endemoniado, desde la simple oposición hasta el control absoluto de un individuo, pero la idea de que los creyentes de ninguna manera pueden ser afectados por el diablo no es lo que enseñan las Escrituras.

Algunos cristianos ignoran este ministerio como producto del temor o la ignorancia. Cuando hablo acerca de este tema, generalmente tengo una larga fila de personas que vienen al terminar para expresarme el alivio que sienten al conocer que sus experiencias no eran anormales (por ejemplo, alucinaciones o primeras etapas de la locura). Son personas promedio, moderadas, no de las que se visten de negro, llevan pendientes en varias partes del cuerpo y se ven como si acabaran de emerger del infierno. Entre mis audiencias he descubierto a muchas personas que pensaban ser extrañas, y por tanto temían hablar acerca de encuentros con los demonios. No querían que sus esposos o esposas, amigos, ni nadie más pensaran que estaban locos.

Otro problema común con la liberación es la tendencia de aquellos que se involucran en el ministerio a ser tentados por el orgullo o a concentrarse tanto en él que caen en errores teológicos. Puede ser que sean personas completamente honestas, pero si han estado involucrados en este ministerio por un largo tiempo puede sucederles que perciban que cada dolor de muelas o pinchadura de neumáticos es un ataque del enemigo. Se olvidan de la parte de la ecuación que dice que vivimos en un mundo caído y que las cosas malas suceden. Si el viento sopla con suficiente fuerza, los árboles caerán sobre las casas y nos costará mucho dinero. Si nos exponemos a un virus, es posible que nos enfermemos. Estas cosas pasan. Y como personas creadas con libre voluntad, también está el tema de la responsabilidad personal. Todos tomamos decisiones y algunas veces nuestras decisiones tienen consecuencias negativas. Eso no es demoníaco. Satanás no está detrás de todas las cosas. Ciertamente activa la carne pecaminosa y se infiltra en los sistemas del mundo para controlarlos, de manera que caigamos víctimas de todo tipo de tentaciones y dificultades. Pero nuestro mundo está caído, y algunas veces simplemente cosechamos los resultados de nuestra condición caída.

Echarle la culpa de todos nuestros problemas a la influencia demoníaca en lugar de asumir nuestra responsabilidad personal y usar el sentido bíblico común, coloca al ministerio de liberación bajo sospecha ante muchas personas. He escuchado declaraciones completamente irresponsables en este campo, y probablemente usted también las haya oído. Por ejemplo, si alguien maltrata a su esposo o esposa y sobreprotege a sus hijos, no tiene por qué buscar explicaciones complicadas para entender por qué su pareja no es muy receptiva y sus hijos se vuelven rebeldes. Pero puede sentarse a tomar un café y decirse a sí mismo con cierta complacencia: "Esto es obra del demonio. La guerra espiritual está destruyendo mi hogar". Esto me tienta a responder: "Bueno, puede ser que haya algo de influencia demoníaca en todo esto, pero no creo que sea sobre su pareja o sus hijos. Pienso que es posible que usted esté engañado". Cuando alguien espiritualiza todo hacia la esfera demoníaca, nosotros, los que simplemente andamos por la vida y batallamos responsablemente con nuestros asuntos, comenzamos a pensar que cada mención de la influencia demoníaca es fingida. No queremos que nos consideren de esa manera, así que cuestionamos la validez de cualquier ministerio de liberación.

Por eso, es absolutamente importante apegarse a las Escrituras. Surgen muchas preguntas con respecto a este tipo de ministerio —si los demonios pueden influir en el clima, si las maldiciones generacionales son reales y todo ese tipo de especulaciones— y algunas de las personas que practican la liberación tienen respuestas muy específicas a algunas de estas preguntas. Si usted les pregunta cómo es que saben lo que dicen saber, descubrirá que mucha de su información procede de entrevistas a demonios durante los exorcismos. Me resulta muy difícil aceptar información proveniente del "padre de las mentiras" y sus agentes. No puedo darle demasiado crédito a lo que dicen. Puede ser que sus respuestas sean correctas, pero no cuento con referencias bíblicas para algunas de ellas. Todo lo que sé es que si me apego a las Escrituras estaré siempre bien encaminado. Evito los extremos. No voy a perder contacto con la realidad y no me voy a obsesionar con las influencias demoníacas en mi vida. Sé lo que es el conflicto espiritual y lo que no lo es, y seré capaz de enfrentar las cosas apropiadamente.

Las causas de la influencia demoníaca

Existen niveles de influencia demoníaca. La opresión es el nivel básico, mínimo, y desde allí puede crecer hasta varios niveles de hostigamiento, obsesión, compulsión, control y posesión.

Michael Pocock, del Seminario de Dallas muestra un esquema de la influencia demoníaca en pasos progresivos de demonización[13].

oposición → influencia → opresión → obsesión → control → posesión → muerte

Las tendencias normales de la demonización son:

→ de lo externo a lo interno

→ de ataques ocultos a ataques expuestos

→ control progresivo

→ severidad progresiva

Cuando algunas personas hablan de la influencia demoníaca, piensan en términos absolutos: posesión o absoluta libertad. La Biblia no hace semejante distinción extrema: se refiere a la demonización y a las influencias demoníacas, y a todo el espectro de intensidad que puede ser inferido de las referencias bíblicas. Mucha de la confusión con referencia a estos temas no surge de la Biblia sino del vocabulario que usamos. Personalmente, no creo que un cristiano pueda llegar a ser *poseído* por un demonio. Pero puede haber niveles de influencia y control que pueden simular estos síntomas. Lo que es vital que comprendamos no es el nivel de influencia demoníaca de las personas, sino cómo llegaron hasta allí.

Un camino hacia la influencia demoníaca es la *búsqueda intencional*. Para algunas personas, la pregunta no es si los demonios existen, sino cómo pueden hallarlos e involucrarse con ellos. En Santa Cruz, uno puede matricularse en un curso acerca de cómo echar un encantamiento, encontrar una reunión local de hechiceros, aprender cómo entrar en sintonía y encontrar toda una gama de actividades para una manifiesta participación en la esfera satánica. Para otros, el camino es muy pasivo, por ejemplo, consultar a alguien que lee la palma de la mano cuando se está de vacaciones, jugar a la tabla ouija o realizar otras actividades aparentemente inofensivas. Ellos son absorbidos antes de percibir en qué se están metiendo.

Concurra a una tienda de música y videos y podrá consultar los títulos "oscuros". Diríjase a la escuela secundaria de su barrio y pregunte dónde se reúnen los "góticos", los que se visten de negro y exploran el mundo espiritual de las tinieblas. Para muchos, es un grupo exclusivo, un club, una reunión de personas con intereses comunes o una "inofensiva" incursión en el mundo espiritual. Pero conocen muy poco de la realidad de los poderes con los que se meten.

El *pecado* es probablemente el camino más común hacia la influencia demoníaca. Para las personas que consideran sus pecados como características personales, asuntos emocionales o defectos del carácter, esta es una declaración muy dura. Generalmente no pensamos en nuestros pecados en términos de demonios. Pero Jesús dijo en Juan 8:34 que cualquiera que peca es esclavo del pecado, y entonces pasa a describir a sus opositores como hijos de su padre, el diablo (Juan 8:44). Hay algún asunto que no es enfrentado, las personas no se arrepienten, llegan a ser esclavos de su pecado y entonces las fuerzas demoníacas comienzan a infiltrarse en sus vidas por las rutas de acceso provistas. El pecado es una puerta abierta a los malos espíritus. Eso debería constituir una advertencia para todos nosotros.

La *rebelión espiritual,* la disposición voluntaria a pecar, es otra causa para la influencia demoníaca en la vida de una persona. De acuerdo con 1 Samuel 15:23, la rebeldía es como la adivinación o la hechicería. Cuando sabemos lo que Dios quiere que hagamos y lo resistimos, rechazando así su voluntad o escogiendo hacer las cosas a nuestra manera, nos abrimos a la acción de los espíritus rebeldes originales. Hacemos una clara declaración de que estamos de acuerdo con los espíritus que fueron echados fuera del cielo por su rechazo a la voluntad de Dios.

Deuteronomio 18:10, 11 menciona diferentes *actividades ocultistas* que son detestables para Dios e invitan al enemigo. La adivinación, la hechicería, los presagios, la brujería, los conjuros y los intentos por ponerse en contacto con los muertos abren caminos para que los espíritus demoníacos se infiltren en nuestras vidas. El asunto no es si las sesiones de espiritismo y las predicciones astrológicas son hechas en un espíritu de "entretenimiento inocente". Un niño puede encender un fósforo con completa inocencia, pero la llama sigue siendo real. El asunto con nuestro inocente entretenimiento es que estas actividades tienen un vínculo sobrenatural con las potencias oscuras de este mundo, y esas potencias capitalizan nuestras invitaciones, seamos o no conscientes de ellas.

Sin embargo, no es suficiente con evitar estas peligrosas actividades. También tenemos que evitar a aquellos que las practican. Eso no quiere decir que tenemos que dejarlos fuera de nuestra esfera de ministerio; recuerde que Jesús murió por ellos también, pero no tenemos que desarrollar amistades con alguien que esté involucrado en actividades ocultistas. Pablo da claras instrucciones al respecto en 2 Corintios 6:14-16: La luz y las tinieblas no pueden estar en comunión. Si no queremos abrir nuestra vida a los demonios, tampoco querremos abrirla a los siervos de los demonios. Debemos orar por ellos y ministrarlos, pero nunca tener comunión con ellos.

Probablemente, la causa más común de la influencia demoníaca sea *la ira y la amargura no resueltas*. Las iglesias que pretenden mantenerse a distancia del pecado, la rebelión y el ocultismo, muchas veces son refugios para los amargados y resentidos. Muchos cristianos no son conscientes de que la ira no resuelta es una puerta abierta a las huestes demoníacas. Efesios 4:26, 27 es muy explícito acerca de cómo la ira que no es manejada apropiada e inmediatamente, le da un punto de apoyo al diablo. La falta de perdón y los conflictos no resueltos tienen resultados devastadores (y el aprovechamiento que hace de eso el enemigo no es menos).

Una vez aconsejé a una familia que se veía absolutamente sana y limpia. En la superficie parecía moral y bíblica, si no fuera por el ojo amoratado que decoraba el rostro de la esposa. Debajo de la superficie existían varias fuentes de amargura entre el esposo y la esposa, y esta amargura desembocaba muchas veces en arranques de ira, arrebatos incontrolables y violentos. Luego de algunas sesiones especiales de consejería, percibí un estribillo reiterado: "Él es un maravilloso esposo casi todo el tiempo, pero hay ciertas cosas que lo sacan de quicio y es como si se convirtiera en una persona diferente". Ya había aconsejado a otras personas en situaciones de abuso, pero la dinámica de esta situación parecía claramente demoníaca. Era especialmente intensa y volátil, y el resultado fue trágico. Los pecados subyacentes nunca fueron tratados, el cinturón de la verdad nunca fue ajustado y el punto de apoyo del enemigo permaneció siendo firme. Ni el esposo ni la esposa supieron ciertamente que su ira no resuelta le había abierto la puerta a una significativa infiltración demoníaca.

El Nuevo Testamento evidencia la influencia demoníaca

¿Cómo sabemos si algo es demoníaco? Somos seres complicados, con componentes físicos, psicológicos y espirituales. No siempre es fácil llegar al fondo de un problema o conflicto. Debemos evaluar cuidadosamente todos los factores físicos y emocionales; pero algunas veces lo espiritual se superpone de tal manera a aquellos factores que las explicaciones puramente médicas o psicológicas no son suficientes. Nuestros asuntos son fácilmente investigables hacia la sucesión lógica de las cosas: Estamos estresados porque no hemos tenido suficiente sueño, o estamos en conflicto por causa de relaciones claramente disfuncionales. Pero no siempre es así de simple. Hay ocasiones en las que necesitamos preguntarnos si el enemigo está obrando detrás de la escena de nuestra vida.

En el Nuevo Testamento, Dios ha dado muchos ejemplos de la obra de Satanás. También existen ejemplos en el Antiguo Testamento —Saúl fue conducido a la locura por las influencias demoníacas con las que había tratado, y la crisis de Job fue instigada por la obra de Satanás—, pero la mayoría de los ejemplos aplicables a la iglesia de nuestros días se encuentran en los relatos del Nuevo Testamento. Estos ejemplos no implican necesariamente que las influencias demoníacas siempre estén involucradas, pero señalan áreas en las que las influencias demoníacas *pueden* estar involucradas. Son algo así como los síntomas que observa un médico: Conoce varias condiciones que pueden provocar esos síntomas, pero tiene que reducirlas a la verdadera fuente. La Biblia no implica que todos los síntomas siguientes sean demoníacos, pero nos advierte para que consideremos a los demonios como una fuente probable.

- *Enfermedad severa* (Mat. 12:22): Es obvio que no toda enfermedad es demoníaca, pero existen ciertos tipos de enfermedad que no pueden ser tratados por la sabiduría tradicional o la medicina. Si encuentra una enfermedad extraña y complicada que no ha respondido al tratamiento, al menos es posible, de acuerdo con las Escrituras, que exista cierta fuente demoníaca detrás de ella. Consideramos la dieta, la condición física, la exposición a las toxinas y muchos otros factores para diagnosticar una enfermedad. En ciertas ocasiones puede ser que valga la pena examinar también los factores espirituales. En muy pocas ocasiones he conocido a personas que agotaron todas las alternativas médicas y descubrieron que las influencias demoníacas eran la causa de su enfermedad. En esos casos, la intensa oración de guerra espiritual provee la cura para la fuente espiritual de su problema.
- *Adivinación* (Hech. 16:16): No todos los adivinos son falsos. Los que son artistas en el engaño son simples embaucadores; los que no lo son reciben sus capacidades de los demonios. Evítelos a todos. Si alguna vez intentó adivinar el futuro, ya sea por medio de inocentes juegos de mesa, cartas del tarot o cualquier otra de esas prácticas, es importante que considere si sus problemas actuales no son el resultado de la influencia demoníaca con la que trató en aquel momento.
- *Fortaleza física inusual* (Mar. 5:2, 3): En una ocasión en que estaba predicando, un hombre empezó a caminar agresivamente por el pasillo. Al principio pensé que debía estar ebrio, pero tenía los ojos saltones y era capaz de librarse fácilmente de cualquiera que quisiera detenerlo. Hicieron falta tres o cuatro personas para controlarlo. Tenía una fuerza inusual, lo que es un síntoma común de influencia demoníaca.
- *Arranques de ira* (Mar. 5:4): La ira incontrolable, irreprimible, que supera una reacción emocional normal puede ser causada por la influencia demoníaca.
- *Doble personalidad* (Mar. 5:6, 7): Una vez tuvimos en nuestra congregación una mujer con personalidad múltiple, y nadie podía establecer con certeza quién era realmente. Al principio, confundió a nuestro equipo de liderazgo. Un grupo de personas la carac-

terizaba de una manera, pero otros consideraban que no era así en absoluto. Cada uno parecía tener una experiencia diferente con ella. Finalmente, descubrimos que tenía más de una personalidad y que podía cambiar de una a otra en un instante. Entonces descubrimos que había participado bastante en el ocultismo y estaba bajo mucha influencia demoníaca. Su personalidad múltiple era el resultado de esta actividad. La liberación solo ocurrió cuando su excelente tratamiento médico y psicológico fue completado con un ministerio de liberación específico.

- *Resistencia a la ayuda espiritual* (Mar. 5:7): La mayoría de las personas con problemas serios reciben gustosas la ayuda que puedan recibir. Aquellos que tienen una reacción inmediata negativa a la asistencia espiritual pueden estar manifestando una resistencia demoníaca al poder de Dios. El evangelio es una amenaza para ellos, así como la luz lo es para la oscuridad. Esto fue realmente claro para mí durante el funeral de un adolescente víctima de una sobredosis de heroína. Nuestro auditorio estaba lleno y dos terceras partes de las personas estaban vestidas con indumentarias y maquillajes góticos. Fue la sensación más maligna que he sentido en una iglesia. Muchos de los amigos de este joven que hablaron en el funeral mencionaron la oscuridad de la muerte y dijeron que no querían morir. Pero durante mi mensaje, tan pronto como fue mencionado el nombre de Jesús, muchos de ellos retrocedieron en sus asientos. Muchos se levantaron y se fueron. Dios hizo una obra maravillosa allí, ya que varios recibieron a Cristo y fueron liberados. Nunca había visto una ilustración tan clara de cómo la luz hace retroceder a la oscuridad, y de la resistencia que estas personas que están bajo la influencia demoníaca tienen hacia el mensaje de vida que reconocen que ansían.
- *Otras voces provenientes del interior* (Mar. 5:9): Muchas personas frecuentemente me cuentan que escuchan múltiples voces que contradicen a Dios y su Palabra, que confunden o entenebrecen determinadas situaciones. Las voces audibles (o casi audibles) que no se alinean con la Palabra de Dios y las claras enseñanzas de las Escrituras pueden ser manifestaciones demoníacas.

- *Poderes ocultos* (Deut. 18:10, 11): Cualquier cosa que caiga en la categoría de brujería, adivinación, hechicería, encantamientos, sortilegios, espiritismo u otros contactos sobrenaturales fuera de Cristo es una clara indicación de la influencia demoníaca.

En su vida:

- ¿Le ha ayudado este capítulo a ser más sensible a las influencias demoníacas que hay a su alrededor? Si es así, ¿de qué manera?
- ¿Cómo podría ser capaz de usar su discernimiento en el campo de la influencia demoníaca respecto de sus relaciones, su iglesia y su ciudad?

15

Cómo obtener la libertad

Por largo tiempo mi espíritu yació prisionero, firmemente encadenado en el pecado y la oscura naturaleza. Tu ojo esparció un progresivo rayo, desperté, la prisión se inflamó de luz. Mis cadenas cayeron, mi corazón fue liberado, me levanté, avancé y caí ante ti.

Charles Wesley

Durante los primeros dos años en Santa Cruz, mi aprendizaje sobre guerra espiritual alcanzó niveles de doctorado. Una vez, vino a mí un joven tranquilo y callado, de algo más de 20 años, y me compartió algunas luchas que estaba teniendo en su vida. Habló acerca de voces que estaba oyendo y pensamientos terribles que estaban apareciendo en su mente. Había recurrido a consejeros y había tratado de solucionar sus problemas emocionales y psicológicos según lo que sus consejeros le habían indicado. Luego de algunas reuniones conmigo y otro pastor, quedó en evidencia que se había expuesto y había tenido trato con el ocultismo, y que lo que estábamos viendo era un cierto nivel de demonización.

Yo no sabía qué esperar. Mi colega pastor tenía buen asidero bíblico y había enfrentado la guerra espiritual una significativa cantidad de veces más que yo, cuando había sido pastor en el área de Santa Cruz por algún tiempo. Programamos una cita para encontrarnos con aquel joven y enfrentar los asuntos espirituales de su vida. Fuimos bien "orados" y pasamos una buena cantidad de tiempo repasando las maneras de confrontar con los espíritus demoníacos y los pasos necesarios para la liberación. Al hacerlo, escuché por primera vez una voz que surgía del interior de un ser humano. Era un gruñido disonante y airado que nos resistió en el momento de confrontar los malos espíritus que dominaban la vida de aquel hombre. Proclamamos repetidamente nuestra posición en Cristo y les ordenamos a los espíritus demoníacos que salieran, dedicando casi dos horas a una batalla espiritual intensa, mientras las voces respondían hostilmente a nuestras órdenes todo el tiempo.

No me molesta admitir que estaba impresionado, y aterrorizado, frente a esta experiencia en el frente de batalla de la guerra espiritual. Pero Dios honró su Palabra. La manera en que ministramos a aquel joven provino directamente de las herramientas, recursos y poder espiritual provistos por Dios para que nosotros, como creyentes, enfrentáramos el mundo invisible. En esta situación experimentamos la victoria, tal como Dios lo prometió.

La cura para la influencia demoníaca

La influencia demoníaca no es un concepto extraño para muchos cristianos. He visto personas que han hecho fila luego de que yo hablara acerca de este tema para decirme que estos principios bíblicos confirman lo que ellos ya sospechaban. Muchas personas ya han discernido que existe un cierto nivel de influencia demoníaca en sus vidas o en las vidas de personas que conocen, ya sea internamente o en alguna situación externa. Pero diagnosticar el problema es solo el primer paso. La pregunta vital de la mayoría de las personas es qué hacer al respecto.

En primer lugar, asegúrese de que su comprensión general del evangelio es sólida. La victoria se da siempre por medio de la cruz de Cristo. Colosenses 2:15 es una declaración que nos anima en cuanto a eso. Repásela con tanta frecuencia como sea necesario. Jesús desarmó a los poderes y autoridades e hizo un espectáculo público de ellos con su triunfo en la cruz. Recuerde también que la victoria es en el nombre de Cristo (Mat. 10:1; Hech. 5:16). Los discípulos y la iglesia primitiva experimentaron el poder del nombre de Jesús regularmente. Además, comprenda que la victoria es en el poder del Espíritu Santo. Mayor es el que habita en usted que aquel que se ha infiltrado y corrompido este mundo (1 Jn. 4:4). Estar bien fundamentado en el poder de la cruz, en el nombre de Jesús y en el Espíritu Santo es un prerrequisito para todo intento de derrotar al enemigo.

Mientras lea los pasos para la liberación de las próximas páginas, piense en su red de relaciones y en su propia experiencia personal. Puede ser que ya haya descubierto que la influencia demoníaca se encuentra en la raíz de algún problema en su vida o en la vida de personas a las que conoce y ama. Si la respuesta es *sí* en cualquier situación de la que tenga conocimiento, usted necesita considerar cuidadosamente los pasos específicos que pueden presentar el poder y la autoridad de Jesús en un conflicto espiritual.

Pasos bíblicos hacia la liberación

1. Reciba a Cristo

El primer paso es obvio. Reciba a Cristo como Señor y Salvador. Juan 1:12 dice que a aquellos que reciben a Jesús se les ha dado el derecho de llegar a ser hijos de Dios. Puede ser que haya comenzado a leer este libro a instancias de un amigo o familiar, pero sin ver el tema a través del cristal de una relación con Cristo. Si es así, es probable que haya tomado este material con algún nivel de desconfianza. Si en alguna parte a lo largo del camino Dios le ha estado hablando y poniendo en perspectiva algún conflicto de la vida real, puede sentirse tentado a enfrentar el problema de una buena vez. Pero si nunca ha recibido a Jesús como su Señor y Salvador, no cuenta con la protección del Espíritu Santo. Tratar de enfrentar a los espíritus demoníacos por su propia cuenta es un terrible error. La primera cosa que usted necesita hacer es reconocer que necesita un Salvador, creer que cuando Jesús murió en la cruz pagó por sus pecados y cambiar su forma de pensar acerca de su vieja vida y abandonarla. Eso es lo que significa *arrepentirse*. En el momento que haga esto, Jesús vendrá a su vida, usted será sellado con su Espíritu y será transferido del reino de las tinieblas al reino de la luz. Este es un prerrequisito para cualquier participación en la batalla.

2. Arrepiéntase de los pecados conocidos

Entonces, si usted es un creyente, el siguiente paso es estar seguro de haberse arrepentido de cualquier patrón pecaminoso que haya surgido en su vida (1 Jn. 1:9). He escuchado confesiones de personas adictas a un hábito pecaminoso por el que nadie sospecharía de ellos, y recién cuando comenzaron a ver las obras demoníacas haciendo estragos en su vida se dieron cuenta de la gravedad de su pecado. La confesión y el arrepentimiento son absolutamente importantes. Ya sea que su hábito sea la lujuria, la pornografía, el alcohol, las drogas, la compulsión a comprar, la comida, la avaricia o cualquier otra cosa que esté controlando su vida, enfréntelo. Póngase de acuerdo con Dios acerca de su pecado y confíe en la promesa de 1 Juan 1:9 que afirma que si confesamos nuestro pecado, Dios es fiel y justo para perdonar nuestro pecado y limpiarnos de toda maldad.

Los seres humanos a veces somos engañados con respecto a nuestras adicciones y compulsiones, creyendo que podemos aliviar y satisfacer nuestros asuntos espirituales profundos. Aun para los cristianos, resulta difícil identificar nuestros falsos puntos de apoyo y hacerles frente. Por ejemplo, ¿cuándo fue la última vez que escuchó a alguien pedirle a Dios que lo perdonara por su materialismo? Esa es la "vaca sagrada" de la iglesia occidental, aunque las Escrituras son muy claras en cuanto a que el engaño de las riquezas y el deseo por las cosas materiales puede ahogar la verdad de la Palabra de Dios en un corazón que de otra manera sería tierra fértil para el evangelio. Tenemos todo tipo de necesidades vitales alrededor nuestro, así como muchas iglesias y misioneros desesperados por apoyo económico. Y Satanás tiene a la mayoría de los evangélicos engañados, haciéndolos creer que las cosas materiales los saciarán. Varias fuentes indican que menos del 4% de los cristianos nacidos de nuevo en los Estados Unidos de América entrega al menos el diezmo, es decir, el 10% de sus ingresos. Eso significa que el 96% de los cristianos en uno de los países más prósperos de la historia cuenta con abundancia de recursos, pero han sido conducidos por engaño a darle a Dios una simple propina.

Piense en eso. La mayoría de los cristianos se sienten mucho más comprometidos a darle una propina del 15% a una camarera luego de una comida que a darle a Dios el 10% de sus ingresos luego de que él los salvó del eterno desamparo. ¿Cuándo comió en un restaurante y le dijo a su esposo o esposa: "Sé que el servicio fue bueno, pero no les vamos a dejar nada esta vez"? O aún peor, avergonzar a quien le sirvió dejando unas pocas monedas sobre la mesa luego de haber consumido una comida muy costosa. Millones de cristianos hacen lo mismo con Dios.

Las manifestaciones demoníacas extrañas en medio de la noche no son necesariamente la precondición para la liberación. Si alguien ha sido engañado por las mentiras del enemigo, ya sea por medio del materialismo o cualquier otro pecado, esa persona se vuelve inoperante. Si esa es su situación, el remedio es la confesión. Dios no está en malos términos con usted; él nos ama. Simplemente sabe que usted se está perdiendo una enorme bendición, y así es el reino.

3. Renuncie a las obras del diablo

El tercer paso hacia la liberación consiste en renunciar a las obras del maligno (2 Cor. 4:2). Si usted se da cuenta de que ha sido engañado y que la Palabra está siendo ahogada en su vida, enfréntelo y rechace el engaño. Vuélvale la espalda. Añada a su arrepentimiento un repudio claro y enfático de lo que el enemigo ha hecho.

Hace poco tiempo tuve el privilegio de presentar un seminario en el Centro de Entrenamiento Billy Graham en Carolina del Norte. El tema era los atributos de Dios, y una mujer joven me detuvo luego de la última sesión y me dijo: "Usted menciona una y otra vez el concepto del 'señorío de Cristo'. Ese tema permanece resonando en mi mente y necesito saber lo que significa y cómo ponerlo en práctica". Luego de conversar por un rato, quedó en evidencia que era una auténtica creyente, pero nunca había tomado la decisión de romper completamente sus vínculos con su pasado, permitiéndole a Jesús ser el Señor, Director y Amo de su vida. Confrontar o luchar contra el enemigo antes de este claro rompimiento con el pasado y nuestra completa lealtad al Señor no tiene sentido.

4. Destruya los objetos ocultistas

El cuarto paso es destruir los objetos ocultistas (ver 2 Crón. 14:2-5; 23:17; Hech. 19:17-20). Si se ha involucrado con la astrología, ha utilizado la tabla ouija o ha participado en alguna otra de estas actividades aparentemente inofensivas, destruya cualquier evidencia que todavía conserve. Estará siguiendo el ejemplo de los efesios que habían aceptado a Cristo: Los que habían estado involucrados en prácticas ocultistas se reunieron para quemar públicamente sus libros (Hech. 19:19). No solamente la práctica del ocultismo abre un camino al enemigo, también lo hace la posesión de sus herramientas. Distánciese todo lo que pueda de estos objetos y de la tentación que ellos representan.

5. Renuncie a las amistades impuras

El quinto paso es abandonar la amistad con personas que participan del ocultismo (2 Cor. 6:14-16). Los misioneros muchas veces sienten la necesidad de establecer amistades con practicantes del ocultismo como parte de sus ministerios, pero existe la manera de hacerlo sin establecer comunión con el mal. Ore, desarrolle relaciones en un nivel neutral, averigüe lo que está ocurriendo en sus vidas, pero no se junte con personas que están inmersas en prácticas malignas. Como un médico que utiliza guantes y máscara para atender a los pacientes altamente contagiosos, mantenga una saludable distancia del mal sobrenatural.

Nunca voy a olvidar la experiencia de un joven miembro del equipo que compartió a Cristo en casa de un brujo. Llegó a mi oficina y me describió cortinas cerradas, poca iluminación, atmósfera opresiva y su gozo en medio de todo ello fue que él y su equipo compartieron el amor de Cristo. Entonces, con mucha seriedad dijo: "No quiero ir nunca solo a ese lugar, o sin haber orado mucho primero". Su precaución es una palabra de sabiduría para todos nosotros.

6. Descanse en la liberación de Cristo

Una vez que haya cubierto los primeros cinco pasos, descanse en la liberación de Cristo (Col. 1:13). Renueve su mente hasta el punto de poder comprender claramente y depender de la seguridad que hay en Jesús. Seguir los pasos hasta este punto es esencial, pero eso no hará que el enemigo se retire. Presentará pelea. La Biblia enseña que cuando un demonio es echado fuera, va y convoca a sus colegas más perversos y regresa por venganza *a menos que* la verdad y el enfoque hayan ocupado su lugar cuando salió. La casa tiene que ser puesta en orden antes que los espíritus demoníacos dejen de insistir.

7. Resista al diablo

El paso siguiente es resistir al diablo. Santiago 4:1-10 nos lo presenta de un modo muy claro. Es una figura completa del arrepentimiento y resistencia neotestamentarias. Primero, sométase a Dios (v. 7). Cualquier área de su vida que no esté sometida a Dios en su comportamiento y pensamiento debe ser puesta bajo su autoridad. La otra cara de la sumisión a Dios es resistir al diablo. Afirme la decisión de no volver a caer en sus esquemas. Aléjese de cualquier actividad o falsa creencia que alguna vez haya practicado o sostenido. Entonces "acércate a Dios y él se acercará a ti" (v. 8). Al acercarse, él comenzará a tratar con los asuntos de su vida. Pero usted también tiene que enfrentarlos: "¡Pecadores, límpiense las manos!", escribe Santiago. Sean cuales sean las actividades tangibles que hayan surgido como resultado de su pecado, abandónelas. "¡Ustedes los inconstantes, purifiquen su corazón!" (v. 8). ¿Qué actitudes internas, lujurias y mentiras necesita enfrentar? Nos gusta pensar que podemos hacer las dos cosas: someternos a Dios y tener trato con los reinos de este mundo. No podemos hacerlo, eso es inconstancia, y necesitamos ser purificados de ella.

Entonces hay una reacción emocional apropiada: afligirse, lamentar y llorar (v. 9). Reconozca que el enemigo lo ha capturado y que el Rey y Redentor a quien ha mantenido a distancia ha soportado el dolor de su resistencia. Vaya a él quebrantado. Pero no se detenga allí; siga hacia la promesa que hay a continuación. Jesús les dijo a sus discípulos que aquellos que lloran son benditos (Mat. 5:4), y esta es la razón: Si usted se humilla delante del Señor, él lo levantará (Stg. 4:10). Dios está siempre cerca de los quebrantados de corazón y salva a los contritos de espíritu.

Para muchos de nosotros, la tentación consiste en pensar que nuestro pecado es demasiado grande y que no existe esperanza. Si usted piensa así, acuérdese de David. Él realmente lo echó todo a perder. En un solo año cometió adulterio y homicidio. No se puede caer mucho más bajo que eso. Al final de su oración de arrepentimiento dijo: "Tú no te deleitas en los sacrificios ni te complacen los holocaustos; de lo contrario, te los ofrecería. El sacrificio que te agrada es un espíritu quebrantado; tú, oh Dios, no desprecias al corazón quebrantado y arrepentido" (Sal. 51:16, 17).

El momento en el que usted llegue a Dios con un corazón quebrantado y contrito, Dios correrá hacia usted. Leerá la parábola del hijo pródigo con otros ojos (Luc. 15:11-32). El Padre ha estado observando y esperando, y cuando su hijo regresa, corre a abrazarlo. No hay brazos cruzados ni cejas que se levantan, no quedan resentimientos, es más, ofrecerá una fiesta.

8. Renueve su mente

El paso siguiente consiste en renovar su mente al meditar y aplicar la Palabra de Dios (Mat. 4:4, 7, 10; Efe. 6:17). Llene su mente con cosas buenas. Haga un ayuno de medios de comunicación y apague la televisión por unos días. Vea si puede completar la lectura del Nuevo Testamento en dos o tres semanas. A muchos cristianos capaces de leer una novela de 500 páginas les espanta la idea de leer todo el Nuevo Testamento. Conocí a un pastor en San Francisco que lo leía todas las semanas. Claro que no se detenía a analizar muchos pasajes, pero no le ocupaba más que un día y medio. Como resultado, la amplitud y profundidad de su vida y carácter eran sorprendentes. No todas las personas pueden hacerlo todas las semanas, pero esto ilustra el hecho de que puede hacerse más fácilmente de lo que imaginamos. Lea y comience un plan de memorización de las Escrituras. Repase los versículos un par de minutos antes de acostarse y al despertarse. Considere la idea de repasar las síntesis de las secciones de este libro y memorizar los versículos clave concernientes a la guerra espiritual. Piense en ellos a lo largo del día. Sea cual sea el costo, deje que su mente se renueve.

9. Ore con otros

Participe de la oración colectiva. Usted no fue llamado a vivir la vida cristiana por su propia cuenta. Casi todos los mandamientos del Nuevo Testamento que he encontrado están en segunda persona del plural: "todos ustedes" hagan estas cosas. Son instrucciones colectivas, y Jesús mismo urgió a sus seguidores a orar juntos (Mat. 18:19). Cuando alguna persona viene a mí diciendo que ha identificado una influencia demoníaca y que ha seguido todos estos pasos, lo animo a buscar a algunas personas clave de la iglesia para orar como grupo. Habrá tiempos de intensa oposición cuando se necesitarán el uno al otro. Compartan lo que llevan en el corazón, ayunen si pueden y oren juntos, primero defensivamente y luego ofensivamente. Entonces vean lo que Dios hará.

10. De ser necesario, exorcice

El último paso es el exorcismo en el nombre de Jesús (Hech. 16:16-18). La mayoría de las veces no es necesaria, pero esta práctica, de ser necesaria, no debería resultarnos extraña. El exorcismo no es dominio de las películas de terror; es una práctica del Nuevo Testamento.

¿Quién debe practicar el exorcismo? Un consejero calificado lleno del Espíritu Santo, para empezar. Tanto Efesios 5:18 como Gálatas 5:16 resaltan la importancia de la vida llena del Espíritu. La persona que practique el exorcismo debe tener el tipo de humildad que se expresa en Santiago 4:7-10, debe utilizar la armadura espiritual de acuerdo con Efesios 6, debe conocer la Palabra de Dios para utilizarla como lo hizo Jesús en Mateo 4 y tiene que estar respaldado por las oraciones de otros creyentes (Mat. 18:19; Efe. 6:18). Recordará al joven que nos habló a un colega pastor y a mí con una voz que no era humana, o al hombre que entró gritando por el pasillo en medio de uno de mis sermones. En situaciones como esas, la demonización es muy severa como para atravesar con la persona los pasos del arrepentimiento y el alejamiento del ocultismo. El espíritu firmemente arraigado tiene que ser echado fuera.

Eso suena como si solo un grupo pequeño y selecto pudiera manejar semejantes casos, pero cualquier cristiano vestido con la justicia de Jesús y lleno del Espíritu Santo puede hacerlo. Existen escasas ocasiones en las que la situación es realmente de artillería pesada y es útil la intervención de alguna persona con larga experiencia, por lo que hace falta convocar a un experto (existen ministerios que pueden ayudarlo a encontrar a alguien). Pero el espíritu del Nuevo Testamento no contempla la existencia de profesionales portadores de armas que practiquen exorcismos por su cuenta, sino que los creyentes comunes y corrientes con la insignia y la autoridad de Cristo pueden enfrentar los asuntos demoníacos y, de ser necesario, ordenar a los demonios que se retiren. No hace falta ser un supersanto o altamente especializado en temas espirituales; hacen falta creyentes valientes que sepan quiénes son en Cristo, que comprendan que tenemos un formidable adversario, pero que no le teman, y que estén dispuestos a ejercitar el poder y la autoridad de Cristo bajo la gracia y vestidos con toda la armadura de Dios. Cuando usted se opone a los poderes demoníacos en el nombre de Jesús, estos tienen que huir.

Aplicación personal: ¿cómo se relaciona todo esto con su vida?

Conocer el poder de Cristo en esta batalla no significa que todo va a resultar muy fácil, ni tampoco quiere decir que usted nunca tendrá que enfrentar una experiencia extraña ni aterrorizante. Como ya lo he mencionado, aquella primera experiencia nocturna en mi dormitorio casi me hizo morir del susto. Algunas veces me despertaba en medio de una de esas experiencias y otro miembro de la familia estaba experimentando lo mismo, al mismo tiempo. Pero nuestra seguridad en Cristo quedó maravillosamente ilustrada una noche que me levanté a buscar un vaso de agua.

Era después de medianoche cuando escuché un ruido proveniente de la habitación de mi hijo menor. Me sentí impulsado a verificar aquellos sonidos, solo para asegurarme de que estaba bien, así que me acerqué silenciosamente a la puerta. Estaba apenas abierta y la luz del baño me permitió ver lo suficiente como para saber qué pasaba. Mi hijo de 10 años estaba de rodillas junto a su cama diciendo: "Querido Señor Jesús, te agradezco porque estoy completo en Cristo, y gracias porque tengo la armadura de Dios. Querido Señor, estos espíritus quieren atacarme esta noche, y yo, por la sangre de Jesús y por su gran nombre y poder, les ordeno que se alejen de mí. Mayor es el que está en mí que el que está en el mundo. Váyanse de esta habitación al lugar al que Jesús los mande. Amén". Entonces lo observé mientras levantaba las cobijas, se metía en la cama, giraba y se dormía.

A la mañana siguiente, durante el desayuno, dijo: "¿Sabes, papá? Anoche me pasó una de esas cosas". Me hice el tonto. "¿En serio? ¿Qué pasó?". Simplemente explicó: "Bueno, solo hice la guerra espiritual como hablamos".

Ahora, si un niño de 10 años con un arma espiritual y la autoridad de Jesús puede ordenar a los espíritus demoníacos qué hacer y cuándo hacerlo, ¿no le parece que las personas como nosotros, enfrentándolo de una manera equilibrada, razonable y sabia, podemos hacer exactamente lo que Dios quiere que hagamos? Pienso que sí.

En su vida:

- ¿Ha identificado alguna área de su vida de la que sospeche alguna influencia demoníaca? Si es así, ¿qué causas ha sido capaz de discernir? ¿Ha dado algún paso para romper los vínculos con esa fuente?
- ¿Ha identificado alguna área de su red relacional que está bajo influencia demoníaca? Si es así, ¿de qué manera querría Dios que se involucrara en la solución?
- ¿En qué medida las personas que están a su alrededor están abiertas para discutir cosas como la demonización y la liberación? ¿De qué manera la actitud de estas personas afecta su actitud? ¿Son capaces de confesarse unos con otros y renunciar a las obras del enemigo juntos?
- ¿De qué manera puede ayudar a fomentar un clima de apertura en cuanto a los asuntos de la guerra espiritual entre los miembros de su iglesia?

- ¿Qué está haciendo en este tiempo para renovar su mente? ¿Es suficiente? Si no lo es, ¿qué pasos específicos puede dar para profundizar más en la Palabra de Dios?

Lo que usted necesita recordar

Existen varios pasos para conformar su vida a las Escrituras en lo que tiene que ver con la oración y la liberación.

1. Reconozca la cantidad y la calidad de su vida de oración. ¿Es realmente tal como usted y Dios quieren que sea? Si no es así:
   a. Al principio de su tiempo normal de oración, hágale a Dios dos pedidos: "En este día pon en mi corazón los asuntos por los que quieres que ore, hasta que quieras que termine", y "En los próximos días impresióname con la manera en que puede cambiar mi vida de oración con respecto a lo que es ahora".
   b. Entonces sea sensible a las maneras en que Dios lo pueda estar conduciendo. Pídale su dirección hasta que esté convencido de haberla recibido.
2. Ore usando el modelo CASA (confesión, adoración, súplica, agradecimiento) para asegurarse de que sus oraciones sean completas.
3. Pídale a Dios que lo haga sensible espiritualmente a la influencia demoníaca, y que le dé sabiduría mientras procura descubrir su papel en una necesidad específica de liberación.

Sea persistente en estas oraciones. Dios quiere que comprenda este asunto tal como lo comprende o, en realidad, más de lo que lo comprende. Ore insistente y constantemente por la comprensión que él quiere que usted tenga.

Conclusión

Una historia acerca de dos guerreros

Para Saúl, todo comenzó bien. Fue ungido como rey, se le prometió el poder de Dios y se le concedieron grandes victorias en el nombre de Dios. Hasta demostró humildad, misericordia y sabiduría. Pero al poco tiempo de haber comenzado su reinado, Saúl se desvió. Su impaciencia ante el inicio de una batalla lo llevó a desobedecer un claro mandamiento de parte de Dios. Un juramento imprudente le trajo problemas a su hijo y a su país. Su tendencia a adaptar las instrucciones de Dios para que encajaran con sus propios deseos hizo que Dios lo rechazara.

Un reino que comenzó con gloria terminó en un desastre. ¿Por qué? Porque el guerrero Saúl se protegió con una armadura física antes de cada batalla, pero no protegió su corazón ni su mente. Descuidó la armadura espiritual del Rey de reyes.

Aunque Efesios 6 fue escrito aproximadamente 1.000 años después del reinado de Saúl, los principios de este capítulo debían haber sido obvios para un siervo ungido de Dios. Pero Saúl fue víctima de su propio pecado y de su propia rebelión, primero con pequeños pasos de incredulidad y después con enormes pasos de desobediencia. Una lectura cuidadosa de la historia de Saúl relatada en 1 Samuel 9—31 pone de manifiesto el triste desarrollo de la vida de un guerrero desarmado.

Si el cinturón de la verdad es la honestidad ante Dios y los hombres, Saúl no tenía con qué sostener su ropa ni enganchar su armadura. Antes de la batalla contra los amalecitas, Dios le había ordenado que destruyera *todo*, pero Saúl decidió conservar lo mejor del ganado de los amalecitas y perdonar la vida de su rey (1 Sam. 15). Sin embargo, le dijo atrevidamente al sacerdote Samuel que había cumplido todas las instrucciones del Señor. La integridad de Saúl nunca se apegó a los absolutos.

Si la coraza de justicia es la comprensión del perdón de Dios y una vida de acuerdo con el carácter de Dios, el corazón de Saúl estaba desprotegido. Rechazó la declaración verdadera que Dios hizo acerca de su pecado y escuchó las voces de los espíritus acusadores que lo atormentaban. Su arrepentimiento siempre fue superficial y siempre intentó justificarse en lugar de pedir perdón a Dios. La justicia estaba en sus palabras, pero no sobre su corazón.

Si el calzado del evangelio de la paz es estar firmemente apoyados en la misericordia de Dios, Saúl caminaba sobre terreno resbaladizo. En muchas ocasiones careció de misericordia; sus celos lo condujeron a una persecución apasionada de David para matarlo, y una vez hasta arrojó una lanza contra su propio hijo. Demostró una y otra vez que no aceptaba la gracia ni estaba dispuesto a otorgarla. No conocía la paz de Dios.

Si el escudo de la fe es creer en Dios en lugar de creer en las mentiras del enemigo, Saúl fue herido con frecuencia. Al principio, su desobediencia parecía insignificante, se dejó intimidar por las amenazas de Goliat en lugar de tener celo por la reputación de Dios, pero su engaño creció rápidamente. En las últimas etapas de su atormentada vida, hasta llegó a buscar la guía de una médium en lugar de la de Dios (1 Sam. 28). Pasó de tener temor de las personas a sentir terror del Todopoderoso. Estaba consumido por el temor y no estaba arraigado en la fe.

Si el casco de la salvación es una vida de pensamiento pura, Saúl se expuso a golpes fatales. Estaba consumido por su propio raciocinio, temor, celos, ira, amargura y paranoia. Los espíritus malignos atormentaron su entendimiento con tortuosas mentiras e impulsos destructivos. Su mente era un brutal campo de combate, y él estaba del lado de los derrotados.

Si la espada del Espíritu es la Palabra de Dios, Saúl estaba indefenso. En los primeros años, cuando actuaba de acuerdo con la Palabra de

Dios, ganó muchas batallas. Luego de haber rechazado la Palabra de Dios, sus ataques tuvieron como resultado el desastre. En lugar de esgrimir sus armas por el bien de su pueblo, comenzó a hacerlo por su propia sed de venganza. Al final, Saúl murió en el campo de batalla, física y espiritualmente; y no es coincidencia que haya sido despojado de su armadura.

El sucesor de Saúl, sin embargo, era otro tipo de guerrero. Así como lo hizo Saúl, David manifestó humildad, misericordia y sabiduría en los primeros años. A diferencia de Saúl, David se protegió con la armadura espiritual de Dios.

David se aseguró el cinturón de la verdad. Cuando Natán lo confrontó con su pecado con Betsabé, David se arrepintió de inmediato, confesó su transgresión delante de los hombres y, como lo muestra el Salmo 51, delante de Dios. Luego de mostrarse incrédulo al censar a las tropas de Israel, David se arrepintió y pidió que el castigo cayera sobre él, no sobre la nación. David era frontal y dolorosamente honesto con Dios.

David usaba la coraza de justicia. Dios describe a David como un hombre conforme al corazón de Dios (1 Sam. 13:14), y se describe a sí mismo como el Dios que se fijó en el corazón de David. Un corazón vinculado con el corazón de Dios está protegido por una coraza impenetrable. No puede ser herido de muerte.

David tenía sus pies firmemente plantados en el evangelio de la paz. Por misericordia, perdonó al desprotegido Saúl, no una sola vez sino dos. Por misericordia, adoptó al último sobreviviente de la familia de Saúl, que alguna vez habría constituido una amenaza para él. Por misericordia, escuchó el ruego de Abigail para que perdonara a su esposo, quien lo había traicionado negándole hospitalidad a sus tropas. Por misericordia, perdonó la vida de un hijo rebelde. David conocía el perdón y lo compartió con todos los que lo aceptaran.

David tenía aferrado el escudo de la fe. No se dejó intimidar por las amenazas de Goliat. Hasta rechazó la armadura de Saúl para enfrentar al gigante. Marchó hacia el campo de batalla solo con una honda y una enorme confianza en Dios. Y la lanza del enemigo nunca dio en el blanco.

David usó el casco de la salvación. Sumergió su mente en la sabiduría de Dios. Cuando Dios lo liberó de Saúl, David reafirmó su compromiso con los decretos de Dios como la clave para recibir el favor de Dios (Sal. 18:22). Meditó temprana y frecuentemente en la Palabra de Dios. Su mente estaba saturada con la verdad.

David esgrimió la espada del Espíritu. No solo conocía la verdad, sino que también la aplicaba. Cuando oró acerca de la construcción del templo, le recordó a Dios sus promesas. Cuando los filisteos lo sitiaron, oró a Dios para que cumpliera su promesa de liberación. David enfrentó valientemente a los enemigos de Dios porque tenía promesas de Dios para respaldarlo. Batalló con una poderosa espada y murió con honor.

David y Saúl no eran opuestos absolutos, al menos, no al principio. Ninguno de ellos era perfecto, ambos tenían las cualidades necesarias para ser rey. ¿Qué hizo la diferencia? Con el tiempo, uno de los guerreros luchó de acuerdo con los principios de Dios, a la manera de Dios, en el tiempo de Dios y para la gloria de Dios. El otro peleó de acuerdo con sus propios principios, sus caminos, su tiempo y para su propia gloria. Se presentó desprotegido de la peor manera, se quitó la armadura de Dios.

Las vidas de estos dos hombres son una ilustración adecuada para señalar la importancia de la comprensión de nuestras batallas. Nos recuerdan que, aunque nuestra guerra es invisible, la victoria y la derrota no lo son. La manera en que peleemos y lo que llevemos puesto espiritualmente al hacerlo se verá tarde o temprano en una vida real y en una forma auténtica. La preparación y la ejecución de nuestras batallas actuales pueden determinar el curso de nuestra vida y el de futuras generaciones.

Por lo tanto, lo insto, como un asunto de extrema importancia, a que se fortalezca en el Señor. Párese firme y permanezca alerta. Prepárese para la lucha y use sus armas. Por encima de todo, ore. Represente al mayor ejército de toda la historia, y luche por las causas más elevadas. Cuando el Rey venga en victoria, recibirá los honores de un valiente guerrero; y la guerra invisible nunca más volverá a ser peleada.

Notas

1. Francis Shaeffer, *True Spirituality* (*Verdadera espiritualidad*) (Wheaton: Tyndale, 1971).
2. C. S. Lewis, *Cartas del diablo a su sobrino* (New York, HarperCollins Publishers, 2006), p. 46.
3. Kenneth S. Wuest, *Word Studies in the Greek New Testament* (*Estudio de palabras en el Nuevo Testamento Griego*), vol. 1 (Grand Rapids; Eerdmans, 1973), p. 143.
4. Ibíd.
5. Ibíd., p. 144.
6. Ibíd.
7. A. W. Tozer, *Knowledge of the Holy* (San Francisco: HarperSan-Francisco, 1961), p. 82. (Hay edición en español bajo el título *El conocimiento del Dios Santo*. Publicado por Editorial Vida).
8. S. D. Gordon, *Quiet Talks on Prayer* (*Charlas en voz baja acerca de la oración*) (New York: Grosset & Dunlop, 1941), pp. 12, 13.
9. Elisabeth Elliot, *Love Has a Price Tag* (*El amor tiene la etiqueta del precio*) (Ventura, CA: Regal Books, 2005), pp. 127-129.
10. Warren Wiersbe, *Be Rich* (*Sé rico*) (Wheaton: Victor, 1976), p. 172.

11. S. D. Gordon, *Quiet Talks on Prayer* (*Charlas en voz baja acerca de la oración*) (New York: Grosset & Dunlop, 1941), pp. 12, 13.

12. Mark Bubeck, *The Adversary* (Chicago: Moody Press, 1975). (Hay edición en español bajo el título *El adversario*. Publicado por Ediciones Portavoz). Mark Bubeck, *Overcoming the Adversary* (Chicago: Moody Press, 1984). (Hay edición en español bajo el título *Venciendo al adversario*. Publicado por Ediciones Portavoz). Neil Anderson, *The Bondage Breaker* (Eugene, OR: Harvest House Publishers, 2000). (Hay edición en español bajo el título *Rompiendo las cadenas*. Publicado por Unilit). Neil Anderson, *Victory over the Darkness* (Ventura, CA: Gospel Light, 2000). (Hay edición en español bajo el título *Victoria sobre la oscuridad*. Publicado por Unilit).

13. Cuadro de notas tomadas en la conferencia para pastores dictada en octubre de 1992. Michael Pocock es catedrático de misiones mundiales y estudios interculturales del Seminario Teológico de Dallas.